MEIO ALMODÓVAR, MEIO FELLINI

Juca Novaes

MEIO ALMODÓVAR, MEIO FELLINI

CONTRACORRENTE

Alameda Itu, 852 | 1º andar |
CEP 01421 002
www.loja-editoracontracorrente.com.br
contato@editoracontracorrente.com.br

Dados Internacionais de Catalogação na Publicação (CIP)
(Câmara Brasileira do Livro, SP, Brasil)

Novaes, Juca
Meio Almodòvar, meio Fellini / Juca Novaes. -- São Paulo, SP : Editora Contracorrente, 2022.

ISBN 978-65-5396-061-9

1. Romance brasileiro I. Título.

22-128214 CDD-B869.3

Índices para catálogo sistemático:
1. Romances : Literatura brasileira B869.3
Eliete Marques da Silva - Bibliotecária - CRB-8/9380

@editoracontracorrente
Editora Contracorrente
@ContraEditora

Tá tudo bem, mas tá esquisito
tá fácil não
tá mais pra difícil.

Fran Papaterra

Procura vivir em continuo vértigo pasional, dominado por uma pasión cualquiera. Solo los pasionados llevan a cabo obras verdaderamente duraderas y fecundas. (UNAMUNO, Miguel de. *Vida de Don Quijote y Sancho, segun Miguel de Cervantes Saavedra explicada y comentada*. Edición de la colección Austral. Madrid: Libreria de Fernando Fe, 1905, p. 21).

Aos criadores de canções

SUMÁRIO

PREFÁCIO

A escrita de Juca Novaes em seu primeiro romance não se contém nos pormenores sobre a vida pessoal e profissional do compositor por ele concebido.

O romance trata de um tema em frequente relevo na música: o motivo capaz de gerar inspiração para canções. Se inspiração é tema nebuloso, enigmático, até, sua mola propulsora é bem definida, sobretudo na canção popular em que compositores nem sempre necessitam de conhecimento técnico.

À medida que se avança na leitura do romance *Meio Almodóvar, meio Fellini*, vai se compondo cada vez mais fortemente um caso amoroso em seus extremos, o encantamento que assoma no limiar da paixão e a terrível sensação de amargura pela qual se padece no desfecho.

Por Juca Novaes ser ele mesmo compositor e advogado, poderia se depreender que escreveu uma biografia disfarçada de romance com pinceladas de novela. Engano. A inventividade de Juca vai mais longe. Após os primeiros capítulos, quando o romance pega fogo, a ansiedade em adivinhar o rumo dos fatos desperta sede de virar páginas com sofreguidão, o que romancistas tanto almejam no intuito de prender o leitor.

Os períodos de alegria e abatimento de Tom Pinheiro, a crescente frustração, os sonhos e o desespero, a descoberta do seu próprio talento e o envolvimento artístico sucedem-se no desenrolar de uma narrativa na qual Juca Novaes dissemina com muito tato citações de letras de conhecidas canções brasileiras que se casam com o desenrolar da vida de seu personagem central. O autor encontra então a maneira de amarrar a música com o romance, associando um texto prosaico à canção brasileira.

Conheci Juca ao ser convidado para tomar parte no primeiro júri da Feira Avareense da Música Popular, a FAMPOP, a competição de canções mais bem-sucedida do interior do estado de São Paulo. Participando como presidente do júri por vários anos, acompanhei o lançamento de nomes que vieram a se tornar expressivos na cena.

Paralelamente a essa atividade de criador e diretor do evento, Juca também compunha suas primeiras canções. A música estava constantemente em torno de nossa amizade. Nada mais natural. O pendor de Juca se prende ao encadeamento de uma família essencialmente musical. Além da mãe, cantora de rádio, os irmãos e irmãs, também cantores, integraram e consolidaram o grupo Trovadores Urbanos, uma novidade que se fixou em celebrações, shows e discos.

Um outro Juca, o cidadão paulistano e do mundo na condição de apurado especialista em propriedade intelectual, que tem ocupado importantes cargos na defesa do direito autoral, amplia agora a abrangência de sua atuação ao abraçar também a literatura. É com este livro que Juca Novaes encara um novo desafio.

O que o terá levado a essa condição? Pelo que conheço do Juca, acredito ter sido a confiança no enredo que tinha na cabeça, uma história que só poderia transcorrer no meio musical.

ZUZA HOMEM DE MELLO

PRIMEIRO ATO

Tá tudo bem, mas tá esquisito.

A frase, num enorme painel de neon, piscando na noite escura.

Recordo exatamente da primeira vez em que a li: na porta de um imundo banheiro de rodoviária, riscado com caneta esferográfica vermelha, numa noite qualquer dos anos 1980.

Estou sonhando ou acordado?

Tá tudo bem, mas tá esquisito.

A frase inteira, refletida numa espécie de painel de granito, na verdade um muro imenso, cujo negrume, no alto, confunde-se com a noite escura.

Não estou sozinho. Um grupo de jovens aparece, rindo, cantando uma música. Agora chegam outros, talvez estudantes, um com um violão, outros com livros ou cadernos nas mãos. À minha esquerda, me surpreendo ao ver Ivete Sangalo. Do seu lado, Ivan Lins! Nando Reis, atrás dele. Almir Sater. Maria Bethânia. Daniela Mercury. Roberto Carlos. Jorge Drexler. O que é isso, meu Deus? Alguma festa? Algum prêmio da música brasileira?

Uma mulher de cabelos vermelhos está declamando um poema. Várias pessoas passam ao meu lado com CDs e livros nas mãos. São muitas e muitas, centenas, talvez milhares, vindas de todos os lados. Parece uma romaria.

Todos olhando para a enorme muralha de granito, uma espécie de monolito de *2001, uma odisseia no espaço*, só que com um tamanho exponencialmente maior. Há uma ansiedade no ar. Parece que as pessoas esperam algo, há muito tempo, daquele muro. Sinto a mesma estranha sensação.

Estou consciente, mas numa espécie de delírio. A noite não tem estrelas, o granito espelhado reflete difusamente fogos, fogueiras, velas, luzes coloridas. Se a pedra tivesse ouvidos, escutaria vozes, gritos e canções de amor. Uma estranha emoção toma conta de mim. Reconheço essa festa. De alguma maneira que não consigo explicar, sinto-me integralmente ali, naquelas cantorias e declamações.

Tá tudo bem, mas tá esquisito.

Arrepio na nuca: do nada, diante dos meus olhos, desponta uma enorme lua cheia.

Algo maravilhoso está acontecendo. A luz da lua, batendo no alto do granito, começa a espalhar seu reflexo no meio da pedra. A claridade a ilumina, em cascata, e a muralha mais e mais vai se desfazendo, como numa apresentação pública de efeitos especiais de show de rock. Em segundos percebo, maravilhado, que a pedra se esfumaçou, e a luz da lua passa a invadir o campo que vislumbro onde há segundos era o imponente e inexpugnável muro. Que agora desapareceu.

Sinto um alívio inexplicável, em meio a um impulso para seguir adiante, avançar além daquele espaço. Mas, ao mesmo tempo, algo me paralisa, em plena sintonia com aquelas pessoas, naquela espécie de festa, e com a música entoada por eles.

Olho para o alto e visualizo novamente a frase em neon, há pouco solitária, como um imenso *outdoor*, sobre as cabeças e cantorias e luzes e maravilhas naquela noite agora de estrelas e lua cheia:

Tá tudo bem, mas tá esquisito.

1

SEGUE A MOVIDA MADRILEÑA

Tom acordou num susto. Sonolento, e olhando em volta, reconheceu a réstia de luz que vinha da janela, delineando peças de mobília escura, ao alcance de seus olhos, e mosaicos romanos na parede. Cama confortável, lençóis de linho branco. Era exigente, e aquela roupa de cama, sem nenhuma dúvida, tinha sua aprovação. Por uma fração de segundo, não soube precisar que lugar era aquele e o que estava fazendo ali.

Madri!

Teve a sensação de que dormira pouco. Ainda assim, o sono lhe trouxera o mesmo estranho e recorrente sonho. *Muito vivo, muito real* – pensou, como das outras vezes, se indagando qual, afinal, era a mensagem que seu inconsciente repetidamente tentava lhe transmitir. De súbito, outro pensamento desalojou aquelas imagens, trazendo a sensação de que, dali a algumas horas, algo muito importante aconteceria.

Claro. Voltou à lembrança a certeza que há dias dominava a sua mente: de alguma forma, sua presença em Madri representava o apogeu de um movimento. Tom não era místico, mas também não era cético. Acreditava em coisas de outras dimensões. *Yo no creo en brujas, pero que las hay, las hay*, costumava repetir, degustando o espanhol. E aquela viagem corporificava um desfecho que muitos – ele, inclusive – consideravam inacreditável.

Nem a mais imaginativa vidente profetizaria a extraordinária mudança de rumo. Num curto espaço de tempo, passara a ser um improvável artista reconhecido, e estava prestes a ser aplaudido ao lado de Pedro Almodóvar, o célebre cineasta espanhol, que incluíra uma das suas canções na abertura de seu novo filme.

Por isso estava naquele belo quarto de hotel, um dia antes da *avant-première* que aconteceria no Cine Renoir, no centro da capital espanhola.

Refeito da iminência de um novo cochilo, deitado na esplêndida cama *king size* do Hotel Villa Real – nome que lia no monograma do lençol –, com uma garrafa de Dom Pérignon sobre a mesinha defronte, Tom se aprumou, buscou no iPhone a foto de uma jovem, tirada oito anos antes, e colocou o aparelho em pé, sobre a mesa, de maneira a contemplar aquele rosto expressivo, belo e num quase sorriso que ele admirara tantas e tantas vezes.

Encheu a taça de champanhe até a metade e fez um brinde silencioso à imagem na tela de seu celular, enquanto puxava pela memória o exato instante em que tivera início aquela trajetória. O primeiro encontro com a dona daquele quase sorriso, num escritório num velho prédio no centro de São Paulo, e que o levara, agora, a atravessar o oceano, repleto de glórias, canções e imagens na bagagem.

2

FUNDAMENTAL É MESMO O AMOR

Uma xícara de chá de hortelã, hábito herdado do tio. Era só depois desse ritual que o dia começava oficialmente para Antonio. Fazia parte do coquetel de fiéis paixões de seu paladar. A pimenta dedo-de-moça, que ele picava no prato, fosse qual fosse o cardápio, era outra. Assim como a comida japonesa, que era sagrada em alguma das refeições do dia. E a obrigatória taça de vinho tinto, sem a qual ele não cairia nos braços de Morfeu a cada noite.

No centro de São Paulo, uma das maiores cidades do mundo, atender a tais obsessões degustativas não era problema. A Liberdade, bairro oriental com sua profusão de restaurantes japoneses, estava a vinte minutos de caminhada da Rua Barão de Itapetininga, onde Antonio esperava o chá. As pimentas e as folhas de hortelã eram compradas no mercado central, também próximo, e guardadas com zelo na cozinha do escritório. Esse acervo era administrado por dona Silene, a bonachona e simpática copeira, que separava as pimentas diariamente e as dividia em pequenos invólucros de plástico que Antonio levava nos bolsos do paletó, quando saía para almoçar em eventuais restaurantes onde o condimento não fosse artigo disponível. Essa era a sua "receita de saúde", que gerava inevitáveis piadas no escritório.

Doutor Antonio Pinheiro para os advogados, estagiários e funcionários do contencioso do escritório Mendonça, Navarra e Guimarães. Tom Pinheiro para os mais chegados e os amigos jornalistas, companheiros da sua profissão de origem.

Dona Silene acabara de sair da sala de arquivos do escritório onde deixara a sua xícara de chá, quando ecoou no recinto a voz de Adriana, uma das assistentes dos advogados e estagiários.

— Doutor Antonio, essa é Luiza Nabuco da Costa, a nova advogada.

Tom sempre achava estranho ser chamado de "Doutor Antonio". Afinal, ele nem advogado era, muito embora coordenasse uma área daquele importante escritório da capital paulista. Quem presenciasse aquele diálogo sem conhecer os antecedentes e as razões da situação entenderia que aquele era um profissional das letras jurídicas. Já se acostumara ao formalismo típico do mundo do Direito e com a estranheza dos advogados e estagiários diante de sua curiosa condição.

Estava de costas para a porta de entrada da sala, com a xícara nas mãos, sorvendo o líquido quente e digestivo. Voltou-se ao ouvir a voz da loira Adriana, e divisou ao seu lado a moça morena, de olhar expressivo e uma beleza que, num primeiro registro, classificou como invulgar. Feições de menina e olhos um tanto tristes, características catalogadas numa fração de segundos e indelevelmente num campo da sua memória, com o impacto da primeira impressão.

Deu-lhe a mão, e Luiza a apertou com determinação.

— Muito prazer, Doutor Antonio.

Tom sorriu.

— Pode deixar o doutor de lado, que nem bacharel eu sou. Muito prazer, Luiza. Seja bem-vinda.

Feita a apresentação, saíram da sala, e Tom voltou à xícara de chá. Já nem se lembrava mais de qual pasta procurava. Lembrou-se: a advogada fora contratada para trabalhar no lugar da antecessora, Verônica Viegas, demitida após uma mal explicada prestação de contas dos honorários pagos por um cliente.

"Luiza, nome de canção", pensou. Na caixinha da memória, registrou também os cabelos negros longos, a calça comprida preta e a blusa de lã verde, de gola alta. Uns 25 anos, se tanto. Um sentimento indefinível se apossou de Antonio, marcando aquele encontro como algo singular. Algo pairara no ar, no que seria uma simples e protocolar apresentação. Tanto que, ao voltar à sua sala, anotou na agenda do computador, o que não seria usual: "primeiro dia de Luiza Nabuco da Costa".

O dia era 25 de setembro de 2005.

***

— Qual é a música mais bonita que você conhece, tio?

Tom estava mais uma vez na sala da biblioteca, com a capa de um disco nas mãos. Depois do campinho de terra da casa do Dr. Vicentinho, onde colecionava seus gols, aquele era o ambiente de que ele mais gostava. Os livros que enchiam as estantes de três das quatro paredes daquele ambiente, e a vitrola Philips, ao lado da porta de entrada da sala, com pilhas e pilhas de discos de vinil, eram seus companheiros mais frequentes e queridos.

— "Wave", Tom Jobim. A música mais linda do mundo.

Cabral encontrou na estante um disco cuja capa estampava uma foto esverdeada, com a imagem de uma girafa correndo em meio à planície. Leu o título acima da foto: *Antonio Carlos Jobim: Wave*.

Tirou o *long-play* do invólucro de plástico, colocando-o com destreza sobre o prato circular do toca-discos. Quando a agulha desceu sobre a primeira canção do lado A do vinil, dando início à execução da faixa-título com a batida do violão e um arranjo de flautas, Cabral continuou:

— Essa versão é só instrumental, mas a letra você conhece, não é? *Vou te contar/os olhos já não podem ver...*

Tom continuou:

— *Coisas que só o coração pode entender...*

— Letra dele mesmo, do Jobim. Era um excelente letrista, o que pouca gente sabe. Enviou essa melodia para o Chico Buarque, que ficou meses com a incumbência de fazer a letra. Mas só conseguiu escrever o primeiro verso: *vou te contar.* Aí o Jobim tinha pressa, e acabou fazendo a letra inteira sozinho.

"Wave" era também uma das canções preferidas de Tom Pinheiro. Passou pela sua cabeça uma reflexão: como era curiosa a paixão do tio solitário e solteirão por essa canção, cuja letra proclamava, de forma categórica, que *fundamental é mesmo o amor, é impossível ser feliz sozinho.*

Adorava histórias assim. Completamente diferente das que ouvia sobre seus ancestrais, sobre cavalgadas, comboios de tropas de mulas, longas viagens ao Sul, ximangos e maragatos, noites frias de acampamento. Não apenas seu pai – o narrador da maior parte desses relatos – era tropeiro, mas também seu avô e bisavô tinham exercido o mesmo ofício.

Avesso às tropas e cavalgadas, embora fã das histórias, o advogado Cabral, seu único tio pelo lado paterno, era colecionador de discos, apaixonado por jazz e música popular brasileira. Municiava Tom de discos e canções desde a infância. Tal doutrinação não se limitava à mera audição de "bolachões" de vinil, que fazia questão de compartilhar com o sobrinho em momentos prazerosos para ambos. Mas, principalmente, gostava de contar sobre como as canções tinham sido compostas. Era um *expert* no assunto, sempre chamando a atenção para o nome do autor de cada uma delas. Por essa razão, Tom, desde cedo, aprendeu a identificar os nomes e as criações do próprio Jobim, de Noel Rosa, Ismael Silva, Ary Barroso, Dorival Caymmi, Carlos Lyra, Vinicius de Moraes.

A ligação com a música já existia desde cedo no garoto, pois a avó materna lhe dava aulas de piano desde os 8 anos.

— Aprendi a tocar "Wave" de ouvido, mas mostrei para a vó Jandira e ela ficou brava.

Cabral abriu um sorriso, arrematando:

— Mas que rigor bobo, esse! Por que não pode tirar músicas de ouvido? Por acaso vai mudar o seu jeito de tocar?

Tom deu um sorriso maroto, como se estivesse relatando um pecadilho de alguém.

— Falou que vai estragar minha técnica.

— Não concordo nem um pouco. Como ficam os músicos de jazz, improvisando os temas?

— Ela pega no meu pé quando não toco com a ponta dos dedos. *Com as pontas dos dedos, nego*, é o que ela mais fala. E é brava, sai da sala, mas fica ouvindo, e a toda hora a ouço ralhando: *mais devagar, nego*. Eu também não entendo essa preocupação em tocar tudo com a partitura, acho exatamente o contrário, que quanto mais tocar sem partitura, mais ficarei livre para tocar o que quiser.

— É como penso. E como você faz?

— Toco escondido.

Cabral riu.

— Agora estou tirando "Tereza da praia", tio.

— Parceria do Tom com Billy Blanco. E a gravação do Dick Farney com o Lúcio Alves, hein? Que maravilha...

Nesse exato instante, Cabral ouviu a campainha e saiu da sala. Tom percebeu que uma chuva forte começava a cair lá fora. Passou a procurar o disco de Dick Farney, da gravação com Lúcio Alves. A ampla casa do tio ficava ao lado da praça conhecida poeticamente como Largo dos Amores, a cinco quarteirões da casa onde morava com os pais. Ambas na Rua Júlio Prestes, no centro da cidade. Assobradada, e muito agradável, pintada de azul-claro, com uma varanda na frente, e um pequeno jardim nos fundos. A famosa biblioteca abrangia cerca de três mil volumes, catalogados um a um.

Enquanto o tio conversava com alguém na porta de entrada, Tom estatelou-se no sofá pé palito de couro marrom, e começou a ouvir a reprodução da música se sobrepondo ao barulho da chuva. Ouvindo as vozes macias de Dick Farney e Lúcio Alves, pensou na admiração que tinha pelo tio, detentor de uma capacidade especial de falar a mesma língua que ele, criança de 14 anos. Aquilo fazia toda a diferença. *Meu pai não tem essa capacidade, muito menos minha mãe*, pensou. Como era bom falar de igual para igual com um adulto, além do mais um adulto culto e inteligente.

Começou a se lembrar de conversas e situações envolvendo Cabral. Seu apelido – Tom – fora sugestão dele, acolhida por Albertinho e Marília. Quando nasceu, a bossa-nova era a grande novidade da música popular brasileira. Nas palavras do tio, *João Gilberto é o sumo sacerdote, e Tom Jobim e Vinicius de Moraes, seus profetas*. Com tal inspiração, Antonio virou Tom.

Lembrou-se de um texto que leu num daqueles livros que falava da *revolução* causada pela junção do suingue/voz/violão de João, as melodias e harmonias complexas de Jobim e as letras coloquiais e leves de Vinicius e de seus pares, como Newton Mendonça e Ronaldo Bôscoli.

A chuva continuou a cair forte, enquanto o disco de Dick Farney avançava. Lembrou-se de um fato que o marcou e que ocorrera exatamente na semana em que completara 12 anos de idade. Naquela ocasião, uma estória envolvendo Cabral causara grande polêmica na cidade. O tio se tornara advogado de um ex-gerente do Banco do Brasil que fora demitido, segundo diziam, por ser membro do Partido Comunista Brasileiro. O patrocínio da causa de um "comunista" resultou num falatório em Itapetininga, e dentro da casa de Tom sua mãe passou a criticar abertamente o cunhado. Se lembra exatamente das palavras ditas por Cabral, quando indagado por Tom sobre o assunto: *Numa cidade como essa, ser chamado de comunista é como ter uma doença muito séria. Significa a ruína, o medo, a repulsa social. Eu não sou comunista, mas acho um absurdo e uma injustiça alguém ser demitido por causa de sua opinião política, qualquer que seja ela, além do mais sendo um amigo meu*. Tom, silenciosamente, concordou com os argumentos, e mais do que isso, sentiu orgulho da coragem do tio, que, por fim, não apenas aceitou patrocinar a causa como ganhou a ação, numa audiência que ficou famosa na cidade.

Pouco tempo depois, o cliente sumiu de Itapetininga, mas a fama do tio já estava feita: advogado comunista. Bom advogado, mas comunista.

Aqueles foram dias difíceis na família Lemos Pinheiro. Dona Marília implicou tanto com o cunhado que chegou a cogitar restringir as visitas de Tom ao tio. Volta e meia fazia severas críticas. Aquela estória de "comunista" ou "advogado de comunista" acabava se somando à convicta solteirice do tio, já quarentão, e algumas fofocas de que ele teria uma namorada aqui, outra acolá, de forma meio misteriosa... Tudo isso parecia escandalizar a mãe.

Pois as mesmas razões que faziam Marília demonizar o cunhado eram as que fascinavam o menino. Era algo difuso: a posição política de Cabral, sua coragem, sua independência, o aparente mistério em relação às mulheres, além da paixão pela música e pela literatura se somavam e formavam um perfil fascinante para o sobrinho.

Por isso, uma de suas primeiras certezas foi a de que, quando crescesse, queria ser uma espécie de Doutor Cabral.

Aquela tarde ouvindo Dick Farney enquanto a chuva caía fazia parte de uma rotina quase diária, que lhe dava grande prazer: passar horas ouvindo música e conversando com o tio, com um livro sempre aberto sobre a ampla mesa de pinho no recinto da biblioteca, enquanto mirava as lombadas daqueles volumes guardados com tanto carinho. Cabral era fanático por chás, e paulatinamente o sobrinho passou a substituir a média pelos chás ingleses que o tio comprava de uma importadora de São Paulo.

Alto e calvo, Cabral estava sempre bem-vestido. Conversavam de tudo: história, literatura, música. Tom gostava de ouvir relatos sobre a vida de estudante do tio em São Paulo, onde cursara a Faculdade de Direito da USP, no Largo São Francisco, a mesma que formara poetas, escritores, presidentes da república. Das suas viagens à América do Sul e à Europa, após a formatura, quando vendera lotes de terra herdados do pai para financiar uma espécie de ano sabático.

As estórias do tio fascinavam o sobrinho. Cabral era 12 anos mais novo que o irmão. Fruto único do casamento, em segundas núpcias, do tropeiro Hermógenes Pinheiro. Quando todos imaginavam que faria brilhante carreira jurídica em São Paulo, voltou à terra natal, abrindo uma banca de advocacia com um colega. No início, voltara porque *queria um pouco de sossego*. Passado um tempo, até pensara em regressar para a cidade grande, mas acabou se acomodando em Itapetininga.

Todas as manhãs, ia ao fórum. No período da tarde, após o almoço, ficava no escritório, escrevendo, estudando e recebendo clientes. Nesses momentos é que Tom surgia, vindo da escola.

Com o tempo, o sobrinho passara a se tornar um estímulo à permanência de Cabral na cidade natal. O tio tinha olhos ao mesmo tempo ternos e ambiciosos quanto ao futuro de Tom. Percebeu que o garoto tímido tinha fina sensibilidade e gosto pela cultura e pelas artes. Se identificava com isso, pois quando criança tivera aptidões e interesses parecidos. Gostava de escrever, tinha ímpetos de poeta, mas nunca levara a sério, suficientemente, esse pendor. Talvez visse em Tom uma espécie dele mesmo revivido, com uma nova chance para um outro destino. Aos poucos, passou a desenvolver uma estratégia, buscando estimular a ligação do sobrinho com literatura, poesia e música. Passou a estimulá-lo a escrever.

No seu aniversário de 12 anos, Tom ganhou de presente o *Antologia poética*, de Vinicius de Moraes, e um grosso volume de *Obras completas de Fernando Pessoa*. Com Vinicius, se sentiu estimulado a escrever sonetos. Virou fã de Pessoa também, e sempre lia, antes de dormir, alguns dos poemas do pesado livro. Com o tempo, passou a escrever versos livres, mas tinha vergonha de mostrar a quem quer que fosse.

A música e a poesia surgiram cedo, cúmplices no ninho da biblioteca do tio.

3

CAMINHANDO E CANTANDO E SEGUINDO A CANÇÃO

Em poucos dias, a nova advogada passou a chamar a atenção de Tom. Logo na segunda semana de trabalho, enviou-lhe um e-mail bastante assertivo, com várias indagações sobre os procedimentos adotados em determinadas demandas judiciais do escritório. Aqueles rituais eram adotados há anos. As indagações eram pertinentes, e Tom se perguntou por que jamais tinham sido suscitadas antes por nenhum dos profissionais que haviam passado pela mesma função.

No escritório, localizado na Rua Barão de Itapetininga, entre a Praça da República e o Theatro Municipal, a equipe de Tom era majoritariamente feminina: dentre advogados e estagiárias, eram oito mulheres e cinco homens.

Era atento àquele universo. Poucas semanas depois, passou a perceber que a nova advogada lhe provocava múltiplas reações, dependendo do dia. Se pudesse defini-la naquelas primeiras semanas, diria que era uma espécie de camaleão. Num dia a achava bonita. No outro, poderia passar despercebida. Isso o intrigava. Não era padrão alguém do sexo oposto lhe causar impressões tão opostas e com tantas nuances. Havia uma complexidade misteriosa naquela moça. Se era o cabelo, se era a roupa, se era o jeito...

Luiza parecia ter dois lados opostos. Um ousado e firme, materializado na forma como desenvolvia seu trabalho e se posicionava perante seus colegas. E outro recatado e reservado, principalmente quanto à sua vida privada. Isso lhe conferia uma aura de segredo. Essa discrição tinha um quê de desconfiança, como se pensasse que alguém que rondasse sua intimidade poderia lhe roubar algo.

Tom passou a analisá-la. Vinda de Aracaju, capital do menor estado brasileiro, Sergipe, cursara direito na Universidade Federal daquele estado, surpreendentemente bem avaliada no ranking nacional das faculdades do gênero. Chegara a trabalhar, durante um tempo, num outro escritório, de porte menor. Morava sozinha num apartamento na região da Avenida Paulista, centro financeiro da cidade. Perto de Tom, que morava numa das alamedas que circundam a avenida, do lado mais nobre, chamado de Jardins. Saindo de seu apartamento, bastaria cruzar a Paulista para chegar ao ambiente de Luiza, perto do lado boêmio do Baixo Augusta.

Naquele final de 2005, com relação ao mundo feminino da advocacia, ela passou a ser a figura mais intrigante dentre todas, para a curiosidade e o progressivo interesse do coordenador do grupo.

***

Tom também tinha seu santuário musical, além da biblioteca do tio. Na sala de piano da sua casa, instalara um toca-discos Garrard, que ganhara do pai. Passou a formar sua própria coleção de discos de rock e música pop, adquiridos com o dinheiro da mirrada mesada que recebia. Nesse segmento musical, seu guru era o primo Plínio, filho de Lauro, irmão de sua mãe. Descolado, mais velho e experiente, fluente em inglês, ele foi a porta de entrada de Tom tanto para a música pop internacional como para novidades brasileiras, como Mutantes, Lô Borges, Walter Franco, Secos e Molhados e Novos Baianos.

Quando completou 14 anos, se apaixonou tardiamente pelos Beatles, então já um grupo desfeito. Comprou o álbum *Let it be* e o ouvia com Plínio, em primeira mão. Ao ler o selo do vinil do álbum, ficou intrigado com os nomes "Lennon/McCartney", entre parênteses, imediatamente após os títulos da maioria das canções. Nunca prestara atenção a esses detalhes técnicos. Perguntou a Bruno o que significavam aqueles nomes em cada uma das músicas.

— São os que cantam?

— São os nomes dos compositores. John Lennon e Paul McCartney.

No mesmo instante em que Plínio o esclareceu sobre tal regra tão simples, a informação se somou ao já natural fascínio pelas narrativas sobre as origens das canções, contadas por Cabral, surgindo daí a convicção de que descobrira sua primeira vocação realmente séria.

Até aquele momento, suas possíveis inclinações profissionais haviam surgido superficialmente e aos borbotões, à medida que seus interesses se ampliavam. Quis ser jogador de futebol. Arqueólogo. Oceanógrafo. Bombeiro. Escoteiro. Até aquela tarde, a música já o fascinava e ocupava um espaço importante em sua vida, mas ele jamais pensara em um dia se tornar um profissional da área.

Pois naquele dia decidiu: seria um compositor popular. Um criador de canções. Queria ler seu nome nos selos e encartes dos discos.

Tal pensamento não foi algo solto, despojado de sentido. Nunca compusera de fato uma canção, mas já criara alguns temas melódicos no piano, peças instrumentais meio populares, meio eruditas. Numa delas, tentou fazer uma letra, mas ficou muito inseguro com o resultado.

Até que, aos 16 anos, fascinado pela morena Viviane, uma primeira e incontrolável paixão, Tom escreveu uma canção ao piano, com letra e tudo. Foi com grande excitação que convidou Cabral para ir à sua casa, para apresentar-lhe ao piano sua primeira criação musical. O tio observou o grande entusiasmo e a excitação do sobrinho. E se comoveu com o lirismo exacerbado da letra da canção, intitulada "Deixe o mundo lá fora", com a paixão pela namorada escancarada de forma muito nítida nos versos e rimas. *É um bom começo*, pensou Cabral. *Eis uma canção verdadeira, com começo, meio e fim, melodia e letra. Piegas e romântica, mas verdadeira.*

Se sentindo um tanto responsável por aquele desabrochar poético do sobrinho, insistiu para que continuasse a compor mais. Coincidentemente, poucas semanas depois, leu no jornal local sobre o festival de música popular do Clube Venâncio Ayres, o mais importante da cidade, que abrira inscrições para novos compositores.

Estimulou Tom. Por que não inscrever a canção?

A sede do Venâncio ficava a uma quadra da casa de Cabral, no "Largo dos Amores". Seus salões haviam abrigado o primeiro baile carnavalesco noturno da vida de Tom, exatamente naquele ano, e o início do namoro com Viviane. Hormônios em ebulição, descobertas dos beijos, da paixão, dos amassos.

Inscrever a canção no festival seria uma verdadeira ousadia, para a natureza tímida do garoto. Mesmo assim, e depois de falar com a namorada, decidiu atender à sugestão do tio. E, semanas depois, com um misto de êxtase e pavor, recebeu a informação de que a música fora classificada: era uma das vinte escolhidas para concorrer no evento, já tradicional na cidade.

Sua participação chamou a atenção: conforme constou da matéria no *Correio de Itapetininga*, Antonio Lemos Pinheiro era o compositor mais jovem a classificar uma música em toda a história do concurso. Apenas 16 anos de idade.

Cabral leu com gosto a matéria. Sabia que o Brasil vivia uma fase em que os festivais de música proliferavam. A chamada "era dos festivais", que tivera seu grande momento no final dos anos 1960, ainda tinha grande influência nas cidades do interior do Brasil. As grandes redes de TV, como a Globo e a Tupi, organizavam eventos com transmissão ao vivo.

No ano anterior, Tom assistira, com grande interesse, ao festival "Abertura", promovido pela TV Globo, que mostrara para o Brasil nomes até então pouco conhecidos, como Djavan, Walter

Franco, Luiz Melodia, Carlinhos Vergueiro, Ednardo. Era o início da TV a cores no país, e foi o primeiro festival a atrair de fato a sua atenção. Ele lera tudo sobre o assunto, sabia de cor as letras das músicas e reforçara a convicção de que aquele era o universo que mais o atraía.

Já no festival do Clube Venâncio Ayres, ele estaria sob holofotes. Seria seu "batismo de fogo".

A preparação para a apresentação foi estressante. Ensaiou durante dias com os músicos da banda do festival, garotos já experimentados e com uma razoável quilometragem no ofício de acompanhar cantores iniciantes. Para ele, seria a primeira vez cantando e tocando piano, acompanhado por um trio de baixo, guitarra e bateria. Inseguro, trancou-se no quarto nos dias que antecederam à estreia, dando respostas atravessadas a todos que cruzassem seu caminho.

Tom tinha verdadeiro terror de falar em público, quanto mais se apresentar cantando e tocando piano. Lera num livro sobre os Beatles que, no dia em que Paul McCartney conheceu John Lennon, tocando num palco, lhe impressionou o ar desafiador de seu futuro parceiro, encarando o público. Comentou depois tal impressão com o próprio Lennon, que respondeu, com grande sinceridade: o ar seguro era porque simplesmente não enxergava ninguém do público e usara (propositadamente) uns óculos com vários graus acima da sua miopia para enfrentar a insegurança.

Embora não usasse óculos, Tom achou uma aquela seria uma boa ideia para driblar a timidez. Pegou emprestado um dos pares da avó, que tinha hipermetropia em alto grau. Sua preparação não se limitou a isso: também bebeu goles de cachaça com mel antes de subir ao palco "para criar coragem" – como disse a um amigo –, o que por pouco não inviabilizou a apresentação.

Ao ouvir o anúncio de seu nome, subiu à cena com grande aflição, sem olhar para a plateia. Trôpego, sentou-se com dificuldade no banquinho do piano, com os improváveis óculos de cinco graus que não lhe deixavam enxergar quase nada. "Que má ideia", pensou. Arrumou com dificuldade o pedestal do microfone e, virando-se nervosamente para o baterista da banda do festival, que contou um compasso, deu iniciou à apresentação. Viviane estava na primeira fileira, ansiosa e comovida com a estreia do namorado e pela declaração de amor tão explícita e pública. Para o bem ou para o mal, o barulho do público era ensurdecedor; Tom não ouvia os instrumentos direito, muito menos sua voz, e, anos depois, deu graças a Deus por não ter restado nenhum registro, nem fotográfico, nem de áudio, daquele *debut* como cantor e compositor.

Nem por isso deixou de sentir frustração pela desclassificação. A música não fora escolhida entre as dez que concorreriam à final do festival, na noite seguinte. Voltou com Viviane para assistir.

Uma das músicas finalistas, interpretada por um jovem cabeludo de óculos, era a favorita do público – de Tom, inclusive. Certamente, seria uma das premiadas.

Depois da apresentação das finalistas, o locutor iniciou o anúncio dos prêmios pela ordem de importância, deixando o grande vencedor para a final. À medida que a música do cabeludo não era anunciada como terceira colocada, nem como segunda, crescia a convicção de que seria a grande vencedora. Por isso, foi grande a surpresa quando o locutor anunciou como campeão do festival um samba pálido, cujo autor – dizia-se à boca pequena – era amigo pessoal do presidente do clube. O cabeludo da música bonita saíra com as mãos abanando.

Teorias conspiratórias vicejaram de imediato, num clima de "eu já sabia" e "é marmelada", com cochichos que deram origem a vaias de parte da plateia, alguns revoltados. Enquanto isso, outro grupo se retirou, em protesto, em direção ao Largo dos Amores, na frente do clube. Uma fila os seguiu, encabeçada pelo compositor cabeludo de óculos, de violão em punho. Instintivamente, Tom e Viviane os seguiram. Era um improvisado e inequívoco desagravo. Chegado o cortejo à frente da fonte luminosa, no centro do largo, abriu-se uma roda e o cabeludo começou a cantar uma música, que, pouco a pouco, passou a ser seguida pelos presentes. Num instante, parecia que todas as vozes cantavam, a plenos pulmões, o refrão daquela canção estranhamente bela, que Tom nunca tinha ouvido:

— "Vem, vamos embora que esperar não é saber/quem sabe faz a hora, não espera acontecer".

— Que música é essa? – perguntou, fascinado, a uma das pessoas.

— É uma música proibida! – respondeu, com incontida emoção, um dos garotos do grupo. Pareciam membros de uma religião secreta, cantando, de início timidamente, e depois vigorosamente, o seu hino de irmandade. A sensação de violência experimentada na aparente "marmelada" no festival deflagrara aquela manifestação, simbolizada na força de uma canção popular.

Tom ficou profundamente impactado com aquela cena. Ouvia pela primeira vez a famosa "Caminhando (Pra não dizer que não falei das flores)", do proscrito e censurado compositor e cantor paraibano Geraldo Vandré. Aparentemente, todas aquelas pessoas conheciam aquela música proibida, que ele nunca ouvira! Proibida por quê? Proibida por quem? Como seria possível alguém proibir uma música? E como ele nunca a ouvira, enquanto todos demonstravam conhecê-la?

Acabava de descobrir a imensidão de sua alienação política. Meio dos anos 1970, auge da ditadura militar. Apesar das conversas com o tio, que giravam mais em torno de literatura e música, Tom era politicamente um alienado – como boa parte dos seus amigos. A "música proibida" abriu seus olhos. Demorou a dormir naquela noite, ora lembrando das vozes entoando os versos de Vandré, ora indignado com o fato de que aquela canção somente poderia ser apresentada às escondidas, pois sua execução pública era proibida. Ele simplesmente não entendia aquilo. Por que o medo de uma simples música?

Acordou ainda impactado, e já no café da manhã questionou o pai sobre o assunto. Seu Albertinho se lembrava vagamente da história da proibição da música, bem como do nome de Vandré. Sugeriu ao filho que conversasse com Cabral, que, certamente, teria todas as respostas.

Cabral montou as peças do quebra-cabeças que incomodava o sobrinho. Geraldo Vandré apresentara aquela canção no Festival Internacional da Canção, da Rede Globo de Televisão, em outubro de 1968. Fora classificado na primeira etapa do concurso, apresentada no Tuca, em São Paulo, na mesma noite em que Gil e Caetano Veloso foram vaiados, e este fez um discurso, que se tornou famoso, em que bradava à multidão: "vocês não estão entendendo nada, nada, nada". Pois algumas semanas depois, a canção de Vandré, com sua mensagem política explícita, foi ovacionada pelo público, majoritariamente de jovens, que lotava o Maracanãzinho, no Rio de Janeiro, na final do evento. Na hora da premiação, antes de anunciarem o grande vencedor da noite, chamaram ao palco Vandré, premiado com o segundo lugar. A mesma multidão vaiou impiedosamente, por querê-lo como o vencedor. Todos vislumbraram, naquele momento, que a vencedora seria "Sabiá", de Tom Jobim e Chico Buarque, canção belíssima, mas sem o impacto e a mensagem política incisiva de "Caminhando". Antes de cantar novamente a música, como ritual para o recebimento do prêmio de vice-campeão, Vandré estimulou o público a não vaiar a provável dupla vencedora, proferindo a célebre frase "a vida não se resume a festivais": "Antonio Carlos Jobim e Chico Buarque de Holanda merecem todo o nosso respeito". Não adiantou: as cantoras Cynara e Cybele, intérpretes de "Sabiá", subiram ao palco após a confirmação da canção como vencedora, em meio a virulentos apupos da plateia.

Cabral comentou:

— A plateia não queria poesia, queria política! E com certeza o tempo vai tornar menos passional as análises dessas duas canções.

— Conheço "Sabiá", tio. É uma bela música, mas não a imagino empolgando uma plateia num ginásio.

— Tom, você conhece música. "Caminhando" é uma música feita sobre apenas dois acordes. E "Sabiá" é complexa, melodia e harmonia sofisticadas. Como obras musicais, tecnicamente falando, não se comparam, Sabiá é muito melhor. Mas qual delas é mais poderosa? E como comparar duas obras de arte tão distintas? "Caminhando" trazia tudo o que os jovens queriam ouvir naquele festival, e naquele ano: "Vem, vamos embora que esperar não é saber/Quem sabe faz a hora, não espera acontecer". Quer um convite mais atraente e oportuno que esse?

Tom ficou pensativo. Não basta criar, a obra precisa ser mostrada na hora certa. A própria letra de Vandré fala disso. Aliás, isso serve pra qualquer coisa na vida, não apenas na música...

Cabral aproveitou o mote e arrematou:

— Esqueça tudo o que você aprendeu na escola sobre a história do Brasil contemporâneo. Esqueça o que lhe falaram nas aulas sobre os generais presidentes, sobre a propaganda do governo. Esqueça de tudo o que aprendeu nas aulas de Educação Moral e Cívica.

Tom se lembrava de ter decorado os nomes, os anos de mandato e as iniciativas oficiais de cada um dos generais presidentes, tudo sob um enfoque ufanista, nas aulas de Educação Moral e Cívica. Cabral passou a lhe abrir os olhos sobre o que, de fato, acontecia no país, e que os jornais, todos censurados, não mostravam: opressão, prisões, exílio, censura. Ouviu impressionado o relato detalhado e completo. Claro que já ouvira, *en passant*, sobre alguns daqueles temas. Mas sua atenção nunca fora, de fato, seduzida pelas discussões sobre política e sobre o regime ditatorial.

Simbolicamente, o fato que agora o fazia sentir, em toda a sua dramaticidade, o horror e o absurdo da ditadura fora a proibição de uma música. Ao se emocionar genuinamente com a canção de Vandré, na noite do festival do Venâncio Ayres, e ao saber que o governo proibira sua execução, concluíra que alguma coisa não fazia sentido no país. Sentiu imediata simpatia pelas pessoas que desafiavam a grotesca proibição, cantando corajosamente "Caminhando". Pensou que uma ditadura que proibisse, burramente, uma simples música poderia praticar as coisas mais horríveis do mundo.

Ou será que uma simples canção poderia ter uma força maior do que ele imaginava?

4

I'M A ROCKET MAN

Aos poucos, Luiza foi se entrosando com os demais advogados do escritório, sempre sob o olhar atento de Tom.

Se encantou quando, na primeira festa de final do ano do escritório, da qual ambos participavam, um dos advogados, um pouco mais velho, cantava no karaokê um antigo sucesso de Nelson Gonçalves. Sentada ao seu lado, Luiza comentou, quase sussurrando, num intrigante quase sorriso:

— Que música triste da porra!

Isso, dito como uma confidência, num delicioso sotaque nordestino, quase fez Tom engasgar com o chopp. Ficou fascinado pelo comentário, a forma como foi feito, a oportunidade, tudo. "Ainda por cima tem senso de humor. Um perigo", pensou Tom.

Para ele, senso de humor era uma das qualidades mais importantes numa mulher. E Luiza era destaque nesse quesito, inclusive para cenas de pastelão. Semanas antes da festa de final de ano, os dois foram encarregados de inscrever o escritório numa concorrência de um órgão público. Era o último dia para levarem os documentos necessários, houve um atraso na burocracia da área administrativa e, quando saíram do prédio, faltavam apenas vinte minutos para terminar o prazo. Precisavam atravessar o Centro

Velho de São Paulo, em direção à Rua Boavista, perto da Praça da Sé. Era uma boa caminhada, principalmente num dia normal de trabalho, com muita gente na rua.

Saíram em desabalada carreira, Tom de paletó e gravata, Luiza de calça comprida e salto baixo. A probabilidade de perderem o prazo não era pequena. Como dois loucos, correram pelas ruas do calçadão do centro, quase numa disputa esportiva. Tom na frente, Luiza logo atrás. Ele quase tropeçou numa esquina, ela esbarrou num velhote que por pouco não foi à lona. Chegaram, enfim, ofegantes, rindo às bandeiras despregadas, dois minutos antes do prazo. A tempo. Luiza, quase sem conseguir respirar, elogiou: "você para um quarentão está muito bem".

***

No dia seguinte à noite do festival do Venâncio Ayres, Cabral sugeriu a Tom a leitura do grosso jornal *O Estado de S. Paulo*, em sua edição dominical, que estava sobre a mesa da biblioteca. Tom não tinha o costume de ler jornais. Aceitou o desafio. O tio ficou um bom tempo decifrando para o sobrinho o sentido oculto de cada manchete e reportagem, que tratavam da Guerra Fria, de problemas dos partidos comunistas europeus, da incipiente política brasileira, totalmente desidratada por viverem num período de exceção.

A partir daquele dia, Tom chegava à casa do tio e lia o *Estadão*. Com o tempo, passou a perceber as entrelinhas e os silêncios contidos em simples receitas de bolo ou versos de Camões, às vezes estampados na primeira página do jornal, denúncias veladas contra a censura.

Eram os tempos de chumbo. E Tom passou a descobrir como as proibições se intensificavam nas artes. Não apenas com relação à música, mas ao teatro, ao cinema, à literatura.

Passou a identificar como a censura agia contra os compositores de música popular. Chico Buarque era o mais notório, e um dos discos de cabeceira de Tom, na época, era o álbum com as canções da peça "Calabar", no qual as gravações de "Fado tropical" e "Bárbara" traziam cortes abruptos da voz do cantor, excluindo palavras julgadas impróprias pelos censores, por razões morais ou políticas.

Assim, se "Caminhando" levou o garoto a se interessar por política, a busca por outros exemplos da ação do regime sobre a música popular o levou a mergulhar, ainda mais profundamente, nas obras dos artistas vinculados à sigla "MPB".

Naquele momento, a música ocupava um papel importante nesse novo caminho. Cabral dizia: a música explica o país. Tom então passou de especialista e compositor iniciante a estudioso das obras dos compositores contemporâneos: Chico Buarque, Gilberto Gil, Milton Nascimento, Caetano Veloso. As histórias pessoais e as canções de cada um deles estavam ligadas àquele turbulento período da história do país. Exílio, censura, canções proibidas, metáforas. Naquele momento em que Tom Pinheiro se apaixonou de vez pela música popular, ela não era mero entretenimento. Era muito mais que isso: cultura, história, protagonismo, resistência.

O leque musical se ampliou ainda mais. Passou a reouvir e a estudar artistas de todas as influências que recebera, dos antigos aos modernos. Da coleção de discos da "velha guarda" de sua mãe (Silvio Caldas, Francisco Alves, Dalva de Oliveira, Dorival Caymmi) à MPB moderna que Plínio lhe apresentara (Mutantes, Jards Macalé, Lô Borges, Walter Franco, Secos e Molhados). Do rock progressivo compartilhado com os amigos da escola (Pink Floyd, Emerson, Lake & Palmer, Yes) a Beatles, e à MPB e ao jazz do tio audiófilo. Tom passou a ouvir tudo isso, com sofreguidão e intensidade. Horas e horas, todos os dias, escutando música, ou na casa do tio ou na sua casa, na sua vitrola Garrard, na sala de piano. E lendo, lendo muito, para entender todas as conexões que resultaram naqueles fonogramas e discos de vinil.

Era seu último ano antes da universidade, e a mesada dos pais era suficiente para as lanchonetes, os sorvetes, os passeios com Viviane e para eventuais aquisições de livros e discos. Passou a usar quase todo esse dinheiro para comprar discos. A namorada suportou estoicamente aquele período de vacas magras.

Sua coleção de discos começou a tomar um tamanho invejável. Um armário de madeira marrom abandonado no porão de sua casa tornou-se o espaço para tantos álbuns. Decorava as fichas técnicas, sabia os nomes dos autores das canções, decodificava os encartes. Pouco a pouco, se credenciou para qualquer discussão sobre música, gravações e canções. Discutia com os amigos sobre os músicos de cada gravação, o arranjador, o produtor... Detalhes de interesse de um profissional da área.

Todos aqueles discos traziam canções. Como todo jovem levado por uma paixão, Tom Pinheiro se viu transformando aquelas criações musicais numa grande inspiração de vida. Percebeu com clareza como as pessoas eram tocadas por elas. Pensou em como a canção certa, na hora certa, poderia ser uma arma poderosa, para o bem e para o mal. Constatou que determinadas passagens delas poderiam resumir situações e sentimentos de qualquer pessoa como nenhuma outra modalidade de arte.

Defendeu sua tese numa conversa com Cabral:

— Não existe forma de expressão mais poderosa do que uma canção. Analise as letras de determinadas músicas e se coloque no lugar de pessoas que passam por situações semelhantes – de saudades, de amor, de perda. Acho que a música é muito mais eficaz do que a poesia, a literatura...

— Vamos com calma. Também adoro música popular brasileira, mas não dá pra comparar essas letras com os versos de grandes poetas, como João Cabral, Drummond, etc.

— Mas os poemas você não ouve no rádio, nem nos discos! As canções têm um poder que as poesias de livro não têm! Elas alcançam um número muito maior de pessoas! E quem há dizer que um Chico Buarque, por exemplo, não é um grande poeta?

Aquela conversa duraria horas. Cabral sorria, como um professor orgulhoso do pupilo: “esse meu sobrinho...”.

Duas semanas depois, Tom, que já tocava muito bem piano, decidiu começar a estudar violão. Queria tocar como João Gilberto. Tinha uma obsessão pela canção "Travessia", de Milton Nascimento e Fernando Brant. E o seu sonho, como violonista iniciante, era o de tocar a introdução da música exatamente como executada por Milton, na gravação original. Demorou anos para aprender, e, quando o conseguiu, passou a ser o seu troféu como instrumentista.

"Travessia" foi uma obsessão, e passou a fazer parte de uma espécie de coleção, de canções para todos os momentos. Para perdas amorosas, socorria-se dos versos da mesma canção de Milton e Brant ("Quando você foi embora fez-se noite em meu viver"), ou então "Preciso aprender a ser só", de Marcos e Paulo Sérgio Valle ("Ah, se eu te pudesse fazer entender/sem teu amor eu não posso viver"). Era amplo seu leque estético em situações de rompimento amoroso: ia de "Pra machucar meu coração", de Ary Barroso, a "Impossível acreditar que perdi você", de Marcio Greyck. Era um romântico, buscando canções que abrangessem todos os lados de um final de relacionamento. Como "Acontece", de Cartola: "Esquece o nosso amor, vê se esquece/Porque tudo na vida acontece/E acontece que não sei mais amar/Vai chorar, vai sofrer/E você não merece/mas isso acontece".

Os fatos mais banais sempre tinham sua canção correspondente, assim como todo e qualquer sentimento. Num cancioneiro vasto como o brasileiro, com gêneros, épocas e regiões tão diferentes, sempre haveria uma letra e canção para explicar a realidade. Para ele, um colecionador, um apaixonado por aquele universo, a memória sempre acharia soluções adequadas.

A música crescia em sua vida de forma intensa e integral. Paralelamente às canções e à música popular, criara uma ligação com a música erudita, por conta dos estudos de piano clássico que continuava a ter com a avó. Mas quanto mais estudava Czerny e Hanon, mais vontade tinha de fugir da inflexibilidade da chamada música clássica.

Por esta razão, mesmo à revelia da rigorosa professora, continuou, secretamente, a tocar música popular. O estimulava o fato de que vários dos seus ídolos musicais usavam o piano como instrumento principal.

E tocar piano era uma das paixões de Tom.

Estudar piano era uma prática rara entre meninos da época. Já ouvira alguém dizer que era "coisa de menina". Herança do tempo de seus avós, em que toda casa de família tinha um piano na sala, e todas as mulheres solteiras tocavam Chopin e Tchaikowsky.

E eis que um dia, após um jogo de futebol na escola, se despediu dos amigos dizendo que iria à aula de piano. Um dos jogadores, um baixinho que tinha o apelido de Disco Voador, disparou:

— Piano? Isso é coisa de veado!

Desconcertado, Tom fez uma associação mental, lembrando que existiam vários artistas importantes que tocavam piano – e que não eram veados. Mas ao usar tal argumento, o primeiro nome que lhe veio à mente foi o do autor do grande sucesso da época, "Rocket man". Aquele artista que todos admiravam – e que tocava piano. E foi aí que saiu:

— Como assim? Por acaso o Elton John é veado?

O argumento foi convincente somente naquela primeira metade dos anos 1970.

Tempos depois, sempre se divertia ao se lembrar dessa história. O tal do Disco Voador mudara de cidade. Tom imaginava que, a cada vez que aquele baixinho visse ou ouvisse algo que lembrasse o posteriormente assumido homossexual Elton John, se lembraria daquele dialogo insólito.

E, em sua própria defesa, sempre se justificava, num sorriso interno:

— Como eu poderia saber? Naquela época o Elton John tinha até cabelo!

5

VOCÊ CORTA UM VERSO, EU ESCREVO OUTRO

A sala de Antonio Lemos Pinheiro era a mais ampla do escritório. Quase como uma sucursal da biblioteca do tio Cabral: não faltavam prateleiras, repletas de livros. Tom os colecionara durante anos, e chegara à conclusão de que o melhor lugar para abrigar aqueles volumes, pelo espaço disponível, seria a sua sala de trabalho. Fora uma coincidência: quando convidado para trabalhar no escritório, aquele espaço era ocupado por Pedro Calazans, um dos advogados mais antigos da casa. Que, na semana anterior à mudança, tivera um enfarte fulminante e viera a falecer, jovem ainda, com 58 anos. Dentre as salas disponíveis, aquela fora a escolhida pelo novo contratado, o qual, pouco a pouco, passou a trazer de casa livros e mais livros, até que todas as estantes ficassem completamente abarrotadas.

Um dia, no final da tarde, Luiza estava exatamente naquela sala repleta de livros, conversando com Tom e preparando o roteiro para uma audiência que seria realizada no dia seguinte. Estava com uma blusa vermelha e preta e calça jeans preta. Maquiada e perfumada, ele notou. Tinham terminado o assunto, quando ela se levantou, olhou para as estantes e perguntou, subitamente:

— Você tem algum livro pra me indicar?

— Como assim? Livros de Direito?

— Não, de Direito não. Qualquer livro, menos de Direito – riu.

Tom sorriu. Aquele comentário poderia ser mal compreendido por alguma pessoa severa ou inflexível, comum em determinados escritórios de advocacia. Para ele, no entanto, fora um delicioso contraponto a um dia pesado e repleto de problemas. Já percebera a inteligência da menina, razão pela qual intuiu que ela só faria aquele tipo de comentário com ele, naquele escritório. Se sentiu levemente orgulhoso por essa deferência.

— Vamos lá. O que você gosta de ler?

— Alguma coisa de ficção. Terminei recentemente *Crime e castigo*, por indicação de um amigo, e quero ler outro tipo de literatura, quem sabe latino-americana...

— Já leu *Cem anos de solidão*?

— Ah, está na minha lista! Quero! – e abriu um sorriso.

Tom degustou cada instante daquele sorriso, quase que hipnotizado pela presença da moça. Levantou-se, foi até a estante e achou o livro, numa edição de capa dura. Entregou-o a Luiza.

— Tenho certeza de que você vai gostar.

Luiza voltou a sorrir, e, sem dizer uma palavra, deixou a sala.

Tom ficou alguns segundos absorto, olhando para as paredes. Nesse momento, a copeira entrou com uma bandeja, trazendo o habitual chá do final de tarde, vestindo um uniforme azul com o logotipo do escritório. Enquanto a moça inclinava o bule, despejando a água com cheiro de hortelã na xícara, a imagem da advogada sentada à sua frente, até três minutos antes, dominava a sua mente de tal maneira que, quando a funcionária deixou o recinto, Tom balbuciou a frase "sorriso lindo!", meio sussurrada, meio falada, meio grunhida, saindo do seu âmago, como que estivesse gritando com seus botões.

***

Chegara o momento do vestibular, e Tom estava dividido entre Jornalismo e História. Era sua matéria preferida na escola. Sua área era, indiscutivelmente, a das ciências humanas. Mesmo contrariando o tio, que insistia tanto para que ele fizesse Direito, pois "o campo de trabalho é melhor", optou pelo Jornalismo.

Acabou sendo aprovado no vestibular da PUC, em São Paulo, e para lá se foi, levando o violão e um punhado de livros. O destino era uma república de estudantes ao lado da universidade, no pacato bairro de Perdizes. Situada num estreito sobrado da Rua Bartira, localizada num enorme quarteirão que compreendia também as ruas Monte Alegre, Ministro Godoy e João Ramalho. Dividia o aluguel da casa de três quartos com quatro amigos de Itapetininga, mais um baiano e um uruguaio, todos estudantes da mesma universidade.

Não era mais um alienado político, e sabia que naquela São Paulo e em universidades como aquela era gestado um movimento de reação à ditadura militar.

Na primeira semana de aula, ficou absolutamente fascinado com o clima daquela universidade católica tradicional, que vivia um estado de estranha liberdade vigiada. Cerca de oito anos antes, fora promulgado o famigerado e violento Ato Institucional número 5 (AI-5), e após esse período de repressão mais aguda os estudantes começavam, pouco a pouco, a buscar novo espaço no ambiente ditatorial. Poucos meses após a chegada de Tom, a então proscrita UNE – União Nacional dos Estudantes – programou, secretamente, a realização do III ENE (Encontro Nacional de Estudantes) dentro da universidade.

A casa da Rua Bartira ficava a uma quadra da faculdade. Tom estudava de manhã, mas ia noite sim, noite não à biblioteca localizada no térreo do prédio novo, interessado numa grande coleção de livros sobre política e história. Na noite de 22 de setembro, enquanto transcorria a reunião proibida numa área perto do teatro da universidade (Tuca), ele estava absorto na leitura de *Os dez dias que abalaram o mundo*, livro do jornalista americano

John Reed sobre a revolução russa, quando, de repente, começou a ter sua atenção voltada para latidos de cães e um alarido cada vez mais forte de gritos e barulho de coisas caindo. Foi então que, estrepitosamente, a porta principal da biblioteca veio abaixo e a sala foi invadida por forças da Polícia Militar, com cassetetes, bombas de gás lacrimogêneo e seus cães de coadjuvantes, como se estivessem todos numa guerra. Cena de filme, impensável naquela pacata noite paulistana de setembro de 1977.

Dois dias depois, Cabral leu nos jornais o relato sobre o que ocorrera naquela noite. Alertado previamente pelos órgãos de informação da ditadura, o secretário estadual de Segurança Pública de São Paulo, o temido e agressivo coronel Erasmo Dias, determinara, num ato de ferocidade sem paralelos, a invasão total da universidade. Como resultado de tal ação, naquela noite todas as mais de 3 mil pessoas que estavam dentro das duas construções que faziam parte do *campus* – os chamados "prédio novo" e "prédio velho" – foram detidas, mesmo as que estavam simplesmente assistindo às aulas, ou visitando colegas, ou estudando na biblioteca – como Tom. Na verdade, o encontro dos universitários já tinha ocorrido durante o dia, e, no momento da invasão, cerca de 2 mil estudantes faziam um ato público contra a repressão, na frente do Tuca.

Logo depois das 21h, surgiram várias viaturas policiais, comandadas pelo coronel Erasmo Dias, de onde saíram investigadores civis e membros da tropa de choque e passaram a agredir com cassetetes e bombas de gás lacrimogêneo os estudantes que estavam sentados ouvindo a leitura de um documento por um dos organizadores da manifestação. Devido à violência da investida, os estudantes se levantaram e correram, em pânico, para a entrada da PUC. Os policiais os perseguiram, usando cassetetes e jogando bombas que expeliam gás, outras que soltavam chamas e outras ainda que espirravam líquidos que queimavam a pele. Os jovens que entraram na PUC se chocaram com outros que estavam saindo das classes e tentavam ir embora para a casa. Tudo isso contribuiu para aumentar o pânico, fazendo com que várias pessoas caíssem na rampa e fossem pisoteadas e queimadas. Foi a partir daí que os policiais invadiram o prédio novo, onde estavam as classes e a biblioteca. Exatamente onde estava Tom.

Cenas de terror. Livros jogados no chão, pessoas espancadas, sedes dos diretórios acadêmicos depredados, pessoas queimadas pelas bombas. O restaurante, situado entre os dois prédios da universidade, teve suas portas de vidro quebradas e foi praticamente destruído.

A ferocidade dos policiais deixou Tom absolutamente estupefato. Levado e empurrado para fora do prédio, em direção à rampa de saída da PUC, se misturou a estudantes, bibliotecários, professores, funcionários, visitantes e curiosos, todos arrastados para o estacionamento na frente da universidade, na esquina das ruas Monte Alegre e Caiubi, exatamente em frente ao Tuca. Impactado, ali ficou horas e horas à espera da triagem, sob a ameaça de fuzis e metralhadoras e dos latidos descompassados dos cães.

Atônito com a absurda violência, se imaginou no meio de um acontecimento histórico, que seria contado nos livros. Aqueles fatos extremados certamente teriam consequências. Identificou vários colegas de classe sentados no chão do estacionamento, como ele, sob os olhares dos policiais. Lá estava também um dos seus professores. Naquele momento, seus companheiros de república estavam no Pacaembu, assistindo a um jogo do Santos com a Portuguesa. Quase fora com eles. Olhou para o outro lado da rua, onde vislumbrou, à meia-luz, a frente do Tuca. Subitamente, se lembrou da noite em que fora apresentado à canção "Caminhando", em Itapetininga. Sentiu um arrepio pela lembrança: aquele mesmo Tuca abrigara a primeira apresentação de Geraldo Vandré, cantando aquela mesma canção, numa das eliminatórias do Festival Internacional da Canção, em 1968. O teatro era como um território sagrado, pensou Tom, ao mesmo tempo que, num delírio, imaginou como seria se todas aquelas pessoas detidas, naquele momento, se irmanassem numa só voz, cantando o "Caminhando", como em Itapetininga. Olhou em volta. A agressividade dos opressores era tanta, tão ostensiva e intimidatória que ele, contemplando a rede de policiais militares que os cercava, reconheceu que qualquer manifestação naquele momento estaria completamente fora de cogitação. Se sentiu frágil e acuado pela violência.

Em meio aos latidos dos cães e gritos dos policiais, sua mente voou, passeando por trechos de canções, dissimuladas vozes de resistência ao regime. Dissimuladas porque compositores e letristas como Chico Buarque, Paulo César Pinheiro, Gonzaguinha, Taiguara, Fernando Brant, Márcio Borges utilizavam metáforas para denunciar, em suas letras, a censura e o cerceamento de liberdade. Para Tom, a mais explícita dessas mensagens, que, inacreditavelmente, fora liberada pelos censores estava na canção "Pesadelo", de Maurício Tapajós e Paulo César Pinheiro, que trazia os inequívocos versos "você rasga um verso, eu escrevo outro/você me prende vivo, eu escapo morto". "Acho que o censor que analisou essa letra foi demitido", riu Tom, ao ouvi-la pela primeira vez.

Depois de algumas horas de ansiosa espera foi liberado, assim como os demais que não tinham registros de participações anteriores em atividades políticas chamadas de "subversivas". Mais de 700 pessoas foram presas, entre eles três colegas de sua sala, e encaminhadas em ônibus da Prefeitura ao Batalhão Tobias de Aguiar. Seu professor de PFTHC (Problemas Filosóficos e Teológicos do Homem Contemporâneo) fora conduzido ao temido DEOPS (Delegacia Estadual de Ordem Política e Social). Ao contar todos os detalhes daquela noite aos colegas de república, o uruguaio, Omar Marizcurrena, comentou: "Un profesor que enseña un tema llamado 'Problemas filosóficos y teológicos del hombre contemporáneo' sólo podría terminar en DEOPS...".

Aquela noite foi como um "Caminhando 2 – o retorno". Mais uma vez, a música conectava seu espírito com a realidade. Insone, trabalhou até o amanhecer na criação de uma canção, intitulada "Protesto". Outras de teor semelhante saíram nas semanas seguintes.

Canções que gritavam, saídas quase à força, quase à sua revelia.

6

SE ORIENTE, RAPAZ

Nos finais de tarde, Tom colocava seu iPod novo num tocador pequeno, que ficava ao lado da mesa de trabalho. Tinha uma grande discoteca, e um dos seus hobbies era gravar todos os discos no aparelho da Apple, com reprodução da capa e detalhes técnicos. Fora a Nova York durante uma semana e comprara o novo modelo do aparelho, com 80 GB. Era novidade ainda no Brasil. E se gabava de ter incluído "toda a sua discoteca" naquele aparelhozinho.

Enquanto tomava o seu chá habitual e durante uma pausa naquele estafante dia de trabalho, cheio de reuniões, ele colocara um dos seus discos preferidos pra tocar, entre centenas que gravara no iPod: *2222*, de Gilberto Gil.

Enquanto ouvia o disco, absorto nas maravilhas daquelas gravações, ouviu duas batidas na porta da sala.

— Pode entrar!

Era Luiza. Viera para conversar sobre uma audiência que teriam no dia seguinte.

Com um ar curioso, ouvindo a música, perguntou:

— Quem é?

— Gilberto Gil. Um dos melhores discos da história da música brasileira: *2222*. Gravado quando ele voltou do exílio de Londres, lançado em 1972.

— Eu não tinha nascido ainda – brincou Luiza.

Era verdade. Nascera oito anos depois do lançamento daquele disco. A canção que tocava era "Oriente", uma das preferidas de Tom.

Ela afinou os ouvidos e prestou atenção no verso "determine, rapaz, onde vai ser seu curso de pós-graduação".

— Fez pra mim – disse, sorrindo.

Era uma brincadeira pela demora em levar adiante a ideia de fazer carreira acadêmica. Hesitava em iniciar um mestrado, depois de terminar um curso de especialização. Tom percebia suas sérias dúvidas acerca daquelas possibilidades.

— Na verdade, ele está tirando um sarro da gente, Luiza...

— Por quê?

— Gilberto Gil se formou em economia, veio pra São Paulo trabalhar na Gessy Lever. Era um executivo, ia trabalhar de terno e gravata todos os dias, exatamente como estou agora. Se tornou um artista pleno, mas sempre teve uma visão de como era o outro lado. Digo, o "nosso" lado – brincou Tom.

— O "nosso lado", claro! – gracejou Luiza. E arrematou, apontando para a vestimenta de Tom: – o lado do terno e gravata, das convenções... e da pós-graduação.

Tom gargalhou. Tinha paixão por aquela música. Desenvolvera várias teses sobre o seu significado. Tomou um gole de chá e respondeu:

— Uma das leituras que se pode fazer dessa canção é que ela é uma ode à liberdade. Ele diz: "considere rapaz a possibilidade de ir pro Japão num cargueiro do Lloyd lavando o porão pela curiosidade de ver onde o sol se esconde, vê se compreende".

— É lindo isso!

— Pois é. Do "nosso lado" aqui, quem teria a oportunidade, o tempo, a possibilidade de fazer isso? Não temos tempo para olhar para vida de um ponto de vista menos árido e com menos compromissos. O dia a dia nos massacra, essa cidade nos devora. Temos que estar atentos a isso. No meio dessa loucura, não podemos perder a poesia.

A moça sorriu como uma criança, lindamente.

— Ah, eu tento fazer isso. Indo ao cinema, viajando. Aliás, adoro cinema! É uma das minhas paixões.

— Então estamos afinados. É uma das minhas paixões, também.

Tom buscou o iPod para procurar a trilha de Nino Rota para *Amarcord*, de Fellini. Enquanto ouviam, iniciaram uma longa conversa sobre filmes e mais filmes. Quem passasse à frente daquela sala, naquele fim de tarde tipicamente paulistano, e observasse a conversa entre o coordenador e a advogada dificilmente imaginaria que o conteúdo do diálogo estava a anos-luz daquele escritório.

***

Para Tom, a capital paulista era uma espécie de Disneylândia dos cinéfilos. Festivais de cinema, mostras na universidade. Filmes franceses, filmes italianos, filmes alemães.

Tal oferta de opções propiciou a ele o desenvolvimento de uma paixão somente exercida plenamente numa cidade como aquela. Em Itapetininga, onde só havia o Cine Olana quando era garoto, as opções de filme eram escassas. Westerns, Mazzaropi e grandes sucessos de Hollywood integravam a programação. Organizava um caderno com anotações sobre os principais filmes que assistia. Poucos meses após sua chegada a São Paulo, ele assistiu a vários filmes da primeira edição da Mostra Internacional de Cinema, que teve como destaque o filme *Lucio Flávio passageiro da agonia*, de Hector Babenco, que denunciava as torturas do governo militar. Tom se surpreendeu pela repercussão do filme e pelo fato de ele ter sido liberado pela censura. Será que a ditadura estava começando a abrandar seus métodos?

Nos espaços entre o cinema, a música e as aulas da faculdade de Jornalismo, Tom ia pelo menos em dois fins de semana por mês para Itapetininga. Terminara a relação com Viviane, sua primeira musa inspiradora, e agora namorava a também conterrânea Laura, atraente morena de 16 anos. Tom tinha 20, e voltava à terra natal para ver os pais, a namorada e confabular com o tio Cabral. Ao coquetel de assuntos comuns às conversas entre ambos, o cinema era um tema novo e empolgante.

Num domingo ensolarado, enquanto lia os jornais na casa do tio, este lhe chamou ao escritório e, com um volume nas mãos, anunciou:

— Quero lhe dar de presente um livro que mudou a minha vida.

— Que livro é esse? – indagou, curioso, o sobrinho.

— O título poderia afugentar pessoas como você, que não têm intimidade com as coisas do Direito. Não se assuste: leia o título.

— *Ordenações Filipinas – Livro V.* Estranho mesmo – riu Tom.

— Sei que é estranho – sorriu o tio – Pois esse é o livro mais revelador que conheço a respeito do nosso fulgurante Brasil.

Escandiu cada letra do "fulgurante", com um irônico sorriso, arrematando:

— Além de ser o mais engraçado.

Tom virou o livro, buscando alguma referência na contracapa, sem sucesso.

— É ficção?

— É a lei criminal vigente em Portugal e no Brasil Colônia até 1830, após a independência. Traz coisas absolutamente inacreditáveis. Inacreditáveis! – enfatizou.

Abriu uma página, a esmo, e leu:

— *"DO QUE ENTRA EM MOSTEIRO OU TIRA A FREIRA, OU DORME COM ELA OU A RECOLHE EM CASA*

Todo homem, de qualquer qualidade e condição que seja, que entrar em mosteiro de freiras de religião aprovada e for tomado dentro ou que lhe for provado que entrou, ou esteve de dia ou de noite dentro do mosteiro, em casa ou lugar dentro do encerramento dele, que pareça que era para fazer nele alguma coisa ilícita contra a honestidade do dito mosteiro, pagará cem cruzados para o dito mosteiro e mais morra isso morte natural.

E o homem a que for provado que tirou alguma freira de algum mosteiro ou que ela por seu mandado e induzimento se foi a certo lugar, donde assim a levar, e se for com ela, se for peão, morra por isso.

E se for de maior qualidade, pague cem cruzados para o mosteiro e mais será degredado para sempre para o Brasil".

Quando chegou à leitura dessa parte do texto, Cabral empostou a voz de forma teatral, e em seguida caiu numa sonora gargalhada.

— Tá vendo, quais foram as nossas origens? Olhe só quem eram os degredados, nossos ancestrais, parte dos formadores do caráter do povo brasileiro: os caras que tiravam as freiras do mosteiro pra dormir com elas!

E, folheando o livro, passou a repetir as cominações criminais que julgava mais bizarras ou interessantes, fazendo ressalva à linguagem portuguesa antiga: "do que dorme com a mulher que anda no paço ou entra em casa de alguma mulher virgem ou viúva honesta, ou escrava de guarda", "dos que dormem com suas parentas ou afins", "do que dorme com mulher virgem ou viúva honesta por sua vontade", dava como exemplos. A maioria desses crimes tinha como pena o "degredo para o Brasil".

— Os primeiros brasileiros foram esses caras, além dos índios: os tarados!

Tom achou divertida aquela interpretação.

— É seu. Comprei para você. E olhe que é raro conseguir esse livro, é uma versão portuguesa, encomendada de um importador de São Paulo.

Tom abriu o volume e começou a folheá-lo. Era um livro pequeno, de tonalidade amarela e capa dura. Antes que dissesse qualquer coisa, Cabral se voltou em direção à estante e apanhou outro volume, com aparência de muito usado, com folhas soltas e amareladas.

— Não se preocupe, tenho esse meu exemplar. Comprei do mesmo importador. É meu livro preferido há trinta anos.

Leu boa parte do livro na mesma noite, na viagem de volta para São Paulo, de ônibus. Se divertiu com a experiência. Adotou as *Ordenações* como livro de cabeceira, daqueles que nunca saíam do lado da sua cama.

Tal leitura, por sua vez, acabou atraindo um interesse para a área do Direito. Nunca pensara em mudar de curso, mas se viu tentado a assistir a algumas aulas específicas. Assim, nos dois últimos anos da faculdade de Jornalismo, assistiu como ouvinte a dezenas de aulas do curso de Direito. Por orientação do tio, bem como de seu professor de violão clássico, aluno do mesmo curso, leu algumas outras obras de referência e acabou ganhando, no dizer do tio, anos depois, uma "cabeça de advogado". Se isso era bom ou ruim, só o tempo diria.

Se oriente, rapaz. Em que direção iria Tom Pinheiro?

7

COMO É BOM PODER TOCAR UM INSTRUMENTO

Numa reunião árida sobre um caso novo, Tom estava sentado no centro da mesa da principal sala de reuniões do escritório, com mais cinco advogados. Suzana, loira e com fama de "mais bonita", formada na São Francisco e com pós-graduação em processo civil. Renata, com ligeiro sobrepeso e traços harmoniosos, formada na PUC. Tiago, formado numa faculdade do interior de São Paulo, discreto, palmeirense roxo. Paulo Antonio, mackenzista, extrovertido e piadista. E Luiza.

Ela se sentara bem à frente do coordenador e fazia algumas observações sobre o caso. Abrira um livro e lia um trecho escrito pela jurista Tereza Arruda Wambier. A cada vez que pronunciava o sobrenome "Wambier", ele se deliciava com seu sotaque.

O grupo centrava seus estudos na defesa de casos de jornalistas e jornais. Esse era o escopo exclusivo do escritório. E essa especialização era, afinal, a razão da atuação de Tom naquele meio, quase como um profissional bilíngue – sabia tanto a língua dos jornalistas quanto dos advogados.

O caso em questão era "bizarro", segundo o conceito de Paulo Antonio. Um jornalista fizera uma crítica sobre um livro de um autor paulista estreante. Livro de ficção, com componentes eróticos. Na resenha, fizera uma alusão ao *Kama Sutra*, contando a diversidade de posições sexuais descritas no livro. O texto irônico, por si só, seria o bastante para desagradar o autor da obra. Mas o pior fora que, para ilustrar a matéria, em vez de trazer a capa da edição criticada, o jornal estampara exatamente a capa de um exemplar do *Kama Sutra*.

O autor, ofendido, ajuizara uma ação, buscando ser indenizado por danos morais.

A discussão era técnica. Saídas processuais para impedir que a ação prosseguisse. O caráter apimentado do conteúdo da demanda não fora, até então, objeto da discussão.

Foi então que, numa pausa para a entrada da copeira com água e café, o brincalhão Paulo Antonio disse, em voz alta:

— Hoje vamos descobrir aqui quem já leu o *Kama Sutra*!

Todos riram. Tom percebeu, bem à sua frente, que Luiza, embora rindo, enrubescera imediatamente. No mesmo momento, no auge do embaraço, cruzou seus olhos com os dele, o que a deixou visivelmente incomodada.

Baixou os olhos, tomou um gole de água e voltou a olhar para Tom, que sorriu, de forma gentil.

Por dentro, o coração batia em descompasso.

***

Quando se avizinhava o final do curso de Jornalismo, o mundo em que Tom vivia gerava inquietude e temores com a questão política do país, dominado por uma ditadura militar, e o auge da Guerra Fria, com uma permanente ameaça de guerra nuclear entre as superpotências soviética e americana. Sua inquietação gerou uma série de músicas, que passou a inscrever em festivais universitários.

Sem dúvida, a passagem do tempo, o ambiente universitário – e a mudança para São Paulo – lhe propiciaram um conjunto de novas e maduras canções. Pouco a pouco passou a ser conhecido no meio musical paulistano como um compositor emergente. Começou a formar um público, pessoas que o acompanhavam nos festivais, conheciam as músicas, decoravam as letras. Em Itapetininga ocorria o mesmo: depois da vitória no festival do Venâncio Ayres, anos depois da primeira e frustrante experiência, ele se distinguira como um artista, um autor promissor, quem sabe uma "futura glória da cidade", como ouvira de uma amiga de sua mãe.

Paradoxalmente, com apenas 20 anos de idade, aquele criador ainda noviço tinha uma relação complexa com o universo da criação. E agora que começava a ter um repertório autoral menos esquálido, as inquietações e inseguranças se potencializavam. A criação dessas canções representava, na maior parte das vezes, momentos de sofrimento.

Quanto mais o exercício de compor canções passou a ser um compromisso e uma necessidade, mais passou a lhe afligir.

Algumas lhe vinham fáceis e fluidas. Eram momentos especialíssimos, em que sua sensibilidade estava em sintonia com o mundo. Aos poucos, percebeu que esses eram momentos "de paixão", como ele mesmo definiu.

Sentiu atração por uma estudante do curso de Direito e, ao chegar em casa depois do primeiro e quente beijo, se sentindo apaixonado, pegou o violão e em menos de uma hora tinha uma canção pronta, exata, inspirada na moça. A música embalou o romance, que durou meses, momento em que ele já não sabia, ao final, se tinha de fato se apaixonado pela garota ou se se apaixonara pela canção que fizera para ela.

Outras músicas surgiram após sentimentos de incredulidade por algum fato, de indignação, de revolta. Eram canções passionais, e surgiam do nada, quase como um jorro, quase à sua revelia. Indignação com a ditadura militar. Perplexidade com a violência política. Estarrecimento com as consequências nefastas da Guerra Fria.

Num determinado dia, leu no jornal uma notícia sobre o presidente do Paquistão, Zia-ul-Haq, que afirmara que seu povo "poderia morrer de fome, mas o país teria a bomba atômica".

Tratava-se de uma reação ao primeiro teste nuclear indiano, da necessidade de seu país também ter a bomba. Impactado com tal notícia, que considerou absurda, Tom escreveu uma canção em meia hora, que começava com os versos "bomba cara/bomba rara/e o povo comendo grama/bomba forte/bomba morte/e a fome roendo a gana/bomba inútil/bomba fútil e o homem querendo fama".

Quando isso acontecia, era feliz e pleno. Era assim que se sentia quando criava uma música. Por outro lado, muitas vezes se sentara com o violão com a intenção de criar algo e não conseguia. Ficava horas experimentando acordes e ideias, sem nada que avançasse ou se tornasse algo concreto. Aquilo o angustiava. Parecia que não dominava o ofício. Era ele tão somente uma espécie de "cavalo" da criação?

Muitas noites insones, muitos dias de frustração viveu com a sensação de não conseguir mais fazer canções. De repente, do nada, por algo que o tocasse, vinha à tona uma inteira, plena, escorreita. Desabrochava. Nascia. E nesses momentos sentia uma intensa felicidade.

Esses dias antagônicos e ciclotímicos passaram a representar um sofrimento para ele. Sua capacidade de criação era bipolar, pensava. Ele não conseguia controlar esse movimento.

Pedro, amigo da faculdade, surgiu um dia com o contato de Emilio Russell, produtor de gravadora. Falara sobre Tom com ele, entoara trechos de algumas das canções, e o executivo se interessara. Resolveram marcar uma reunião. Pedro contara entusiasmado sobre isso a Tom, que a princípio também compartilhara da euforia.

Quando voltou à república, caiu em mutismo, e não dormiu naquela noite. Passou a martelar em sua mente a reflexão: se porventura assinasse contrato para gravar um disco, e mais outro, e mais outro, quem garantiria que teria capacidade para criar tantas canções novas? Se, por exemplo, o produtor lhe pedisse para fazer uma canção sobre o pôr do sol, ou sobre um fato específico, ele jamais conseguiria compor algo, caso não se apaixonasse de fato por cada uma daquelas coisas.

Seu vigor criativo era um sensor. Se estivesse apaixonado, ou emocionado por alguma razão positiva ou negativa, surgiria uma música. Paixão por uma ideia, por uma pessoa, por um lugar, por qualquer coisa. Jamais conseguiria mentir, fingir que faria alguma música para alguém. Se a música surgisse, é porque a paixão existiria. Se essa não pulsasse, não existiria música nenhuma.

Aquilo era um sofrimento. Pensou que não suportaria ser obrigado a criar canções de forma profissional, pois elas, para ele, eram uma básica exteriorização de seus sentimentos. E quem haveria de controlar os sentimentos?

Não dividia isso com ninguém, a não ser com Laura, a namorada, e Cabral. O tio procurava estimulá-lo. Laura, é claro, fora musa de uma canção.

— Tom, todos os criadores passam por "securas", bloqueios criativos, fases de inapetência...

— Tio, o problema é que não tenho bloqueios ou fases em que não componho. Para mim é o contrário: eu SÓ COMPONHO quando estou apaixonado. Essa é a regra, entendeu?

— Mas você ainda terá uma longa estrada a percorrer, Tom. Você está apenas começando, quanto tempo faz que você começou a fazer música pra valer? Uns quatro anos?

— O problema, tio, é que eu sofro. Quando não consigo fazer música, eu sofro.

Chegou à conclusão de que não sabia lidar com aquilo. Pensou que aquela indefinição poderia atrapalhar seu futuro profissional no jornalismo. "Vou colocar azeitona numa empada que pode não virar...". Abraçar a arte de forma plena, sujeito às intempéries da sua alma, que, afinal, eram a matéria-prima das suas criações, lhe pareceu demasiado, e quase um salto no escuro. Muito longe da sua zona de conforto.

Depois de noites de insônia e de grande sofrimento, a resolução daquele dilema introjetado em seu espírito foi sendo elaborado em silêncio, até que numa manhã a definição veio à luz de forma clara, claríssima, inequívoca.

Resolveu a primeira grande encruzilhada de sua vida com um radicalismo brutal: decidiu romper sua relação com a música. Não seria possível "servir a dois senhores ao mesmo tempo" – expressão que usou para contar a decisão ao tio, quando lhe entregou o convite para a cerimônia de sua formatura. Chegou a pensar que a proximidade com a formatura fora o combustível para tal passo tão improvável e surpreendente. Esse foi o argumento: ou seria jornalista ou seria músico. Tocar as duas coisas ao mesmo tempo seria impossível. Não seria bom nem em uma coisa, nem em outra.

Meses antes, com uma bela economia da mesada que recebia do pai, adquirira um violão espanhol Ramirez, que comprara do professor de violão clássico, o qual, por sua vez, decidira deixar a música de lado para se tornar um bem-sucedido advogado tributarista. "Decidi que quero ter o meu iate, e com a música não conseguirei esse objetivo", disse José Alberto, meio brincando, meio a sério, quando entregou o cobiçado instrumento a seu aluno.

Aquela estória de "não conseguir servir a dois senhores" não convenceu Cabral. Ele sentiu que, mesmo com aquela aparente firmeza em sua decisão, Tom continuava inseguro, e a única e convincente razão para a inesperada decisão era a natureza ciclotímica de sua inspiração. Tentou a todo custo demovê-lo. Lamentou profundamente a decisão, que parecia representar o fim do curto interlúdio do sobrinho com a música popular e a poesia. Percebia que ali havia uma pedra bruta, ainda não suficientemente lapidada. Poderia virar um diamante. Com o tempo e o natural amadurecimento, isso viria – pensava.

Por outro lado, não era insensível às aflições e ao sofrimento do sobrinho, cujo ápice fora alcançado semanas antes, ao tentar, sem sucesso, criar uma canção nova para inscrever num festival. Cabral compartilhara com ele o dilema.

— Estou seco, tio. Como um limão murcho. Impotente, sem inspiração.

Ainda que presenciando a angústia, Cabral não entendeu a natureza irredutível da decisão. Não haveria um meio-termo?

— Tudo bem não fazer mais músicas, entendo. Mas você sabe cantar, você toca bem piano, violão. Não entendo seu radicalismo. Fechar o violão, fechar o piano, não tocar mais nada, nunca mais, para sempre? É muita intransigência! Deixe de fazer músicas, mas não abandone a música!

Mas Tom foi irredutível. Retrucou que a decisão fora muito amadurecida e refletida. Ele pensara em todos os aspectos dessa escolha tão peremptória.

— Tio, uma coisa está ligada à outra. Eu sei que se continuar tocando, continuarei a fazer músicas, mesmo que esporadicamente. Foi assim que várias delas surgiram. Mas é exatamente isso que não quero, entende? O Caetano disse muito bem numa de suas canções: "como é bom poder tocar um instrumento". Escreveu isso porque, ao tocar um instrumento, ele chegou àquela canção. O instrumento é a porta de entrada da canção. E eu quero me libertar disso, de ser esse "cavalo", uma espécie de veículo de algo que vem sei lá de onde, a transformar em canções meus sentimentos de amor, paixão, ódio, perplexidade. Num primeiro momento é prazeroso, mas como não controlo o processo, isso dói, entendeu? Pra algumas pessoas, trabalhar na criação de canções deve ser uma delícia. Pra mim, é sofrido!

Cabral ouvia, atento.

— Além do mais, eu crio canções na expectativa de ser compositor, de seguir carreira com isso. Não vou conseguir.

Pouca gente entendeu aquela postura radical. Para quem observasse de fora, o lado compositor de Tom era algo saudável e promissor. Como abortar tudo isso, de repente? Além do mais, ele sempre implicava com expressões como "para sempre" ou "nunca mais". Sempre dizia, ao ouvir tais frases: como é possível que alguém seja tão onipotente a ponto de dizer que alguma coisa é "para sempre" ou para "nunca mais"? Repudiava tais afirmações categóricas. No entanto, agora era ele que, a partir de um desconforto íntimo, decidia de forma dogmática que nunca mais tocaria violão, ou piano, ou escreveria canções.

Cabral se lembrou de algumas conversas com o sobrinho. Pensou que, certamente, ele levara outros aspectos em conta para sua decisão. Tinha amigos que haviam optado por viver só de música e que tinham notórias dificuldades para pagar o aluguel. Em alguns meses, o dinheiro era bom. Em outros, não dava para o leite e o pão. Por outro lado, conhecia uma outra pessoa, reconhecida por seu talento como pianista, que decidira abandonar definitivamente a música para trabalhar no Banco do Brasil e sofria com isso. Tinha abdicado de um sonho muito importante, e isso marcaria sua vida.

Tom sabia que seria sofrido, mas preferia pensar que o papel que a música representava em sua vida era algo perfeitamente resolvido. Tivera boas experiências como autor e como músico. Se convencia agora de que tudo aquilo fora uma espécie de brincadeira da juventude, que ele guardaria numa pasta, colocada dentro da caixa do violão, com as fotos, partituras, os rascunhos de músicas e matérias de jornais falando dos seus prêmios em festivais. Compor canções e seguir uma carreira realmente profissional seria tarefa para músicos muito dedicados, e ele não sabia fazer nada pela metade. Tinha a certeza de que sempre iria se lembrar desse lado colorido de sua vida e mostraria aquele acervo a seus filhos e netos, que se orgulhariam do remoto lado artístico do pai e avô.

Estava, agora, num novo e especial momento. Concluíra a universidade, e tinha agora um diploma nas mãos. Passou a considerar sua usina criativa musical definitivamente fechada. Seria um bom jornalista, esse seria o seu futuro.

Fechou a caixa do violão, decidindo que seria pela última vez. Olhou a capa da "Folha ilustrada" que tinha sobre a mesa da sala da república, com uma entrevista da cantora Maria Bethânia. Gravou em sua memória a data: era 11 de dezembro de 1981.

Paixão, a força motriz da criação, escreveu em um caderno em que registrava ideias para textos e canções. Seu derradeiro registro.

8

QUERO SUA RISADA MAIS GOSTOSA

Não era só a gargalhada. Luiza tinha uma deliciosa risada de boca fechada que ele nunca vira ninguém fazer igual. Um outro sorriso tímido que a fazia enrubescer, e que ele vira poucas vezes, mas que o tinha comovido em todas elas. Um outro vigoroso e aberto, nas vezes em que se sentia segura. Mas a gargalhada era, de fato, a grande campeã da coletânea, que, para Tom, fazia com que o mundo parasse. Era como uma manhã ensolarada de sábado. Tudo parecia mais feliz, no compasso da alegria estonteante daquela mulher.

Até então, tinha uma estranha teoria que vinculava gargalhadas ao universo masculino. Para ele, essa modalidade de exteriorização de felicidade tinha uma sonoridade viril e um movimento físico mais próximo do mundo dos homens.

Pois o frescor e a beleza das gargalhadas de Luiza tinham jogado aquela teoria por terra.

Era uma gargalhada intensa, radiante. E graciosa e inequivocamente feminina.

Tendo descoberto esse encanto da advogada, ele, que não era de contar piadas, passou a decorar algumas, com a intenção deliberada de provocar a exata e esperada reação da moça. Não importava escolher as mais infames. A alegria dela sempre desaguava na inevitável gargalhada. Numa manhã, enquanto aguardavam a chegada de um cliente para uma reunião, ele se aproximou sorridente, com um ar irônico.

Luiza brincou:

— Ih... lá vem ele.

Contou uma anedota irremediavelmente infame.

Ela gargalhou a ponto de quase perder o fôlego, para o deleite de Tom.

Na sua mente viajava a canção de Ivan Lins e Vitor Martins: "quero sua risada mais gostosa/esse seu jeito de achar que a vida pode ser maravilhosa".

Se a vida podia ser maravilhosa, era para que ele pudesse viver um momento como aquele.

***

Cabral ficou com o espólio daquela batalha interna do sobrinho, pois Tom insistiu para que ele ficasse com o violão Ramirez. Não haveria pessoa melhor para guardar o símbolo daquela fase tão rica e angustiante da sua vida.

Cabral relutou, mas acabou concordando em ficar com aquela caixa de couro marrom, quase um despojo de guerra. Uma guerra em que todos perderam, na sua visão: não apenas o sobrinho, mas também ele, o maior fã e incentivador do seu lado artista.

Segundo Tom, a partir daí a relação com a música continuaria a existir, mas apenas como um *hobby*, da forma leve que tinha antes da universidade. Continuaria a cultuar a paixão pela canção popular brasileira. Pelos compositores. Continuaria a colecionar, a compartilhar as histórias sobre como fulano ou beltrano tinha criado essa ou aquela música. Continuaria a estudar essas histórias, ademais depois da sua marcante experiência pessoal como compositor de canções.

Qual é a fonte criativa? Qual é a motivação que leva alguém a fazer uma canção?

Colecionar histórias desse gênero continuava a ser a tarefa que mais lhe dava prazer. Uma das descobertas recentes fora a de que Lupicínio Rodrigues tinha feito duas de suas melhores músicas, "Volta" e "Vingança", para a mesma mulher, que o tinha enganado com um amigo. As sensação de revolta, de injustiça, de traição inspiraram o notável compositor gaúcho a criar as duas canções antípodas, uma pisoteando na musa inspiradora ("Eu gostei tanto, tanto quando me contaram/que te encontraram chorando e bebendo na mesa de um bar") e a outra morrendo de paixão e saudade pela mesma mulher ("Volta/vem viver outra vez ao meu lado/não consigo dormir sem teu braço/pois meu corpo está acostumado").

Tom ficou fascinado quando descobriu que as duas canções tinham sido feitas inspiradas na mesma mulher. Numa roda de amigos em Itapetininga, num fim de semana ensolarado, regado a cerveja, comentou com Plínio: "Como é possível que ele tenha conseguido fazer duas músicas assim, tão diferentes, pra mesma mulher?" Ao que Plínio respondeu: "Tom, essas duas músicas são apenas mais um exemplo de como as mulheres são inexplicáveis...".

Aí a conversa sobre o universo feminino se espalhava para outras letras e outros autores, passando por Aldir Blanc ("mulher, um ser maravilhoso entre a serpente e a estrela"), Caetano Veloso ("mas a gente nunca sabe mesmo o que que é quer uma mulher"), e se fixando, por fim, nos versos de Noel Rosa, que, segundo Plínio, revelavam como nenhum outro as contradições da figura feminina:

Pra que mentir
Se tua ainda não tens
A malícia de toda mulher
se tu sabes que eu te quero
apesar de ser traído
pelo teu ódio sincero
ou por teu amor fingido?

Tom saboreava aquelas palavras, mas se sentia mais um analista teórico e intuitivo das mulheres. Tivera, até então, poucas experiências com o sexo oposto, insuficientes para confirmar aqueles conceitos exteriorizados nas canções quanto à volubilidade da alma feminina. Pensava que precisaria de mais vivência para compreender o processo criativo daqueles mestres, bem como o quanto as relações com as respectivas mulheres tinham colaborado para as criações de canções tão expressivas.

Enquanto se enriquecia de relatos, Tom se flagrou, certo dia, a lamentar que aquela interrupção de sua vida autoral impediria que, no futuro, alguém eventualmente viesse a se debruçar sobre as suas canções, da mesma forma como ele mergulhava nas obras de tantos autores da música popular brasileira. Teve esse *insight* enquanto lia uma entrevista de Chico Buarque numa revista, e imaginava a satisfação do entrevistado por saber que várias das suas canções haviam se tornado peças fundamentais da cultura brasileira. O pensamento o frustrou momentaneamente, mas ele concluiu, de uma forma um tanto fatalista, que provavelmente a vida lhe destinara o papel de apreciador e degustador, e não de criador.

Mesmo assim, e se lembrando das conversas envolvendo as letras sobre a alma feminina, lamentou, por alguns segundos, não ter vivido de fato uma paixão com envergadura suficiente para originar uma canção digna de sensibilizar as pessoas.

9

EU QUERO MAIS EROSÃO, MENOS GRANITO

No início de 2006, poucos meses após a contratação de Luiza, Tom sugeriu aos sócios do escritório que ela tivesse uma promoção, passando a ser a chefe de uma das áreas dos advogados. Fora tempo suficiente para perceber sua dedicação, seu senso de organização e sua capacidade como profissional do Direito. Precisava aparar algumas arestas, mas isso seria apenas questão de tempo, pensou. Tendo recebido sinal verde, fez o convite a ela durante um almoço, num tradicional restaurante localizado no famoso Edifício Itália, o Circolo Italiano. Luiza pediu alguns dias pra pensar.

Passada uma semana, nenhuma resposta. Aflito com aquela demora, Tom insistiu com ela, que se desculpou, dizendo:

— É que eu penso muito antes de decidir.

E, após alguns minutos de penoso silêncio, aceitou, finalmente, como se tivesse tirado aquela resposta do fundo da alma.

A diferença de status não alterou nada, aos olhos dele. A primeira consequência seria a de que eles teriam mais contato, pois passariam a trabalhar juntos com mais constância.

Luiza continuava a lhe causar a tal da impressão camaleônica. Em determinadas semanas, Tom aguardava diariamente a chegada dela, curioso sobre como seria a sua roupa, sua maquiagem, seu sorriso, e que impressão lhe causaria. Se decepcionou levemente quando ela retornou, numa segunda-feira, e sua chegada não lhe causou nenhuma emoção fora do padrão. Algo estava diferente, e ele não sabia precisar o que. Algo interior, da sua alma de mulher. Perdera alguma coisa naquela manhã. Mas foi apenas durante aquele dia. Na terça-feira, voltou com tal frescor e brilho que ele quase perdeu o fôlego. Foi como se tivesse não apenas recuperado, mas dobrado o impacto da sua graça.

Essa ciclotímica percepção remeteu sua memória aos versos da canção "O que é bonito", de Lenine e Bráulio Tavares. "Eu gosto é do inacabado/do imperfeito... eu quero mais erosão, menos granito". Tom, estranhamente, passou a fazer analogia com Luiza, ao ouvir aquela música. Ouvia a canção e se lembrava dela. Um dia ele mesmo se pegou refletindo sobre isso. "Que estranho, uma música que fala de imperfeito, inacabado, estragado... O que tem a ver com ela, tão jovem e atraente?" Não sabia explicar a relação entre a pessoa e aqueles versos. Tentou explicar esse paradoxo para Eduardo, sócio do escritório, num *happy hour* no Bar Brahma, a três quadras da Barão de Itapetininga.

Depois do terceiro ou quarto chopp, o assunto entre aqueles dois homens, inevitavelmente, passava a ser sobre mulheres.

Falavam do elenco feminino do escritório, e Tom parecia ter descoberto, naquele momento, a razão pela qual seu subconsciente ligara Luiza àquela canção.

— Esse é o maior elogio que posso fazer a uma mulher!

— Mas não entendi, caro, o que tem essa coisa de imperfeição, de erosão, a ver com ela?

Tom achava engraçada a mania de Eduardo chamá-lo – e aos demais amigos – de "caro". "Que bizarro", ria. E isso só acontecia nos *happy hours*, quando os eflúvios etílicos já se manifestavam de forma inequívoca.

— Vou tentar explicar. Luiza tem uma certa tristeza. Mas não a tristeza triste, se é que me entende...

— Não entendi nada – sorriu Eduardo.

— Essa canção fala da verdade, da autenticidade, entendeu? – continuou Tom, enfático. Da essência. daquilo que está além das aparências. Quando falo que ela tem a "tristeza", quero dizer que ela tem alma. Tem um "it"! É bonita, mas não é só um rostinho bonito, não tem carinha de manequim ou de modelo. Mais importante: tem um charme que é tudo.

Como se estivesse pensando em voz alta, continuou:

— Tem uma beleza natural, autêntica, sem disfarces.

E concluiu com uma frase que parecia resumir tudo, ao seu juízo:

— É uma força da natureza.

No exato momento em que sua boca pronunciou essas palavras, se sentiu levemente constrangido, achando que talvez tivesse exagerado na definição da advogada, principalmente transmitida para uma pessoa com quem não tinha grande intimidade. Teria exagerado nos chopps?

Ainda assim, concluiu:

— Diria que ela poderia ter alguma imperfeição, mas que isso não teria a mínima importância, diante do conjunto da obra.

— Opa! Que defesa de tese! – riu Eduardo — Confusa, mas veemente!

Tom reconheceu a confusão de seus pensamentos, tentando justificar o afã dos argumentos.

— Calma, calma, calma! Estamos falando de mulheres, e estou falando daquela advogada que, pra mim, é a mais interessante do escritório.

Eduardo gargalhou.

— Estou calmo, caro. Não se preocupe, somos dois amigos conversando, e gostamos de belas mulheres.

Tom tinha simpatia por ele, apesar de considerá-lo uma pessoa "muito geniosa", conforme definiu uma vez. Loiro, com ligeiro sobrepeso, de traços europeus, competente advogado, Eduardo muitas vezes se exaltava além da conta e desnecessariamente. Mas era um bom ouvinte e companheiro de copo no mesmo nível de Tom: nada de uísque ou vodca. Vinho tinto ou chopp, ou cerveja.

— Eduardo, vamos imaginar uma eleição da mulher mais bonita do escritório. Se formos falar da "boquinha mais bonita", dos "olhinhos mais bonitos", etc., talvez Luiza perdesse a eleição. Mas é no conjunto da obra, na presença, no *sex appeal* que ela ganharia...

Tom bebeu mais um gole de chopp, e lembrou-se, subitamente, da boca de Luiza. "Boca carnuda", pensou. Concluiu que aquela era boca mais atraente do ambiente de trabalho. Lembrou-se imediatamente de um antigo personagem de Jô Soares, um dentista que, quando achava uma mulher atraente, soltava o conhecido bordão "bocão...".

Começou a rir sozinho.

— Do que você está rindo, caro?

Tom passou a rir mais ainda, a ponto de quase perder o fôlego. O telefone de Eduardo tocou, e ele identificou a chamada da esposa. Casado há 20 anos, sempre reclamava da vida matrimonial. Não concordava com o entusiasmo de Tom por aquela advogada recém-chegada ao escritório. Aliás, sua opinião era exatamente contrária. Preferia mais as mulheres com carinhas de boneca. Para ele, Suzana, loira e delicada, era a mais bonita do pedaço.

***

A vida seguiu conforme Tom a planejou, depois do surpreendente abandono de seu projeto de se tornar um compositor. A mudança de trajetória, após a condição de jornalista formado, foi rápida. Passadas as festas de fim de ano, em seguida à formatura foi contratado como jornalista da *Tribuna do Direito*, periódico jurídico de grande abrangência na área. Indicação de Cabral, colega de turma de Eduardo Demeo, principal sócio do jornal.

O tio visitara Eduardo numa viagem que fizera a São Paulo, ocasião em que propagandeou o sobrinho como um "jornalista com visão jurídica". E não se enganou: Tom viu naquele primeiro emprego uma boa oportunidade, e a ela se dedicou com afinco. Com o passar do tempo, começou a ser tratado como o "jornalista que entende de direito", atributo bastante raro entre os seus colegas de profissão.

Terminou o namoro com Laura. E apenas dois anos após se estabelecer naquele primeiro emprego, se casou com Simone Campos, também itapetiningana. Paixão fulminante. Morena, olhos grandes e expressivos, linda. Estudante de Direito. Foram apresentados por uma amiga em comum, num dia de julho de 1984, e pouco mais de um ano depois se casaram, numa bonita cerimônia na igreja matriz de Itapetininga.

Tom iniciou uma fase feliz e tranquila. Simone se formou, e não quis engravidar logo. Nesse período, fizeram viagens inesquecíveis. Alugaram um bom apartamento de dois quartos, no mesmo bairro das Perdizes onde morara durante a faculdade. Na Rua Caiubi, a uma quadra da sua antiga república. Gostava do bairro, embora o considerasse uma "cordilheira", com declives acentuados, subidas e descidas. Nos dias de chuva forte, os carros deslizavam bem em frente à sua casa e não conseguiam chegar ao alto da subida.

Dizia aos mais chegados que o casamento tinha sido a melhor decisão de sua vida. Sentia-se pleno, harmônico, em paz. Não tinha luxos, trabalhava bastante, muitas vezes até tarde da noite, mas sentia que a vida fluía e valia a pena.

Os anos se passaram. Tom passou, pouco a pouco, a ocupar lugares mais importantes na linha hierárquica do jornal. Chegou a editor, e era o braço direito de Eduardo Demeo. Conquistara prestígio no meio jurídico e um excelente relacionamento com pessoas importantes na área.

Quando chegou a virada do século, no mesmo período em que faleceu seu pai, simultaneamente suas relações matrimonial e profissional deram guinadas absolutamente imprevistas. Um verdadeiro tsunami em sua vida. Seu Albertinho, diabético, já não vinha bem há anos. Estava a caminho dos 90 anos e fora definhando, definhando, até o inevitável desfecho. Tom guardou a imagem daquele homem bom, alto-astral e muito apaixonado pela esposa. Já estava distante do contato diário com ele, razão pela qual a dor da perda surgiu atenuada, dissipada, com lembranças dos bons momentos da sua infância e juventude e uma espécie de alívio pelo fim do sofrimento da doença que castigara o corpo daquele homem exemplar.

Quanto ao surpreendente fim do seu casamento, já vinha tendo um desgaste paulatino e crescente. Natural, sempre lhe diziam. Em suas reflexões, reconhecia seu amor pela esposa, mas a partir de certo momento teve a nítida certeza de que se algo não fosse feito para mudar o rumo, seria uma pessoa infeliz. Fez um mea-culpa, pois sempre ficava até tarde na redação do jornal e pouco tempo tinha para Simone. Que, por sua vez, trabalhava como advogada num grande escritório e também tinha uma pesada agenda. A partir de certo momento, Tom passou a viajar bastante, para cobrir e registrar diversos eventos jurídicos que ocorriam em vários estados do Brasil. O fosso entre o casal aumentou. Um ar de desencanto e frustração começou a pairar no ar. Durante semanas e meses viveu um grande dilema, dividido entre a zona de conforto do casamento e o desconforto íntimo com a relação insatisfatória. Conversou com alguns amigos com o mesmo tempo de matrimônio, que lhe diziam sentir a mesma frustração em suas relações. Ninguém, no entanto, nem sequer cogitava separação. "É assim mesmo, Tom!"

Com Tom e Simone a coisa não foi assim. Decidiram se separar de forma surpreendentemente amigável. Ela continuaria a morar no apartamento de Perdizes. Ele se mudaria para um apartamento nos Jardins, como de fato fez. Sabia que a maioria dos seus amigos, numa situação como aquela, manteria o vínculo. Mas, para ele, a sensação inequívoca era a de que o capítulo tinha chegado ao fim.

Tom se lembrou do grande dilema que culminara com sua decisão de abandonar a música. A sua forma de decidir fora parecida: a agonia foi fazendo parte do seu peito, cada vez mais, silenciosamente, até chegar ao dia em que seu subconsciente acusou o momento de agir. Muitos argumentos procuraram impedi-lo de levar adiante a resolução: a segurança emocional e a harmonia do casamento, a construção de um patrimônio com Simone, o amor e a importância da esposa no seu progresso pessoal e econômico. Se afeiçoou à família da mulher, e vice-versa. Todos esses pontos positivos tornaram difícil a concretização do fim. Um dia, no entanto, acordou com a certeza definitiva de que a separação era inevitável. E não havia "plano B".

A separação de Tom e Simone foi um choque para muitos. Até porque nunca tinham exteriorizado qualquer problema em sua relação. Era exatamente o tipo de casal que se adequaria àquele perfil de "comercial de margarina". Bem-apessoados, bem-sucedidos profissionalmente, morando num belo apartamento.

Ninguém entendera. Mas para Tom, a quietude, a aparente normalidade, a aparência vistosa e conforme eram embrulhos luminosos que encobriam desconfortos, frustrações, medos. Medo de mudar. Medo de tentar. Medo de ousar. Medo de recomeçar. Medo de avançar. Medo de procurar. Tom procurara não se seduzir pela embalagem colorida de nenhum produto. Se lembrou de uma frase antiga, que ele conhecera na época da faculdade, talvez um pensamento de para-choque de caminhão: "tá tudo bem, mas tá esquisito".

Uma intensa e silenciosa inquietação movera Tom para o fim do casamento, lhe causando grande sofrimento. Inquietação que poderia voltar, adiante, em outros relacionamentos, com novas motivações, com novíssimas molduras, e – quem sabe – muito mais poderosas.

10

SÃO OS TAMBORES OS TAMBORES

O escritório prosperava. Já se cogitava abrir uma área internacional, tendo em conta a abrangência dos assuntos daquele mundo globalizado, envolvendo órgãos de imprensa que tinham interesse no Brasil. 2006 passou como um rojão, e Luiza fortaleceu sua importância na chefia da equipe de advogados. Era raro uma pessoa tão jovem naquela função, mas ela dava conta do recado, apesar de "verde" em alguns papéis que a função exigia. Por vezes, demonstrava certa inabilidade na relação com seus subordinados, e exigiu de Tom algumas intervenções. Com a orientação dele e o bom trabalho dela, para os sócios a eficácia do trabalho daquela equipe era bem avaliada.

Criaram uma relação de confiança. Ela percebeu que podia confiar nele. Tom a protegia das maledicências e dos problemas. Cirurgicamente, atuava em situações de crise, muitas vezes sem que ela nem sequer soubesse. Mas, certamente, de alguma forma suspeitava que ele intervira em determinados embates. Nos conflitos entre o contencioso e outros setores do escritório, por exemplo. Na relação com correspondentes ou com filiais, como no Rio de Janeiro. Luiza se sentia abrigada e protegida. E Tom se sentia bem em blindá-la. Senso de proteção, desejo de querê-la bem e de que aquela área do escritório funcionasse a contento.

O que o fascinava a cada vez que percebia e intuía o interior de Luiza era o eterno contraponto entre o espírito altaneiro e a insegurança. Ousada em algumas posturas, insegura em outras. Nervos de aço, em contraponto a um lado intenso e passional, que ele intuía e vislumbrava, observando, furtivamente, algumas das reações da jovem advogada. O que buscava aquela menina vinda do Nordeste, sozinha naquela cidade imensa? Aquilo também o enternecia. Tinha sincera preocupação com o seu bem-estar. E isso fazia do sentimento dirigido a ela algo diferente da relação corriqueira dirigida a cada uma das outras colegas de trabalho.

Luiza fora especialmente eficaz numa demanda envolvendo um jornal popular, que fizera uma matéria sensacionalista com uma jovem cantora de MPB. A matéria era horrível, tendenciosa, mentirosa, e a artista ajuizara uma ação indenizatória, exigindo reparação por danos morais. Obviamente, o Mendonça, Navarra e Guimarães defendia o jornal e o jornalista responsável pela matéria. A causa era perdida, e o máximo que se poderia almejar seria reduzir o valor da inevitável indenização. A cantora fora assaltada num restaurante, com um grupo de amigos, após um show em que lançara seu novo CD. Inocentemente, posara para uma foto por solicitação do fotógrafo do jornal, que fora à delegacia quando chegara a notícia do ocorrido. O dia já quase amanhecia, e a jovem, cansada, foi estimulada a ser retratada segurando o disco recém-lançado, com um sorriso forçado e pouco expansivo. Dois dias depois, a vítima se transformara em criminosa, nas garrafais letras da manchete: "Cantora dá show em arrastão", e com a foto nem um pouco favorável à jovem artista. O conteúdo da matéria era pior ainda: o jornal afirmava que ela se aproveitara do assalto para "caitituar o seu novo disco".

Luiza trabalhou muito bem no caso. Conseguiu localizar o então editor do jornal, responsável por várias manchetes atrozes como aquela, e que, demitido da empresa, estava morando em

Londres. De forma surpreendente, conseguiu dele uma declaração se responsabilizando pela manchete e pelo conteúdo da matéria. Embora isso não tirasse parte da responsabilidade do jornal, acarretou uma longa discussão que acabou resultando na redução do valor da indenização, o que, afinal, era o objetivo do escritório, naquela demanda.

Discutiam juntos as estratégias jurídicas para os casos mais importantes e decidiam sobre como seria feito o contato com as redações dos jornais e com os jornalistas, para concretização dos objetivos de cada ação. Toda manhã, ele lhe enviava um e-mail com as publicações sobre os casos mais importantes, e recebia da advogada a mesma e sistemática resposta, com os pontos de exclamação que eram sua marca registrada:

— Bom dia! Recebidas!

Aqueles pontos de exclamação, usados sem parcimônia, faziam parte da rede de atrativos que via nela. Tinha uma curiosidade intelectual, por perceber que a comunicação verbal escrita de Luiza tinha a mesma dualidade que observava na sua personalidade. O lado advogada era formal. Um formalismo não apenas jurídico, mas antigo, quase castiço, algo normalmente presente em redatores habituados a muitas leituras. Isso era um mistério. Por outro lado, na vida privada tinha uma forma de comunicação escrita moderna e inteligente, que Tom desde muito cedo observara. Perito em textos, se sentia cada vez mais atraído por aquela dualidade e pelo fascínio cada vez mais crescente que cercava a presença diária de Luiza Nabuco da Costa em seu mundo.

***

Tom saiu do *Tribuna do Direito*, se separou e foi trabalhar em outro projeto jornalístico. O comentário de tio Cabral, dizendo que ele já tinha "cabeça de advogado", após dezessete anos atuando como jornalista e depois editando um jornal técnico de direito, agora fazia ainda mais sentido. Naquele período à frente do tabloide jurídico, ele não apenas aprofundara seu conhecimento técnico na área, embora continuasse sendo tecnicamente um leigo, mas também passara a ter relacionamento direto com alguns dos mais importantes advogados e juristas do Brasil, dos quais selecionava textos e artigos para publicação.

De tanto ler e conversar com juristas e advogados, passou a adquirir tal conhecimento que se surpreendia, às vezes, corrigindo textos e divergindo de opiniões de *experts*. Passou a conhecer como um verdadeiro advogado as áreas de direito processual e direito civil. Era extremamente atualizado em relação às novas legislações, pois uma área do jornal era dedicada exatamente à análise desses novos textos. Quando foi promulgado o Código de Defesa do Consumidor, em 1990, ou a nova lei de direito autoral, em 1998, Tom sabia os textos praticamente de cor, e tinha capacidade de discutir com advogados a respeito deles, mesmo com os especialistas nos assuntos.

Diante de tal conhecimento e segurança, todos pensavam que ele era também advogado, ou, no mínimo, um bacharel. A maioria se surpreendia quando revelava que nunca cursara a faculdade de Direito.

Mas tal segurança também originava inimizades. Alguns dos advogados mais experientes, e em especial aqueles que não tinham espaço no *Tribuna do Direito*, falavam horrores da "petulância" de Antonio Lemos Pinheiro, por se julgar um entendido em assuntos que tinham tantos especialistas estrelados. Estrelados sim, mas também muito vaidosos, formados nas melhores faculdades de Direito do país. Essas maledicências ciumentas, no entanto, jamais chegaram a atrapalhá-lo nem a ter real repercussão, pois ele tinha amigos poderosos, tanto do meio acadêmico como dos tribunais e das bancas de advocacia, que sempre faziam um contraponto às fofocas.

Um desses ressentidos era um advogado espalhafatoso, Wagner Balotti, que enviara dois ou três artigos ao jornal, todos "mal escritos", segundo Tom, e rejeitados por ele. Como editor, não fazia concessões.

Em sua mesa, além dos volumes da Constituição Federal e dos Códigos Civil, Penal e de Processo Civil, ele mantinha o velho volume do Título V das *Ordenações Filipinas*, que ganhara do tio. Muitas vezes, chamava alguns dos outros jornalistas ou estagiários à sua sala e lia, gracejando, alguns trechos do livro, principalmente quando determinado crime – invariavelmente de conteúdo sexual – tinha como pena mais drástica o "degredo para o Brasil".

Na verdade, fazia aquilo como uma pilhéria. Seu objetivo principal era a provocação: saber o que as pessoas pensavam daquela insólita explicação sobre a formação do povo brasileiro.

Normalmente, seus interlocutores riam da análise e passavam a discorrer impropérios e maledicências quanto às autoridades e instituições brasileiras – hábito que Tom, por fim, concluiu ser uma espécie de esporte nacional.

Tinha um novo desafio pela frente, que fora, afinal, a razão da sua saída do *Tribuna do Direito*. Recebera um convite irrecusável de um velho amigo, Rui Castilho, que pretendia montar um tabloide voltado para a música. Já tinha até o registro do nome: Tambores. Rui tinha dois sócios e um bom dinheiro para investir na ideia, convicto de que o mercado jornalístico que se prenunciava para o novo século tinha espaço para um periódico com tal conteúdo. A ideia era fazer um jornal bissemanal, colorido, direcionado tanto para os consumidores de música como também para os profissionais da área.

Recém-separado, o dinheiro oferecido para trabalhar no projeto *Tambores* representava um bem-vindo *upgrade* em seus vencimentos. Essa foi, sem dúvida, uma das principais motivações para que ele mudasse de casa. Mas também estavam no convite duas outras atrações nem um pouco desprezíveis: o desejo de mudar de ares, depois de tantos anos trabalhando na edição de um jornal jurídico, e, principalmente, o fascínio de trabalhar com música.

A sede do jornal era em São Paulo, numa casa no final da Rua Harmonia, no bairro boêmio da Vila Madalena. O nome da rua ganhou imediata simpatia do compositor e cantor Lô Borges, um dos primeiros a visitar o jornal para uma entrevista, a convite de Tom. Ao anotar o endereço, numa conversa telefônica, disparou:

— Adoraria morar numa rua que se chama Harmonia!

Natural: Lô era o rei das harmonias originais e ricas, em sua obra de compositor.

Tom se reaproximava de um ambiente que conhecia muito bem. E deu conta do recado.

Montou uma equipe enxuta, com colaboradores em Porto Alegre, Rio de Janeiro, Goiânia, Belo Horizonte, Salvador e Recife. Esquadrinhou a produção musical daquele início de século. Estimulou um jornalismo investigativo que não existia na imprensa musical brasileira ligada à música. Aprofundou a discussão – comum entre os músicos da época – sobre o então Presidente da Ordem dos Músicos do Brasil, Wilson Sândoli, que estava no cargo há quatro décadas. "Há mais tempo no poder, apenas Fidel Castro e a Rainha Elizabeth", pontuava a matéria editada por Tom.

A repercussão foi grande, ecoando na prestigiosa coluna do jornalista Elio Gaspari, na *Folha de S.Paulo*. Isso deu grande força ao *Tambores*.

Também aprofundou a discussão sobre o Ecad – Escritório Central de Arrecadação e Distribuição, responsável pela arrecadação e distribuição de direitos autorais no Brasil, alvo de muitas críticas dos músicos. A matéria do *Tambores*, bastante equilibrada, conseguiu contemplar os dois lados da questão, esclarecendo dúvidas crônicas entre os autores e artistas e as sociedades que os representavam junto ao Ecad.

Rui tinha duas sócias no Rio de Janeiro – Leila Coutinho e Camila Soares – que ajudaram o jornal a se desenvolver e ter muito boa vendagem naquele estado. Uma matéria que teve grande repercussão foi a que escancarou a grande escassez de espaços para shows na capital carioca, o que levou a uma maior dinamização dos governos municipal e estadual na busca de alternativas de espaços.

Mas uma das pautas que mais o entusiasmou foi uma séria de entrevistas com compositores populares – como Tavito, Lenine,

Lô Borges, Guarabyra – sobre o processo criativo de cada um. Isso fez com que Tom voltasse a enfocar o seu grande fascínio – a força motriz da canção, o que motiva um compositor a criar uma música. Voltou ao seu velho caderno de ideias, e lá estava a frase que escrevera anos atrás – "paixão, força motriz da criação". Entrevistando aqueles ídolos, criadores de tantas canções que emocionavam as pessoas, se convenceu de que aquela impressão de tantos anos atrás estava muito próxima da realidade.

11

TRAZER UMA AFLIÇÃO DENTRO DO PEITO

Tom e Luiza tinham um excelente relacionamento profissional. Parecia que falavam a mesma língua. E estavam sempre juntos. Natural que fosse assim, pois atuavam no mesmo ambiente e no mesmo setor. Mas como trabalhavam juntos e almoçavam juntos eventualmente, o caldo estava pronto para as fofocas de ocasião.

Moravam no mesmo bairro, separados pela Avenida Paulista. Muitas vezes as reuniões se estendiam até mais tarde, e as ruas do centro, próximas à Barão de Itapetininga, não eram apropriadas para caminhadas noturnas.

O estacionamento ficava a duas quadras de distância, pois o escritório se situava dentro de uma área do chamado "calçadão", onde carros não entravam. Tom ia trabalhar de carro, e Luiza, de ônibus. Por conta disso, passou a dar caronas à advogada, em pelo menos uma ou duas vezes por semana, sempre que saíam tarde do prédio.

Não parecia que tinham uma diferença de idade de cerca de duas décadas. Até porque Luiza, na visão de Tom, demonstrava ter uma cabeça "mais velha" do que sua idade aparentava. Nas suas conversas, nos seus interesses, estava próxima do universo de Tom. Além do mais, sempre fora com ele uma pessoa muito discreta e reservada, muito embora a intimidade entre ambos crescesse naturalmente, com a convivência em reuniões, em almoços, em caronas.

Alguém comentou, num certo dia, com certa pitada de veneno, que eles estavam "sempre juntos". Tom ficou ressabiado com o comentário. "A língua humana não tem limites", pensou. O comentário o deixou desconfortável.

"Será que existe a possibilidade de as pessoas imaginarem que existe alguma coisa entre nós?", pensou Tom, preocupado. Isso seria muito ruim para os dois e para o ambiente de trabalho. "O que posso fazer para mudar isso? Não lhe dar mais caronas? Não almoçar mais com ela? Não vou mudar minha relação com ela só por causa de fofocas", pensou, enquanto tomava um gole de mate com leite.

A reflexão foi feita numa tarde em que, silenciosamente, observava Luiza sorvendo uma xícara de café. A partir da promoção, ela passara a ter direito ao ritual do primeiro escalão do Mendonça, Navarra e Guimarães: o café que os sócios, chefes e coordenadores do escritório tomavam no Canelinha, um pequeno bar a uma quadra do escritório. Tom optava sempre por um copo de mate com leite, enquanto os demais degustavam o café com canela. Era quase uma celebração, um ritual. Diariamente, após uma reunião importante, todos iam ao Canelinha.

Antonio Lemos Pinheiro era o único membro daquela confraria que não tinha cursado a faculdade de Direito. Volta e meia era chamado a explicar aos desavisados qual, afinal, era a origem da sua particularíssima situação como coordenador num escritório onde só trabalhavam advogados e estagiários. Em vez de se aborrecer com isso, no entanto, ele se sentia valorizado com a perplexidade dos não iniciados. E fazia questão de sempre contar a história, tintim por tintim, desde o início.

***

Tom conheceu Debora numa festa, sete meses depois de concretizar a separação com Simone. Estava naquela fase em que todos os amigos querem apresentar alguém ao novo solteiro.

Sua solteirice plena durou apenas duas estações.

Foi numa festa repleta de advogados, juízes, juristas que ele conheceu a mulher que mudou o seu rumo. O velho *network* da época do *Tribuna do Direito* ainda era eficaz, mesmo quando já editava o *Tambores*. Mesmo porque, organizado como era, nunca deixara de falar com assiduidade com vários dos seus colaboradores do jornal. Isso incluía um vasto espectro, que ia de sócios de grandes escritórios, professores da USP e da PUC, criminalistas famosos a presidentes e diretores das grandes sociedades da advocacia paulista: Associação dos Advogados de São Paulo (AASP), Ordem dos Advogados do Brasil (OAB), Instituto dos Advogados de São Paulo (IASP).

Carlos Ricciardi, sócio de um importante escritório, aniversariava. Convidou a nata do mundo jurídico da capital paulista para sua enorme cobertura, em Higienópolis. Ex-ministros da justiça, secretários de estado e do município, desembargadores, ministros do Supremo Tribunal Federal e do Superior Tribunal de Justiça se sucediam nas inevitáveis filas para provar do excelente buffet e do saboroso vinho italiano proporcionado pelo anfitrião.

Tom ficou impressionado com duas coisas: o apartamento do aniversariante, realmente impactante (com um moderno elevador no meio da enorme sala de jantar, para levar os convidados ao último andar da cobertura) e com a grande quantidade de convidados, a esmagadora maioria deles realmente autoridades de quilate do mundo jurídico. "Como tem gente importante nesse universo!", comentou Tom com Lorenzo Pescatori, professor da Universidade de Milão, que também colaborara com o *Tribuna*. Fluente em português, ele viera da Itália especialmente para a festa.

Realmente, o universo da advocacia prosperara muito no final do século XX e início do XXI. O modelo de escritórios inspirado na tradição norte-americana virara moda no Brasil. Afinal, com a globalização e com o bom momento econômico do país, empresas multinacionais de ponta passaram a investir mais e mais no país. Quando precisavam recorrer a advogados, as primeiras opções dos investidores eram escritórios mais estrelados, como Pinheiro Neto Advogados e Machado, Meyer, Sendacz e Opice Advogados, por exemplo. Mas logo outros escritórios passaram a ter espaço, e o painel de profissionais da advocacia, de todas as áreas, a ser inserido nesse universo globalizado era cada vez maior. O apartamento de Carlos Ricciardi, pensava Tom, era um exemplo disso.

Duas constatações eram evidentes nesse mundo que Tom conhecia tão bem: a primeira delas é que a imagem do advogado individual, profissional liberal, como seu tio Cabral em Itapetininga, era incompatível com a nova ordem profissional, especialmente nas capitais. Agora, o que prevalecia cada vez mais eram sociedades de advogados, especializadas em determinadas áreas do direito. A segunda era que, cada vez mais, as mulheres ocupavam espaço nessas sociedades.

— Tom, quero te apresentar uma grande amiga!

Absorto em suas reflexões, Tom se recompôs e, a partir daquele instante, não conseguiu mais desviar o olhar de Debora Dantas Mendonça. Loira, próxima dos 40 anos, muito atraente. Era o próprio aniversariante quem lhe fazia a apresentação.

— Debora, esse é o Tom, de quem lhe falei. É o não advogado que mais entende de Direito que eu conheço! – gargalhou o simpático anfitrião, do alto dos seus 120 quilos.

Debora foi muito simpática. Boa de conversa, inteligente, Tom logo percebeu suas qualidades mais evidentes, além do pelo par de seios, que um discreto decote mal conseguia ocultar. Separada, advogada muito bem-sucedida, sócia de um escritório grande, que representava os principais órgãos de imprensa de São Paulo e do país em demandas judiciais – Mendonça, Navarra e Guimarães. Defesas em indenizações por danos morais, em ações pleiteando direito de resposta por matérias supostamente ofensivas, essas eram as especialidades da sociedade da qual era sócia.

Embora sua predileção fosse por morenas, e não obstante os cabelos naturalmente loiros de Debora, houve um evidente interesse recíproco. Trocaram telefones, foram ao cinema, jantaram juntos duas vezes, até que Tom a levou para o seu recém-reformado apartamento de solteiro. Apenas dois meses depois o namoro já era sério, e praticamente moravam juntos. Debora morava no Itaim, com sua filha pequena, Alessandra. Tom morava nos Jardins. Contou aos amigos que tinha descoberto uma das formas mais inteligentes que o ser humano já criara para as relações entre homem e mulher: duas casas. Um dia ela dormia no apartamento de Tom e deixava a filha com a babá. No outro, era ele que dormia no amplo apartamento dela. A intimidade absoluta era preservada no dia a dia. Havia uma válvula de escape, um espaço de individualidade, pensava Tom.

Com o relacionamento engatado, voltou a ter mais contato com o ambiente do Direito. Eram frequentes os jantares com amigos de Debora, todos advogados, juízes ou promotores. Muitas vezes com os sócios da namorada, Eduardo Navarra e Priscila Guimarães, ambos mais velhos que ela.

Tom continuava no *Tambores*, mas já se sentindo desestimulado, após o promissor início do jornal. O contato com a música fora um bálsamo para sua alma, e ele adorava o que fazia. Ocorre que o jornal, que no início fora muito bem aceito e propiciara reportagens memoráveis, agora já não encontrava a mesma receptividade comercial. Três anos haviam se passado. A carência de recursos começou a afetar os conteúdos das edições. Não tinha mais verba para viagens. Precisou dispensar quase todos os correspondentes e colaboradores.

Em meio a essa crise, viajou com Debora num fim de semana para o Rio de Janeiro, onde ela agendara, numa sexta-feira, uma reunião com a filial carioca de seu escritório. Jantavam no Carlota, no Leblon, restaurante contemporâneo, filial do homônimo de São Paulo, e Tom se queixava de seu momento profissional. Foi quando Debora lhe disse que seus sócios procuravam um coordenador que trabalhasse junto à área contenciosa do escritório, para fazer a interface entre essa área e as redações dos jornais e revistas representadas pelo Mendonça, Navarra e Guimarães.

— Vocês precisam de um advogado experiente para essa função – opinou Tom.

— Não precisa ser advogado. Pensamos em você!

Tom levou um susto.

— Como assim "não precisa ser advogado"? E como assim "eu"?

— O que nós precisamos é de alguém que entenda, é claro, razoavelmente de processo civil – e você conhece, embora não seja advogado. Mas, principalmente, que faça as redações entenderem o jargão jurídico. E que os advogados entendam a linguagem das redações. Você é a pessoa ideal pra fazer essa ponte.

— Mas isso é uma loucura, Debora! Não quero que você pense nisso só pra me ajudar! Você não pode misturar estações! Uma coisa é nossa relação, é o meu problema profissional; outra coisa é o seu escritório, que vai muito bem e não precisa de mim!

— Tom, não é favor nenhum. Até porque quem sugeriu seu nome não fui eu, foi o Eduardo. A Priscila concordou de cara. Estou só te fazendo o convite, querido. É pegar ou largar. Você vai ganhar mais do que ganha no jornal.

Tom se lembrou de uma conhecida canção do compositor Fernando Lobo, que ele conhecera num velho LP de Orlando Silva, e que dizia que "trazer uma aflição dentro do peito é dar vida a um defeito que se extingue com a razão".

Mais uma vez, estava com uma aflição dentro do peito. E mais uma vez a razão preponderaria na nova encruzilhada.

12

COPACABANA, PRINCESINHA DO MAR

No início do ano seguinte, surgiu a necessidade de Tom ir ao Rio, para tratar de um assunto importante com a filial carioca do escritório. Decidiu levar Luiza, para apresentá-la aos correspondentes na Cidade Maravilhosa. Tom passaria de manhã no prédio onde ela morava, para irem juntos ao aeroporto.

No caminho, ela contou, com a maior naturalidade do mundo, que seu namorado tinha dormido no apartamento e saíra pouco antes da chegada dele. Tom se surpreendeu com a própria reação: a notícia o abalou.

Aquele súbito e surpreendente desconforto o deixou confuso. Custosamente, conseguiu dominar a frustração, que ele mesmo não compreendia direito, e cumpriu perfeitamente o *script*, levando Luiza ao escritório carioca, participando juntos da reunião e saindo ambos depois, com dois advogados locais, para almoçarem no Restaurante Atrium, no Paço Imperial, perto da filial carioca do Mendonça, Navarra e Guimarães.

O escritório ficava no centro da cidade, perto do Theatro Municipal. Caminharam por boa parte do Centro Velho da cidade, passando pela Cinelândia, indo até o Palácio Tiradentes, ao lado do aprazível restaurante, localizado no interior de um dos sítios históricos mais interessantes da ex-capital do Brasil, local que abrigou a família imperial, após sua chegada ao país em 1808. Sempre que ia ao Rio, Tom almoçava lá e pedia sempre o mesmo prato: o picadinho com arroz branco, farofa e ovo. Luiza fez a mesma escolha, enquanto os colegas cariocas pediram o prato mais famoso da casa, um risoto de cogumelos secos com iscas de filé mignon. Pediram vinho tinto e brindaram com votos de muito sucesso à conexão São Paulo-Rio de Janeiro do escritório.

Antes de voltarem ao aeroporto, como Luiza nunca fora ao Rio, Tom sugeriu fazerem um pequeno passeio. Pegaram um táxi e deram uma volta por alguns dos pontos mais bonitos da cidade, e logo após ele pediu ao taxista que os deixasse em frente ao Copacabana Palace. E ali ficaram, tomando água de coco na calçada da praia e conversando, numa tarde belíssima, naquela cidade linda. A primeira vez de Luiza no Rio.

Pensando nesse fato, Tom se surpreendeu com um pensamento: imaginou que gostaria de levá-la a Paris, a Buenos Aires, a Roma, a Nova York... Sentiu intensamente um afeto por ela, algo que tinha um quê de proteção, um pouco de ternura, e agora – reconhecia – uma atração. Naquele preciso momento, sentiu ciúmes do tal namorado, que é quem deveria, em tese, levá-la para conhecer o mundo. O mundo que Tom queria apresentar a Luiza, e descobrira isso naquele exato instante.

Voltaram a São Paulo. Na viagem de volta, mal tocou no lanche do voo, pensativo. Luiza, ao seu lado, falava dos amigos de Aracaju que também moravam em São Paulo e formavam uma comunidade que sempre se reunia. Tom a observava, sorrindo. "Como está linda hoje!" Cabelos soltos, um paletó escuro, blusa vermelha, calça preta. Contou uma estória engraçada sobre Massimo, seu melhor amigo sergipano, também advogado em São Paulo. E caiu na gargalhada. Tom quis que o mundo parasse naquele momento, pois voltou a confirmar que a gargalhada de Luiza era uma das imagens mais felizes e belas que já presenciara. Silenciosamente, uma espécie de desconforto começou a encontrar espaço dentro de seu peito.

Chegaram a São Paulo, pegaram o mesmo táxi, e ele deixou Luiza primeiro. Retornando ao seu apartamento, se viu sozinho, pois Debora estava viajando. Uma inquietação tomava conta de seu espírito. Não tinha fome, não tinha sono. Não queria ler, nem ver TV. Subitamente, teve um impulso de entrar no Orkut e procurar pelo perfil de Luiza. Tinha se cadastrado nessa rede social, muito embora pouco a acessasse. E, na viagem, ela contara, de passagem, que tinha nela um perfil.

Descobriu a página de Luiza Nabuco da Costa, e lá estava ela, sorrindo, numa bela foto. Tinha mais de duzentos amigos, enquanto ele tinha menos de cinquenta. Verificou que o perfil tinha várias outras fotos, às quais não teve acesso, pois precisava da autorização da proprietária do perfil para serem amigos virtuais. Clicou então em sua página, lhe enviando uma solicitação de amizade.

Cinco minutos depois, veio a confirmação. A inquietação de Tom aumentou. Ficou horas fuçando no Orkut da moça, nas suas comunidades, nas suas fotos, bem como nos perfis de seus amigos. As comunidades das quais ela participava eram comuns, mas algumas traziam algum dado a mais naquele mosaico que ele começava a formar daquela garota. “Eu penso demais na vida”. “Tenho saudades de alguém que está longe”. “Pedro Almodóvar”. “Cinema brasileiro”. Tinha ainda uma página de “Testemunhos”, com depoimentos de amigos sobre a dona a página. Muitas declarações de amigas e alguns carinhosos, de alguns homens. “Muita gente gosta dela”, pensou. E naquele momento se sentiu como se tivesse sido flagrado em algo comprometedor. Descobriu os amigos de Luiza, as suas preferências, os seus fãs, as suas fotos. Pensou que se tivesse tempo descobriria, naquela mesma noite, muitos dos seus segredos. Por quem tinha interesse. Suas inquietações. Do que gostava.

Não dormiu naquela noite. E teve insônia em todas as noites daquela semana, algo extremamente raro.

***

Em duas semanas, Tom conversou com Rui e com as sócias cariocas sobre a saída do jornal. Não houve qualquer desconforto, pois já era evidente que o negócio não prosseguiria por muito tempo naquelas condições. Com a saída dele, decidiram encerrar a vida do *Tambores*. A última edição trouxe uma grande entrevista com Solano Ribeiro, histórico organizador de festivais, que dirigira os míticos festivais das TVs Excelsior e Record nos anos 1960, além de outros importantes nas TVs Globo e Tupi, nos anos 1970 e 1980. Recém-organizara o festival da TV Cultura, que fora encerrado com uma vaia histórica aos vencedores e ao então ministro da Cultura, Gilberto Gil, convidado para entregar o prêmio. A plateia, em vez de "Contabilidade", dos paulistas Danilo Moraes e Ricardo Teté, preferiu a segunda colocada, "Achou", de Dante Ozzetti e Luiz Tatit, interpretada por Dante e pela excelente cantora Ceumar. Solano deu uma entrevista esclarecedora criticando o júri que ele mesmo escolhera. A saída de cena do *Tambores*, assim, era em alto estilo, mantendo a tradição das boas matérias com as quais se notabilizara desde o início.

Autor do último editorial do jornal, Tom dizia no final um "até breve a todos aqueles que amam a música, como eu". Por que até breve? Nem ele sabia a razão pela qual escrevera aquilo.

Quando o último *Tambores* chegou às bancas com esse editorial, Tom já estava de volta ao mundo jurídico, que ele não escolhera, mas que teimava em cruzar o seu caminho, de várias maneiras e em diferentes oportunidades.

Outros detalhes daquele novo trabalho tornariam sua vida muito diferente. Sua rotina diária passaria a sofrer, antes de mais nada, uma mudança geográfica radical: da boêmia Vila Madalena para a Rua Barão de Itapetininga, no Centro Velho de São Paulo. Sairia do colorido ambiente dos bares e música ao vivo para o formigueiro do coração da capital paulista.

A transformação não seria apenas essa. Suas experiências profissionais até então tinham sido enriquecedoras. No *Tribuna*, fortalecera seu vínculo com o formal e próspero universo do Direito, e no *Tambores*, se reaproximara do imprevisível e misterioso universo da música, sua grande paixão. Ambas as experiências, no entanto, estritamente do ponto de vista do jornalista e, portanto, com um controle por parte do profissional.

Agora, seu próximo passo representaria o maior de todos os desafios. Trabalhar num escritório de advocacia, com toda a formalidade e a responsabilidade que isso representaria, era algo que o intimidava. Estaria numa função duvidosa, em relação à qual ainda tinha desconfiança, apesar do apoio dos sócios do escritório. Como os outros advogados reagiriam ao trabalharem com uma pessoa que nem sequer cursou a faculdade de Direito, possivelmente dando ordens e impondo diretrizes? Além do mais, Tom agora estaria longe do lúdico, do improviso, da arte, cujo contato restaurara quando passara a editar o jornal sobre música. Imaginava que teria pouco tempo, doravante, para ter contato com a sua velha paixão.

Foi então que se lembrou de tantos artistas e poetas que haviam trabalhado em órgãos públicos, em funções burocráticas, enquanto escreviam suas obras. Vinicius de Moraes, João Cabral de Melo Neto, Carlos Drummond de Andrade, Guimarães Rosa... Afinal, quem sabe se o dia a dia árido de um escritório não seria também inspirador, exatamente por ser a antítese da poesia? Ou quem sabe o mergulho nesse mundo aparentemente inóspito e burocrático não lhe traria, também, outras paixões?

13

O AMOR DA GENTE É COMO UM GRÃO

À medida que o ano de 2007 chegava ao seu fim, Tom sentia um crescente desassossego. Debora passara a intensificar suas viagens para vários lugares do Brasil, para manter o controle sobre as filiais do escritório. Ficava fora durante todos os dias úteis de cada semana, só voltando a São Paulo nos fins de semana.

Enquanto isso, Tom passou a sentir grande disposição para ir trabalhar, mas cada vez menos interesse em voltar pra casa. E cada vez mais – relutava em reconhecer – tinha um prazer evidente em estar convivendo com Luiza. Nunca lidara com algo nem parecido. Nunca ocorrera de estar num relacionamento e se sentir interessado por outra pessoa. E não tinha outra palavra pra definir o que acontecia: ele tinha interesse naquela mulher. Convivendo com Luiza, tinha bom humor, se sentia leve, se sentia feliz.

Pensou exatamente no exato sentido dessa palavra, que lhe vinha à mente quando pensava na advogada: "interesse". Tom sofria. Estava num mato sem cachorro. Seu pai usava essa frase, que Tom achava engraçada. Se lembrava de que, garoto, lhe perguntou uma vez sobre o significado, e Seu Albertinho explicou:

— Meu filho, essa expressão certamente é do tempo em que os homens caçavam, e nessa atividade o cão é muito importante. É o companheiro do caçador, é a referência, a orientação. Portanto, ficar no mato sem o cão é estar perdido, sem saber para onde ir.

Explicação perfeita para seu estado de espírito.

No fundo, ele ainda relutava em admitir que havia algo sério ou comprometedor no seu sentimento pela advogada. Tentava mudar o foco, buscava se tranquilizar minimizando seus desejos e emoções, mas no fundo sentia o cheiro de catástrofe no ar. Intuía que, mais cedo ou mais tarde, enfrentaria uma encruzilhada sem precedentes. Embora sofresse com essas reflexões, se sentia cada vez mais feliz de compartilhar boas horas de cada dia na companhia daquela presença feminina que lhe era cada vez mais cara. E isso o confortava.

Às vezes fazia um teste: antes de chegar ao trabalho, mentalizava que naquele dia ela passaria despercebida. Fazia um esforço para isso. Mas quando surgia a presença luminosa da advogada, seu coração apertava. Os assuntos de ambos eram cada vez mais amplos. E Tom ficou num mix de aflição e excitação quando soube, por outra pessoa, que Luiza não estava mais namorando. Uma brincadeira do escritório, em que alguém mencionou que ela estaria disponível, ante um hipotético assédio do assessor de informática do prédio.

A notícia o perturbou. Mil coisas passaram pela sua mente.

Havia um óbvio e silencioso respeito pelos compromissos que ambos tinham com seus respectivos pares. Luiza nunca lhe dera qualquer sinal de que tinha algum tipo de sentimento especial por ele, muito embora – ele reconhecia – fosse evidente um "clima" em algumas ocasiões. Já há algum tempo, quando almoçavam novamente no Circolo Italiano, enquanto falavam de presentes e cordialidades no escritório, ela lhe contou que, em seu emprego anterior, todos os funcionários recebiam bombons às sextas-feiras. Tom lhe disse brincando que, para que não se decepcionasse a cada sexta-feira, ele lhe daria um chocolate de presente, "para manter a tradição". E foi o que começou a fazer: todas as sextas-feiras lhe dava um tablete de chocolate Lindt.

A princípio, parecia uma brincadeira, um carinho. Mas ficava numa linha tênue entre a gentileza e o assédio. Ambos pareciam saber disso. Mas também não demonstravam vontade nenhuma de mudar o jogo. Nem ela, nem ele. Estava bem assim, com certa eletricidade implícita. Era como se viver dessa maneira os colocasse numa situação de emoção permanente. Pouco a pouco, algo indizível pairava no ar no encontro entre os dois. Para não suscitar comentários dos colegas, a entrega dos chocolates era secreta. Ora Tom deixava o tablete dentro de um processo, sobre a mesa de Luiza, ora deixava debaixo do teclado de seu computador.

No começo, ela o chamava de "Dr. Antonio" e "senhor". Mas, a partir do momento em que passaram a ter maior contato e intimidade, o tratamento mudou para "Tom" e "você".

Enquanto isso, ele procurava racionalizar o impasse, buscando argumentos para fugir de qualquer situação que significasse um passo adiante naquela relação – o que poderia resultar numa hecatombe. Tinha plena consciência de que qualquer espécie de envolvimento além do profissional seria uma tragédia, afetando os trabalhos e relacionamentos de ambos, de maneira imprevisível e potencialmente demolidora.

Mas logo a imaginação, livre e alheia a argumentos racionais, viajava por mundos impensáveis. Teve um sonho com Luiza, no qual ela aparecia sorrindo vindo em sua direção. De repente, começavam a ecoar buzinas e sirenes, ao mesmo tempo que flashes e faixas estampavam repetidamente a mesma palavra: "Peligro! Peligro! Peligro!" Após isso, aparecia seu tio Cabral sorrindo, lhe mostrando um livro aberto num poema, enquanto surgia repentinamente seu pai, apontando-lhe o dedo e gritando: "Fuja!"

Buscava desesperadamente a razão, repetindo para si mesmo: isso vai passar. É só uma fase, você tem um carinho por ela, é natural que seja assim. É naturalmente uma mulher desejável, e você está vivo, é só isso.

No instante seguinte, já tudo virava ao avesso, e passava a cultivar a certeza de que esse pensamento era uma grande mentira, um desejo de dourar a pílula, de ignorar o perigo.

Quando esse desejo vinha mais forte, ele procurava se apegar mentalmente à relação com Debora, a qual, no entanto, estava cada vez mais ausente. Não se lembrava mais da última vez em que tinham namorado pra valer. Num determinado dia, lamentou a sucessão de viagens da namorada: "Logo agora, Debora?" As vias pareciam inversamente proporcionais. A imagem de Luiza era algo que mexia com ele, de forma crescente. Enquanto isso, a ligação com Debora mais e mais passava a ter contornos de algo neutro, pálido, burocrático, ausente. Tinha afeto, tinha gratidão, tinha amizade. Mas tudo isso estava, flagrantemente, em xeque.

Tom, humano. Tom, inquieto. Tom, confuso. Tom, determinado. Tom, repleto de desejos.

Em dezembro, no almoço de fim de ano do escritório, Luiza estava linda, com uma blusinha branca e uma saia longa de algodão, de tons amarelo e marrom. Na mesma noite viajaria para Aracaju, para as festas de fim de ano. Ao chegar à sua casa, antes de ir ao aeroporto, encontrou um presente de Tom. Uma caixa de bombons Lindt. Do aeroporto, ligou para agradecer, e ele percebeu uma leve emoção na sua voz.

***

Meses depois do início do trabalho no escritório de advocacia, Tom se sentia num bom momento profissional e pessoal. Pelo menos pensava assim. Ganhava bem. Estava num bom momento com Debora. Seu relacionamento com Simone, a ex-mulher, era excelente, a ponto de Debora ficar enciumada.

— Simone tem namorado firme, Debora.

— Ter namorado não quer dizer nada, querido. Seu relacionamento com ela foge totalmente do padrão.

— Isso reflete um conceito totalmente equivocado dos relacionamentos humanos. Se eu vivi quinze anos com ela, gosto dela, gosto da família dela, por que não podemos continuar sendo amigos? Ela sabe de coisas muito íntimas minhas, como ninguém sabe. E vice-versa. Vivemos momentos muito importantes, experiências insubstituíveis. Na verdade, se dependesse de mim, seria amigo de todas as minhas ex-namoradas e mulheres. Pode parecer utopia, mas é um desejo que tenho. Meu objetivo é virar, quando estiver velhinho, uma espécie de Darcy Ribeiro.

— E o que tem o Darcy Ribeiro?

— Antes de morrer, há alguns anos, uma revista fez uma matéria com ele, reunindo umas doze mulheres. Ex-mulheres e ex-namoradas dele. Todas se encontraram na maior harmonia. Isso é que é educação e civilidade, querida!

— Não acredito nisso.

— Como não acredita? Eu li numa revista.

— Não que eu não acredite que você leu essa reportagem, claro que acredito. Mas não acredito que esse encontro tenha sido só de harmonia e paz. Certamente muitos sentimentos foram controlados, muita mágoa ficou em suspenso, muito ressentimento de parte a parte...

— Mas isso que você está falando acontece em qualquer relacionamento humano! Por isso que eu gosto sempre de lembrar de alguma música...

— Lá vem você... – sorriu Debora. Ela ironizava, mas na verdade gostava das intervenções musicais do namorado.

— Quer um exemplo? "Drão", do Gilberto Gil. Sabe por que a música tem esse nome?

— Não tenho a mínima ideia. Mas gosto muito dessa música.

— É que o Gil era casado há muitos anos com Sandra.

— Mãe da Preta?

— Exatamente, mãe da Preta Gil e de mais uns três ou quatro filhos com ele. Drão vem de "Sandrão", apelido que o Gil lhe dera, jeito carinhoso de chamar a mulher. Pois essa música ele fez quando se separaram, é um mea-culpa dele e uma declaração de amor linda e eterna à ex-mulher: "o nosso amor é como um grão/ uma semente de ilusão/tem que morrer pra germinar". Aliás, li não sei onde que o Gil também reuniu outro dia várias ex-mulheres e namoradas, na maior paz.

— Isso é coisa de artista, Tom.

— Mas eu tenho um lado artista – respondeu Tom, gracejando.

Debora balançou a cabeça, em sinal de desaprovação. Certamente não concordava com a afirmação.

— Tom, imagine então o Vinicius de Moraes, que deve ter se casado umas dez vezes.

— Nove.

— Então, imagine ele com todas as ex-mulheres e namoradas. Pelo que sei, ele saía de um casamento e entrava em outro. Imagine a mágoa que ficou pra várias das ex dele.

— Nisso você tem razão, em parte. Ele manteve um bom relacionamento com quase todas, com exceção da primeira. Morreu inconformado com a recusa dela em nem sequer falar com ele, até o fim.

— Deve ter ficado muito magoada mesmo.

— Mas nenhuma mágoa dura para sempre, Debora! Um dia a coisa arrefece. Se existiu amor, é o que vale. Paciência, não ficaram juntos até o fim, mas quem ficou? Ninguém fica junto até o final, só em filme de Sessão da Tarde...

— Nem nós? – perguntou Debora.

— Querida, se dependesse só de mim, ficaríamos juntos até o fim do filme.

— Que filme?

— O nosso filme, uai. Ficaria com você até o final. Mas não depende só de nós. Depende da vida, depende dos nossos sentimentos, das coisas que nos influenciam, depende dos outros... – Tom se calou. Tanto ele quanto Debora já tinham passado por uma das mais devastadoras experiências relativas a relacionamentos humanos: o fim do casamento. Portanto, sabiam perfeitamente que, no dizer de Vinicius de Moraes, o máximo que poderiam esperar daquele ou de qualquer outro relacionamento seria que fosse "infinito enquanto durasse...".

14

MULHER, TU ÉS A SENHA DO MOTIM

Cada vez mais desassossegado, Tom viajou com Debora para a praia, passariam o *réveillon* na casa dela em Juquehy, no litoral norte do estado de São Paulo. As festas de fim de ano representavam uma pausa na sucessão de viagens consecutivas dela. Estava com a sensação de que algo tremendo aconteceria. Como o sentimento de uma revolução iminente, uma virada de mesa, um mundo novo que surgiria. Em permanente sobressalto, não prestava muito atenção às brincadeiras das crianças e dos demais familiares, também hospedados no amplo sobrado na beira da praia. Parecia alheado, distante das conversas comuns. Num dado momento, saiu à varanda da grande e assobradada casa com uma taça de champanhe nas mãos, observando a areia e o mar ao fundo, quando Lúcio, irmão de Debora, sussurrou no ouvido da irmã: "O que tem o Tom?", ficando sem resposta, a não ser através do olhar intrigado e um sinal de "não sei".

Dez minutos antes da meia-noite, tocou o celular de Tom. Era Luiza, direto de Aracaju. "Tom, estou ligando pra te desejar tudo de bom nesse novo ano". Ele ouviu ao fundo o barulho do mar e os risos de outra mulher, que imaginou ser uma amiga. Luiza parecia levemente aflita. "Obrigado, Luiza, pra você também! E pra toda a sua família! Você está na praia?" Ela respondeu "Estou, vou pular as sete ondas! Um beijo pra você!"

Desligou com o coração aos pulos. Ficou aturdido durante muito tempo, a ponto de não se lembrar, depois, se tinha se confraternizado com os demais convidados quando bateu a meia-noite. Um dos primos de Debora levara um violão e acompanhou a cantoria naqueles primeiros minutos de novo ano.

Insone, observou, um a um, todos os convidados se despedindo para o merecido descanso. Debora já se recolhera, cansada, e as crianças da casa também. De repente, ficou sozinho no quintal, à frente da piscina, com uma taça de vinho tinto, uma inclemente lua cheia e o violão do convidado ao lado. Para usar uma expressão que sua avó gostava de usar, ele se sentia desacorçoado. Ria quando a vó Jandira usava essa palavra, que achava engraçada, e a primeira vez que ouviu a expressão perguntou o que significava. "Perdida, meu filho. Perdida". Era um estágio além do "mato sem cachorro". Tom estava perdido. Nem sabia como. Só sabia que estava perdido. Instintivamente, pegou o instrumento. É incrível, mas ele nunca mais tivera um violão nas mãos, desde o momento em que decidira, quase três décadas antes, abandonar a música. Com o instrumento nas mãos, tentou se lembrar de alguma de suas velhas canções. A primeira música que fizera para a primeira namorada, cuja letra, com o passar dos anos, passou a achar ridiculamente piegas. As canções premiadas nos festivais. Os dedos tocavam as cordas, destreinados, mas conhecendo ainda os velhos caminhos. Foi então que lhe veio à mente um fio melódico, que arrematou com as imagens que não saiam da sua cabeça. "O seu sorriso tão cheio de luz". O sorriso de Luiza, longe dele, tão longe, naquela noite. Aquela frase foi o embrião de outras palavras e outras notas e outros acordes. O dia amanhecia, Tom estava exausto, e sua primeira canção em vinte e sete anos estava pronta. Ele a intitulou de "Tudo de bom". E dormiu o dia inteiro.

Quando acordou, sentiu que estava num momento crucial de sua vida, como se estivesse acendendo um estopim de algo tremendo. Estopim gerado pelo instante em que tirou de dentro de si aquela canção, a primeira composta depois de muitos e muitos anos. Aquilo tinha um significado extraordinário. Não fora algo deliberado, como "vou fazer uma canção pra ela". Simplesmente ele se sentiu quase obrigado a criar aqueles versos e aquela melodia, como se estivesse grávido deles, tendo bastado, apenas, ter um violão nas mãos. Como se durante um tempo tivesse gestado aquilo em seu subconsciente. E, naquele momento, depois de tanta expectativa e desejo acumulados, e talvez levados pelo rastilho, que fora o imprevisto telefonema de Luiza, o filho nascera. Uma canção.

Se lembrou imediatamente de um verso de Walter Franco, um de seus compositores prediletos. "Mulher, tu és a senha do motim". Um motim estava em marcha.

Aquela canção era uma confirmação inequívoca de algo que, durante meses, passo a passo, estava se instalando dentro dele. E agora ele se sentia inteiramente dominado por aquele algo absolutamente incontrolável: a paixão. Mais uma vez, ele era o "cavalo" de um sentimento. E esse viera de forma tão caudalosa, tão fluente, tão inesperada, tão surpreendente que, certamente – pensava – transformaria sua vida. Ele se apaixonou imediatamente pela canção. Queria cantá-la a todo momento, mas obviamente jamais poderia mostrá-la a alguém. A não ser, é claro, para a sua musa inspiradora.

Ao mesmo tempo, sentia uma profunda, uma imensa culpa, pois tudo aquilo era vivido enquanto mantinha o relacionamento com Debora.

Retornou a São Paulo, e foi no mesmo dia à Rua Teodoro Sampaio, templo das lojas de instrumentos musicais. Lá ficou um bom tempo testando instrumentos, até se satisfazer com um violão Guild, de cordas de aço, preto e com detalhes em marrom. Belo violão, e a um bom preço. O velho Ramirez ele deixara na casa do Tio Cabral. O que diria sobre a nova e inesperada reviravolta da relação de Tom com a música?

***

Quando Tom deixou o *Tribuna*, em março de 2000, cerca de metade dos advogados brasileiros atuava no estado de São Paulo. Mais de 200 mil profissionais. No intervalo de dezessete anos em que trabalhou no jornal, a advocacia havia se desenvolvido fortemente, com o surgimento de novas e importantes áreas, como direito ambiental, direito das novas tecnologias, direito do consumidor, biodireito, direito eletrônico, direito econômico. Ele acompanhara tudo aquilo de perto, e tinha um grande conhecimento sobre a transformações da advocacia naqueles anos.

Outra mudança impressionante naquelas quase duas décadas fora em relação aos instrumentos de trabalho e comunicação. Como todo bom jornalista, iniciara seu trabalho em 1983 usando uma velha e boa máquina de escrever Remington. Fizera curso de datilografia e era um excelente datilógrafo. Fazia seus textos naquela máquina analógica, todos copiados através de uma via de papel-carbono. Às vezes escrevia longos textos à mão, e as datilógrafas levavam horas interpretando e digitando seus garranchos. Os textos recebidos para publicação vinham todos em papel. Não havia sequer fax. Dois anos depois da sua chegada, a redação passou a contar com uma máquina de escrever elétrica da IBM, o que agilizou um pouco o trabalho. Ele, no entanto, preferiu continuar batucando em sua Remington, por razões mais sentimentais do que práticas.

Só se rendeu ao computador muitos anos depois, quando a facilidade na edição de textos passou a ser tão grande e tão avançada em relação ao modelo analógico que não havia outra opção razoável a ser adotada. A partir daí, com o processador de textos, a internet e o e-mail, o computador passou a resolver tudo, e a agilização dos procedimentos da redação fez com as rotinas anteriores parecessem coisas da idade da pedra.

Os temores de Tom quanto ao seu novo trabalho não se confirmaram. Se acostumou com a vida no multifacetado centro da cidade. Se acostumou com a rotina do escritório. Começou a perceber que gostava do dia a dia do Direito, das discussões jurídicas. Achava estimulantes as teses que o escritório levava ao judiciário, defendendo os jornalistas, jornais e revistas. E passou a sentir cada vez mais valorizado, por entender que sua função era absolutamente necessária.

Realmente, a ideia de Eduardo, acolhida por Priscila e, sem nenhum favor, por Debora poderia parecer maluca, a princípio. Mas era muito boa. Eram frequentes os absurdos que os jornais, mesmo os maiores, cometiam ao descrever assuntos jurídicos. O mais comum era escreverem "mandato" de segurança em vez de "mandado" de segurança. Para os advogados, era um erro crasso e inadmissível. A imprensa confundia os efeitos das decisões. Esclarecia de forma incompleta questões relativas a ações judiciais. Realmente, as redações não entendiam do assunto – e nem poderiam entender, reconhecia Tom, pois o Direito tem um jargão árido para os não iniciados.

Ele se tornou, portanto, um intérprete de mão dupla. De um lado, conferia às redações a segurança de ser alguém que falava a mesma língua dos jornalistas. Isso não era pouco, pois existia uma desconfiança crônica, por parte desses, sobre o rebuscado palavreado advocatício, repleto dos "*data venias*" e "*ab initio*". Por outro lado, ele entendia perfeitamente as cabeças das redações, o que era absolutamente essencial na hora de instruir testemunhas ou narrar os fatos jornalísticos da maneira mais acurada e desejável, para melhor instrução das demandas.

Refletindo sobre isso, Tom se lembrou de um evento do qual participou ainda como editor do *Tambores*, no Museu da Casa Brasileira, na Avenida Faria Lima, uma das principais da capital paulista. Era uma reunião de compositores e músicos que pretendiam criar um fórum para discutir políticas públicas para a música. Gente como Ivan Lins, Fernanda Abreu, Amilson Godoy. Mais de uma centena de músicos e artistas, a maioria independente. De repente, no meio da árdua discussão, à qual os artistas não estavam acostumados, surge a esposa de um importante músico instrumentista e pede a palavra. Silêncio na plateia. Contra todas as expectativas, a mulher se dirigiu com desenvoltura e certa arrogância à frente da mesa principal, tomou em suas mãos um dos microfones e, se autoapresentando como advogada militante, desandou a falar num empolado jargão forense, o que, antes de completar um minuto de fala, já ensejava um crescente e incontornável início de vaia.

Nervosa, mas não menos prepotente, tentou falar mais alto, insistindo no uso de palavras ainda mais difíceis, com citações em latim. Não percebeu que sua estratégia fora a pior possível. Diante da progressiva e já quase ensurdecedora vaia, proferiu as palavras que até hoje não saem dos ouvidos de Tom:

— E ainda nem cheguei aos prolegômenos!

15

ESSA CANÇÃO É SÓ PRA DIZER, E DIZ

O ano teve início, todos voltaram das festas, e o reencontro com Luiza foi aguardado com grande ansiedade por Tom. Percebeu que ela tinha engordado um pouquinho naqueles dias na terra natal. Mas estava com o mesmo brilho, com a mesma feminilidade, com a mesma graça que guardara na lembrança. Deram um abraço de retorno que pretendia ser protocolar, mas que incendiou o seu coração. Seu corpo tocando o dela era tudo o que ele desejara, desde a noite de *réveillon*. Sentia culpa por esta reflexão.

A convivência com ela passou a ser ainda mais prazerosa, mas ao mesmo tempo angustiante. O que fazer com aquele sentimento?

Em meio à retomada das viagens de Debora, a angústia de Tom estava em grau máximo.

Depois de semanas se remoendo em dúvidas, Tom decidiu lhe mostrar a canção. Sabia que talvez aquele fosse um caminho sem volta, mas estava tão ansioso que o que mais queria era exatamente fazer aquilo. Afinal, de que vale uma música feita apaixonadamente para alguém se esse alguém não a ouvir? Seria como escrever uma carta e não a mandar. Pensou que ela poderia achar aquilo ridículo. Mas as cartas precisavam ser postas à mesa. Numa noite de segunda-feira fora agendado um coquetel da Associação dos Advogados de São Paulo no Hotel Renaissance, e Luiza estaria lá. Hotel grande e imponente, na esquina da Alameda Santos com a Rua Haddock Lobo, a poucas quadras tanto da casa dele quando da dela. Levou o violão no carro e se encontrou com ela no coquetel, sem prévio aviso. A advogada usava óculos de grau, o que, na visão de Tom, a deixava ainda mais graciosa. A coragem aumentou. Aceitou uma taça de vinho do garçom, logo à entrada do recinto, se aproximou e disse, sem meias-palavras:

— Fiz uma música pra você.

Ela pareceu não entender direito.

— Como assim?

Tom sorriu, procurando demonstrar naturalidade:

— Fiz uma música pra você, e quero que você conheça.

Luiza nem teve tempo de responder, pois um amigo de Tom se aproximou para cumprimentá-lo. Ganhou tempo com isso.

Quando se viram a sós novamente, sentiu o ar intrigado dela, indagando:

— E como é essa música?

— Quero te mostrar. Que tal agora? Meu violão está no carro. Te darei uma carona até sua casa.

Com surpreendente determinação, ela aceitou o convite.

Entraram no Golf preto, e Tom demorou apenas quinze minutos para chegar à frente do prédio onde ela morava.

Desligou a chave e olhou bem nos olhos da advogada.

— Luiza, você sabe que eu já fui compositor, te mostrei a gravação de uma música que fiz há muito tempo, lembra-se?

— Claro, Tom. Adorei aquela música – disse Luiza, tentando ser gentil. Tom se lembrava que lhe mostrara, numa das caronas, uma antiga gravação, muito malfeita, aliás, de uma das músicas que tinha composto na época da faculdade. Depois se arrependeu de ter mostrado a ela aquele produto tão mal-acabado e tão fora de contexto.

— Pois é, mas eu não fazia música nenhuma há muitos anos, e fiz uma pra você.

— Mas por que pra mim? – reagiu Luiza, visivelmente embaraçada.

Tom calou-se por alguns segundos. Boa pergunta. E agora? Ele não preparara qualquer explicação. Sua única certeza era a de que cantaria a música pra ela. Essa era sua obsessão naquele encontro.

— É uma música afetuosa, porque você é uma pessoa de quem eu gosto muito...

E não falou mais nada, porque qualquer coisa que falasse deixaria estampada a verdade flagrante, evidente, daquela conversa.

Rapidamente, pegou o violão, nervoso, mal acomodado no banco do carro, e dedilhou alguns acordes. Tentou entoar a introdução, uma melodia sem letra que ele criara no arranjo. Esbarrou em alguns acordes, estava mal posicionado no banco do carro. Olhava timidamente nos olhos dela, olhava para o violão, e, de uma forma ou de outra, cantou a canção inteirinha.

Luiza estava absolutamente desconcertada, mas seus olhos brilhavam.

— É linda!

Não sabia o que dizer. Nenhum dos dois sabia o que dizer.

— Vou cantar de novo, pra você conhecer melhor. E pra que eu conheça melhor também – sorriu, tentando descontrair a situação.

Na segunda execução, a música saiu mais firme, mais segura, ele se soltou mais e cantou a música exatamente como imaginara.

Um embaraçoso silêncio se sucedeu à execução. Seria possível ouvir as batidas dos corações de cada um dos dois.

— Tom, eu não sei nem o que dizer.

Silêncio.

— Obrigada mesmo, nunca recebi uma homenagem assim na minha vida. É linda essa música!

E se despediram com um beijo no rosto.

A vida ficou em suspenso, como se o criador tivesse colocado o mundo na tecla pause.

Foi pra casa com o coração afogueado, ao mesmo tempo eufórico com a façanha, assustado com todos os encantos e desencantos que aquela caixa de pandora que ele abrira naquela noite lhe traria doravante. "Você é absolutamente louco, Tom!"

Foi uma noite de insônia, como várias daquela semana.

Culpa e desejo.

No dia seguinte, durante todo o trajeto ao escritório, não pensava em outra coisa. Como seria o encontro com Luiza depois da revelação da véspera? O que ela pensaria daquele ato romântico, atirado, inesperado e maluco? Poderia ser muito mal interpretado. Mas, no fundo, será que ela não esperava por algo parecido? Afinal de contas, e aqueles olhares furtivos? E aqueles chocolates das sextas-feiras? Só que a materialização dessa, digamos, empatia, de forma tão explícita – com uma canção, símbolo dos apaixonados – mudaria a relação deles para sempre, pensou, consciente, por um instante, da irresponsabilidade do gesto. Ela, certamente, também sabia disso.

Chegou ao escritório, e Luiza estava envolvida numa reunião, no meio de outras três ou quatro pessoas. Estava absorta, inclinada sobre a mesa de um dos estagiários, analisando algum documento. Tom entrou na sala com um sonoro "Bom-dia", e ela, graciosamente, respondeu ao cumprimento sem olhar em seus olhos. Reação tímida e expressiva. Ele pensou como aquele fato da véspera a tinha abalado. E um pensamento não lhe saía da cabeça: "E agora, Tom? O que vai acontecer?"

16

EM CADA ENCRUZILHADA, ESCUTA TEU CORAÇÃO

Aquilo era uma das coisas mais lindas que já acontecera na sua vida. Mas tinha um compromisso com Debora, e aquela bola dividida não poderia continuar existindo. Não conseguia fechar os olhos à sua paixão, que era o novo, o desejado. E o que ele mais queria era vivê-la, fosse como fosse.

A separação com Debora era inevitável e urgente. No entanto, isso não era tão simples: o fim do namoro geraria, inevitavelmente, um impacto duplo na vida de Luiza, assim como na sua, pois, afinal, a relação deles envolvia um aspecto profissional, e isso envolvia diretamente a namorada.

Um imenso peso estava sobre seus ombros. "Preciso de tempo", pensou. E muito mais, além disso: muita sorte, muita habilidade e contar com a compreensão não apenas de Débora, mas também de Luiza.

Foi então que um pensamento incômodo o acudiu. Luiza nunca dissera nada sobre sentimentos em relação a ele. Nunca fizera nenhum gesto nesse sentido. Tudo partira somente dele, exclusivamente dele. Pois bem: e se ela não correspondesse de nenhuma maneira? E se ele estivesse enganado a respeito de seu eventual interesse? Poderia estar violentando a sua vontade? Isso o apavorou, pois até aquele momento ele se limitara a seguir seus sentimentos, e seu *feeling* lhe dizia que ela corresponderia. Mas e se essa impressão estivesse errada? Estaria levando sua vida – e a dela – para um abismo sem volta. Ele poderia perder tudo: seu namoro, seu emprego, seu sonho. E, principalmente Luiza.

Agora a seta fora lançada. E, imerso em reflexões, Tom concluiu, com um frio na espinha: qualquer passo adiante dependeria exclusivamente dela, Luiza. Sem que ela não correspondesse a seu gesto de paixão, Tom não poderia fazer nada. Absolutamente nada. E tudo não terá passado de um sonho de uma noite de verão.

Mesmo com tais pensamentos terríveis, Tom, como se estivesse cumprindo uma saga épica, fez o que sabia que deveria ser feito, depois de ter cantado para Luiza sua canção: ligou para Murilo, amigo que tinha um estúdio, e reservou um horário para gravação, na semana seguinte.

Chegou ao estúdio inseguro, pois há quase três décadas não entrava num lugar como aquele. "É como andar de bicicleta", o tranquilizou Murilo. Tom trouxera a partitura da música e se sentiu incapaz de tocá-la ao piano. O amigo resolveu tudo, e "Tudo de bom" ganhava o seu primeiro registro, com Tom cantando e Murilo gravando o piano, o violão, baixo e percussão eletrônicos. Aquela era a primeira gravação que ele fazia em muito tempo. Gravou a voz na primeira tomada, como se não tivessem se passado vinte e sete anos, mas sim apenas vinte e sete dias, desde o momento em que ele abandonara aquele mundo da música.

Mais uma semana se passou. Era véspera do aniversário de Luiza, e ele viajara de manhã para o Rio de Janeiro, para uma reunião com a filial do escritório. Guardara na pasta dois CDs com a gravação da música. Uma das cópias era para ele mesmo, e a outra para Luiza. Numa papelaria do centro do Rio, comprou um envelope colorido e um punhado de cartões. Ficou horas escrevendo e reescrevendo a mensagem que queria oferecer a ela. Não queria nada explícito. Mas também não queria deixar de registrar o seu sentimento, exteriorizado naquela canção de amor. Finalmente, depois de passar o texto a limpo mais de uma dezena de vezes, julgou que aquela era a versão mais adequada.

Deixou naquela noite o envelope na portaria do prédio de Luiza.

Apenas uma hora depois, recebeu em seu celular a lacônica e assertiva mensagem: "Obrigada! Tudo de bom pra você, Tom!"

Dormiu feliz, como um anjo.

17

LÁBIOS QUE BEIJEI

No dia do aniversário dos 28 anos de Luiza, após a noite em que lhe deixara o CD com a gravação de "Tudo de bom", ele a convidou para almoçar. Escolheu o Ritz, no Itaim, restaurante que ela não conhecia. Sentiu que o clima já estava um pouco diferente. Tomaram vinho. Riram e riram. Luiza estava totalmente leve e solta, e chegou a fazer uma brincadeira de cunho sexual que o deixou excitado. Ele nunca a vira assim. Era como se a música tivesse tirado suas amarras, ou a fizesse ter certeza de que ele a queria como mulher, com todos os perigos que isso significasse. Era como se aquele almoço fosse uma ilha, distante dos problemas e das redes complexas que cercavam aquela relação inevitável e impactante.

Tom pensou nisso quando voltavam para o escritório, levemente embriagados. Colocou o CD com a canção, a pedido de Luiza. Ela repetia, quase sussurrando: "É linda, Tom". Chegando ao centro, no entanto, foi como se a realidade se impusesse sobre aquele flerte. E o clima mudou imediatamente. Ele deixou que ela descesse primeiro e lhe disse para ir na frente, ele iria depois, pois precisava passar no banco. Saiu pelo centro de São Paulo, apaixonado e cheio de medos. Estava amando aquela mulher. Faria qualquer coisa por ela. Faria qualquer coisa para ficar com ela.

Andou, andou, andou, atravessou o Viaduto do Chá, entrou num sebo e começou a procurar algo que nem sabia o que era. Livrarias o acalmavam. Acabou saindo com os dois volumes de *A música e o tempo*, de Zuza Homem de Mello e Jairo Severiano, que contava a história da música popular brasileira desde o início do século XX até 1985. Pensou que um dia, quem sabe, alguém escreveria uma canção ou uma música sobre aquela paixão louca que estava vivendo. De repente, pensou que aquela música já existia. E ele fora o autor.

Naquele momento concluiu, com uma clareza inequívoca, que a relação com Debora já dançara. Na mesma noite, a namorada retornou tarde de Porto Alegre, pois o voo atrasara. Combinaram de dormir juntos, pois fazia uma semana que não se viam. Quando ela entrou no quarto, Tom aparentava dormir profundamente.

Menos de uma hora antes dessa cena, ele resolvera dar uma última olhada nos e-mails, e identificou, com o coração aos pulos, uma mensagem de Luiza. Abriu o e-mail e leu o texto seco e objetivo: *Nunca teremos nada, pois além de ser meu chefe, você namora a dona do escritório.*

À parte do choque por essa mensagem tão direta, a primeira reflexão de Tom foi a de que Luiza tinha razão. "Ela está certa". Pensou em responder com vários argumentos. Pensou em ligar. Mas, mesmo com ansiedade em grau máximo, e sabendo que Debora estava prestes a chegar, decidiu não entrar no mérito da mensagem, limitando-se a responder: *Amanhã cedo viajo para o Rio. Quando eu retornar conversaremos.*

O dia que Tom passou no Rio foi um tormento. Sua mente não parava de pensar em todos os aspectos e detalhes do grande dilema que tinha pela frente. Estava apaixonado, e tudo estava por um fio. E, por incrível que pareça, não tinha acontecido nada entre eles. Por enquanto, existia apenas uma canção.

Regressou a São Paulo na noite seguinte, e, na volta ao escritório, no final do expediente, ofereceu a carona habitual a Luiza. Pela primeira vez, ela rejeitou a oferta. Tom não se contentou com a recusa. Demonstrou isso de forma evidente, se retirando da sala sem se despedir. Desceu ao estacionamento, pegou o carro e deu a volta ao quarteirão, para ficar bem próximo do ponto onde ela pegaria o ônibus, na Avenida São Luiz. Tão logo vislumbrou a sua silhueta, de blusa de lã verde e calça clara, se aproximou do ponto, parou o carro à frente do ônibus e disse:

— Entre, Luiza!

— Não vou entrar, Tom.

— Entre, Luiza, ou vou fazer um escândalo aqui!

Contrariada, mas assustada com a reação dele, Luiza entrou no Golf preto, que arrancou em silêncio. Chegando à frente do prédio onde ela morava, encontrou um lugar disponível e estacionou o carro. Desligou a chave. Luiza continuou em silêncio.

— Luiza, eu preciso te falar...

— Não fale nada. É melhor pararmos por aqui.

— Como assim, pararmos por aqui? Nós nem começamos, Luiza!

— Por isso mesmo. Melhor pararmos por aqui.

Agoniado, se aproximou dela.

— Me dê um abraço.

— Não, Tom!

— Só quero um abraço!

Luiza se inclinou, e Tom a envolveu num longo e quente abraço. Começou a beijar seus cabelos.

— Pare, Tom!

Tom aproximou a boca dos lábios de Luiza, e foi então que ela, após um longo suspiro, como se estivesse se rendendo, o beijou. Beijaram-se intensa, calorosa e longamente. Algo acontecera, materializando o sonho que estava represado há tanto tempo. Línguas e lábios em sintonia, mãos se acarinhando, desejos sendo saciados.

O beijo terminava e começava novamente, e ela começou a beijá-lo no rosto, fazendo volteios com a língua num movimento habilidoso e que o deixou em êxtase. Afastou seu rosto do dela, para contemplá-la com admiração e curiosidade.

— O que foi? – indagou ela, num tom carinhoso.

— Nunca te olhei assim, de tão perto. Agora que o beijo nos liberou, me deixe olhar pra você.

Acarinhou os seus cabelos negros, olhando-a nos olhos.

— Faz mal pra saúde represar um desejo assim, sabia Luiza? Se demorasse um pouco mais, acho que eu teria uma urticária! Esse beijo fez um bem tremendo pra harmonia do universo...

Ela riu. Parecia outra pessoa. Parecia não ter escrito a mensagem cerebral e fria: "nunca teremos nada". Não houve explicações, não houve discussão, tudo ficou num plano emocional, passional, quase apaixonado.

— Pena que você vai embora e não vai poder ficar comigo...

Tom não acreditou no que acabara de ouvir. *La dona é mobile*, pensou. Abraçou-a com força, pensando que isso seria resolvido o mais breve possível, e eles não precisariam mais se despedir, após um beijo como aquele. Pela primeira vez, essa ideia lhe veio nítida na mente. Os dados estavam lançados.

No dia seguinte, chegando ao escritório louco de vontade de revê-la, a encontrou com o rosto todo vermelho. "Veja o que barba fez com a minha pele" – falou, com um ar irônico. Era verdade. Tom tinha barba cerrada, e às vezes precisava barbear-se duas vezes ao dia. Seu rosto acariciando o rosto sensível de Luiza tinha feito estragos na pele de sua musa. A marca do seu amor estava registrada naquele dia, pensou Tom, com o coração em festa.

18

FOI MEIO ALMODÓVAR, FOI MEIO FELLINI

Tom obtivera a certeza de que precisava. De posse daquele *feedback*, iria falar com Debora. Iria resolver aquele impasse.

Passados dois dias daquele beijo, Luiza não tinha a mesma certeza. Estava confusa e indecisa.

"Como entender as mulheres?" Ele pensou, entre a razão e o desespero.

— Tom, é melhor a gente não se ver mais fora do escritório. Não quero mais que você me dê caronas.

— Luiza, não podemos fingir que nada está acontecendo. Não podemos pura e simplesmente voltarmos a trabalhar juntos, esquecendo desse beijo, achando que a vida vai continuar correndo igual a antes.

— Quero que você entenda: não sei se te beijei por carência ou por me sentir atraída por você. Ainda há tempo de darmos um basta. Vamos parar por aqui!

Luiza insistiu com determinação e firmeza. Disse que a história não acabaria bem. Que Debora descobriria, e que aí então as relações profissionais de ambos estariam irremediavelmente comprometidas. E que certamente ela perderia o emprego. Disse mais: que ele ficaria dono não apenas do seu emprego, mas do seu coração. Combinação complexa e perigosa, que ela conscientemente não desejava.

Tom relutou e argumentou como pôde, mas diante da segurança dela, se sentiu impotente para refutar tantos argumentos poderosos. Pensou que precisaria de mais tempo para convencê-la a continuarem aquela história. Não seria possível tudo terminar naquele beijo.

— Aquele pode ter sido o beijo mais caro da minha vida – insistiu ela, com uma expressão preocupada e uma determinação e veemência que fulminaram qualquer palavra que Tom pudesse dizer. Mais uma vez, ele pensou, no fundo da alma: "Ela está certa".

Estavam almoçando no restaurante Almanara, da Rua 7 de abril. Pela primeira vez, ele nem tocou no kibe cru com hortelã. Antes de voltarem ao escritório, sugeriu que passassem no estacionamento, a uma quadra do restaurante, sob o argumento de que precisava pegar um processo que esquecera no carro. Depois retornariam a pé até a Barão de Itapetininga.

Chegando ao veículo, ele pediu: "Entre um pouquinho".

Luiza sabia que o tal processo era pretexto. Mesmo assim, sentou-se no banco do passageiro, ao lado de Tom. Ele lhe disse: "Já que não vamos continuar depois daquele beijo, quero um último abraço". Aproximaram-se, e ele a abraçou demorada e carinhosamente, enquanto em alguns momentos acariciava seus longos cabelos negros. Aproximou seu rosto do de Luiza e a beijou de leve na ponta da orelha e no rosto. Refreou o inevitável desejo de beijá-la na boca. Abraçou-a mais forte, e durante alguns segundos manteve aquele abraço quente, sentindo o calor ofegante do corpo dela.

Silenciosamente, afastou-se e, olhando firme em seus olhos e arrumando forças sabe-se lá onde, disse:

— Você tem razão. Vamos fazer de conta que nada aconteceu entre a gente.

Também em silêncio, Luiza abriu a porta do carro e juntou-se a Tom, que já seguia rumo à saída do estacionamento, em direção ao escritório.

Cada um tomou uma direção ao chegarem ao 12º andar. Tom entrou em sua sala, e parecia que o chão iria abrir a qualquer momento e levá-lo embora. Sentia uma forte dor de cabeça. Na sua confusão de sentimentos, procurava argumentos para sustentar aquele desfecho. Luiza tem muito a perder, pensou. A essa altura do campeonato, na flor dos seus 28 anos, por que iria arrumar confusão com um cara mais velho, comprometido e superior hierárquico?

Estava arrasado. Está certo, será melhor para nós dois, lhe dizia a voz da razão. Iria dar confusão na certa. Nem sabia como iria olhar de novo pra Luiza, como seria a relação dos dois a partir dali. Será que conseguiriam continuar a trabalhar juntos? Tudo bem, queria o bem dela. Tudo vai dar certo, melhor assim... o racional agindo, com todas as suas armas.

Mas, no segundo seguinte, concluiu que não poderia ter perdido aquela oportunidade. E se ela fosse o grande amor da sua vida? Essas coisas não acontecem do dia pra noite. Estava completamente apaixonado.

Olhou para os processos em cima da sua mesa e pensou que não tinha a mínima vontade de trabalhar naquela tarde. Aliás, ele não sabia o que faria, doravante, da sua vida. Se sentiu como se tudo tivesse se destroçado, como se nada mais fizesse sentido. Nada mais, na vida. O que ele faria na continuidade da sua existência? Como ele reagiria se ela surgisse com um novo namorado? Essa possibilidade o mortificou. Como ele poderia ter equilíbrio emocional para lidar com essa paixão que acabara de ser abatida em pleno voo?

Em meio a esse sentimento de fracasso e dor, foi surpreendido pelo alarido do celular, apitando com o característico toque que marcava o recebimento de SMS. Se surpreendeu, pois a única pessoa que costumava lhe enviar mensagens via celular era exatamente Luiza. Abriu a tela do telefone e, com o coração descompassado, viu que a mensagem era dela, enviada diretamente da sua sala, alguns metros à direita da de Tom.

Era curta e objetiva: "Que abraço gostoso!"

A frase aparentemente banal era maliciosa e repleta de segundas e terceiras intenções.

Tom a interpretou com todas essas intenções.

Imediatamente, a mensagem no celular deflagrou um turbilhão de emoções em seu peito. Ela estava brincando com ele? Ou era a contraordem, era o trem de novo nos trilhos? A ambígua e aparentemente inocente mensagem refletia uma complexidade de sentimentos. A cabeça e o coração de Tom entraram em ebulição. Luiza reagira porque tem muito a perder. O que ela quer? As mulheres são absolutamente imprevisíveis. E havia um encantamento crescente na relação entre eles. Certamente naquele momento ela estava vivenciando a mesma confusão de sentimentos: medo e desejo.

Por segundos, Tom sentiu um sentimento de alívio, uma felicidade sem fim. E respondeu ao SMS com as seguintes e exatas palavras: **quero te abraçar de novo**.

Em resposta, recebeu um emoticon com um grande sorriso.

Luiza, Luiza...

Todos os poetas e criadores do mundo estavam convocados para aquela tarefa. Quem poderia descrever com palavras a instabilidade daquela mulher, que arrasava seu mundo e, no minuto seguinte, lhe dava o salvo-conduto para o paraíso?

Naquele momento, Luiza optava pelo perigo. Naquele instante, ela queria jogar o jogo. Onde ficara toda a sua segurança, todo o seu texto sobre os riscos e as perdas, que racional e objetivamente tinham convencido Tom há pouco? Tinham durado menos de uma hora.

Pois por conta da imprevisível alma feminina, o que parecia destinado apenas à dor e à lembrança voltou, inesperadamente, ao rumo anterior. Naquela noite roubou mais beijos de Luiza. Agora com mais conhecimento, com mais intimidade, sabendo fruir cada momento da sua boca, da sua língua. O beijo era bom, e ela se gabava disso, de uma forma quase infantil. "Quase entrei na comunidade 'Sei beijar bem' no Orkut, contou, rindo.

"Você está brincando, não está?", respondeu Tom, levemente enciumado. Luiza dava pequenas mordidas e beijos no rosto dele, subia e descia a língua na sua face, voltava a beijá-lo na boca. Ele estava no céu.

Dentre as confissões daquela noite, Tom lhe disse que, por conta do envolvimento de ambos, não estava conseguindo dormir direito. No dia seguinte, quando chegou ao escritório encontrou um pacote marrom em cima de sua mesa. Dentro, uma caixinha do chá "Bom sono", que Luiza lhe comprara numa carinhosa contribuição ao seu problema.

A partir daí, eles passaram a viver uma relação proibida. E a vida de ambos, inevitavelmente, virou um filme de suspense.

Debora viajara novamente. Ficaria toda a semana fora. Na impossibilidade de ter Luiza plenamente, de estar com ela fora do ambiente de trabalho, a solução era travarem intermináveis conversas telefônicas. A todo momento era motivo para se ligarem, para falarem dos assuntos mais banais, que não podiam ser tratados no escritório. Eram conversas longas, entremeadas por risadinhas e brincadeiras de duplo sentido. E outra forma de interlocução entre ambos, que era quase o conteúdo de um namoro, passou a ser a troca de filmes. Troca de DVDs.

Começou quando Luiza deixou sob o teclado do seu computador o DVD de *Amores perros*. Ela tinha comentado sobre aquele filme, que dizia ser forte e intenso, e quis que Tom também assistisse.

O velho cinéfilo da época da faculdade colecionava DVDs e continuava a assistir, sempre que possível, às programações da Mostra Internacional de Cinema de São Paulo, um dos seus programas preferidos na cidade, que em sua 19ª edição, em 1995, trouxera como convidado o diretor espanhol Pedro Almodóvar, que abriria a Mostra com *A Flor do meu segredo*. Assim, como gostava de Almodóvar, Tom gostou de *Amores perros*. Em troca, e sem pensar muito, lhe emprestou *O declínio do império americano* e *Invasões bárbaras*, ambos do canadense Denys Arcand, lançados, respectivamente, com o mesmo elenco, em 1986 e 2003.

Filmes que abordam sexo, política, humor mordaz e inteligente e um desencanto com os novos tempos.

A reação de Luiza, tão logo assistiu aos dois filmes, surpreendeu Tom:

— Eu sei porque você me deu esses filmes. Eles falam sobre quebra de paradigmas, é mais ou menos o que estamos vivendo... – disse ela por telefone.

Não fora essa a intenção dele. Simplesmente lhe emprestara dois filmes de que gostava muito. Mas ela tinha razão. Poderiam traçar um paralelo entre a relação que viviam e a reflexão dos filmes. Quase como uma queda da velha ordem e a chegada de uma nova era, pensou. E passou a prestar mais atenção no conteúdo dos filmes que continuou a trocar com ela.

Acima de tudo, queria dividir impressões estéticas. Seus filmes preferidos. O próximo foi *Bagdad Café*. Que ela adorou, e insistiu em falar com ele logo após assisti-lo. Estava falante e entusiasmada. Ele estava num jantar, e não podia falar naquele momento. Retornou depois, e ficaram mais de uma hora conversando sobre o filme, ela demonstrando sincera emoção pelo que assistira.

A sensibilidade da musa comoveu Tom. A ideia de trocas de filmes, afinal, fora muito boa, pois eles simplesmente não tinham condições de se encontrar pessoalmente, para assisti-los juntos. Os *feedbacks* e as conversas sobre os DVDs não apenas supriam a ausência física, mas faziam com que cada um compreendesse melhor a cabeça e o coração do outro.

Eram filmes quase diários. O próximo da lista de Tom foi *Império do sol*, de Spielberg. Na mosca. Mas Luiza gostou mais ou menos de *Harry e Sally*.

Em troca, emprestou a Tom o seu filme predileto, entre todos: *Dogville*.

Ele se impressionou ao revê-lo. Não pelo filme em si, que já conhecia. Filme anticonvencional, do sueco Lars von Trier, filmado com extrema simplicidade de cenários. Mas pelo fato daquela garota considerá-lo o "melhor filme" que já vira. Ao revê-lo, aquela frase não lhe saia da cabeça. À atração física que sentia por ela e ao seu charme se somou a curiosidade ainda maior sobre o universo e a cabeça de quem era tão seletiva e original em seus gostos.

Se lembrou da primeira vez em que vira *Dogville*, logo depois do seu lançamento, em 2003. Gostou do filme, mas o achou mais teatro do que cinema. Jamais o colocaria na lista de seus "melhores filmes". Ao revê-lo com mais atenção – até para buscar entender o que nele atraíra a advogada – se impressionou com a complexidade da trama e com a originalidade da forma.

Era um filme "diferente". Verdadeira obra de arte.

Ponto para Luiza.

A cada troca de filmes, a cada conversa sobre eles, descobriu-se uma grande identidade de gostos entre os dois. Tinham verdadeira ojeriza pelos *blockbusters* da vida. E uma atração por filmes de arte.

Almodóvar passou a ser uma paixão em comum. Assim como os filmes latinos: mexicanos, argentinos, chilenos. Ele jamais se esqueceria da gargalhada dela quando conversavam sobre o final de *E sua mãe também*, filme espirituoso do mexicano Alfonso Cuarón.

As trocas desses filmes, que cada qual assistia sozinho, em seus respectivos apartamentos, eram elos entre o casal. Mandavam recados. Reafirmavam pontos de vida. Visões do mundo. Afinal de contas, a relação que tinham era incompleta. Não podiam ter no ambiente de trabalho a mesma intimidade que passavam a ter fora dele, por carradas de razões. Uma das sugestões que mais intrigou Tom foi a insistência dela para que assistisse *A casa dos espíritos*, filme inspirado no livro de Isabel Allende. Em especial, ela quis conversar sobre a cena em que a esposa (vivida por Meryl Streep), ao ser agredida pelo marido (vivido por Jeremy Irons), resolve nunca mais falar ou se dirigir a ele até o final dos seus dias, embora permanecessem casados. Tom não entendera tal reação tão definitiva. Luiza a defendera.

A cada um dos filmes que recebia de Luiza, Tom pensava que o que mais gostaria de fazer na vida seria assistir, um dia, a um filme qualquer ao lado dela, em qualquer cinema, e não cada um em sua casa.

A cultura cinematográfica da advogada era fragmentada. Coisa de geração. Ele, mais velho, tinha visto a maioria daqueles filmes no cinema. Quando se apaixonou pela sétima arte, na infância, em Itapetininga, ir ao cinema era a única maneira de se ver a um filme. Era um ritual: a chegada, a pipoca, o bilheteiro, o *drops* Dulcora. Tudo isso potencializava as grandes emoções que ele vivenciara a cada noite, naquele local. VHS, locadoras, DVD, *blu-ray* só foram surgindo bem depois, ao longo dos anos. Já Luiza já vira a maior parte dos filmes de outra perspectiva: no computador, principalmente em DVDs, com uma grande oferta de títulos. O bom gosto dela era evidente, sem concessões. Mas, por exemplo, nunca tinha assistido à trilogia *O Poderoso Chefão*. Tom os emprestou. Se apaixonou pelos três filmes, e durante dias só falava neles. Nunca tinha assistido a nenhum filme de Fellini. E Luiza adorou Fellini.

Faziam enquetes de "Melhores inícios de filmes". Ou "melhores finais". No primeiro rol, ela votava no início do *Abril despedaçado*. Já ambos concordavam que *A vida dos outros*, filme alemão oriental, tinha o final mais emocionante.

A partir daqueles dias, a cena final do filme passou a ser recorrente na vida de Tom, sempre que se lembrava de Luiza.

Namoro de cinema. Cinema de namoro. Mesmo fora de contexto, lhe vinham os versos de Noel Rosa: "O cinema falado e o grande culpado da transformação".

Filmes que transformariam a vida de Tom Pinheiro.

19

EU TE AMO, SUA LOUCA

Tom saía cedo com seu Golf preto, que Luiza chamava de "caixa preta", e passava na frente do prédio, onde ela o esperava, entrando no carro e dando-lhe um beijo na boca. Ele sentia que estava amando aquela mulher. Aquela boca que ele tantas vezes quisera beijar agora era oferecida a ele todas as manhãs.

Em seguida, na mesma região dos Jardins, iam à Galeria dos Pães, na Rua Estados Unidos, tomar o café da manhã. Na espera no estacionamento da padaria, Tom abraçava Luiza, já com grande intimidade, e ela brincava: "Quer tirar uma casquinha, é?" Pediam duas médias e dois pães com manteiga, rindo felizes, como se a vida se resumisse àquela química que sentiam.

Saindo dali, iam pela Rua Uruguai, chegando à pequena Rua Guatemala, onde paravam o carro sempre no mesmo lugar, à frente de um escritório ainda vazio.

Ainda eram sete da manhã.

Se beijavam longamente, como adolescentes, e Tom colocava as mãos nas costas de Luiza, por dentro da blusa, enquanto desabotoava seu sutiã. e deslizava as mãos para os seios, vagarosamente, com grande habilidade nos dedos em movimentos contínuos que a deixavam profundamente excitada. Ela suspirava, e ele, levantando a blusa, se debruçava sobre seu corpo, conduzindo a boca para o umbigo, subindo, vagarosamente, com a língua em movimentos circulares, beijando seus seios, lambendo os bicos, sugando os mamilos. Ficava enlouquecido com aquilo, ficaria, se pudesse, o dia inteiro naquele ofício. Irresponsáveis, loucos, à luz do sol, no outono paulistano, num lugar público, namorando como dois colegiais. Tom sentia que aquelas eram as manhãs mais felizes que já tinha vivido.

Ela tinha uma forma especial de demonstrar o desejo por Tom. Dengosa e maliciosamente, sussurrava uma frase que deixava Tom em êxtase:

— Tô molinha...

No auge da vivência daquele momento especial, ele tinha noção de como a experiência representava sentidos diferentes para cada um deles. Quase 50 anos de idade, aquelas loucuras matinais, aquela paixão, daquele jeito, àquela altura da vida, eram um jorro de juventude, um sopro de vida de primeiríssima grandeza. Se sentia com energia para fazer qualquer coisa. Pelo menos naqueles momentos em que estava a sós com ela, sem as outras pessoas e o mundo real que os separava, ele se sentia um privilegiado, como um garoto de 15 anos que encontra sua razão de viver.

Tinha mil inseguranças. Luiza retribuía na mesma intensidade àquele sentimento? Afinal, era solteira, tinha 28 anos, tinha vivido outros recentes amores, e, portanto, aquela vivência, àquela altura da vida, era algo perfeitamente adequado. Pensava que, do ponto de vista da advogada, o impacto do romance que viviam era diferente. Talvez ele fosse um a mais, tirando o componente dramático da relação. Para Tom, ao contrário, aquele era um amor outonal, forte e inesperado. Para ela, talvez fosse mais um amor de verão.

E aquela relação, definitivamente, era proibida.

O fato é que, naquelas manhãs ele passou a ter o que até então não tinha: a certeza de que ela estava absolutamente envolvida. Tinha "comprado" aquela relação perigosa.

— Luiza, não sei se você tem noção de como é rico tudo o que estamos vivendo. Você tem noção disso?

Ela apenas sorriu e voltou a beijá-lo. Depois deitou sua cabeça no peito de Tom, em silêncio, suspirou longamente e disse:

— Vou sentir saudades dos nossos cafés da manhã.

Tom ficou chocado com a frase.

— Como assim? Você não vai precisar sentir saudades. Nós vamos ficar juntos!

— Será?

Tom a contemplava, se indagando quais elementos, afinal, poderiam explicar aquela atração. Luiza tinha um quê de menina, mas era uma mulher independente e de personalidade forte. Aquela combinação era irresistível para ele. Era carinhosa e engraçada. E tinha uma vida inteira pela frente, cheia de descobertas e alternativas. E Tom queria estar com ela em todos os caminhos possíveis. Era um sopro de juventude e de esperança.

Tinha um lado que o deliciava. Rompantes, explosões de entusiasmo que eram quase uma reprodução verbal dos pontos de exclamação, sua marca registrada na comunicação escrita. Falavam de nomes de pessoas, e ela o interrompeu, numa exclamação infantil:

— Adoro meu nome!

Tom tinha ímpetos de acarinhá-la, nas várias vezes em que intervenções como essa vinham à tona. Luiza fazia isso com graça e espontaneidade, em explosões ingênuas e autênticas, deliciosamente vindas de uma mulher de 28 anos, severa no trabalho e com aparentes nervos de aço em situações profissionais de pressão.

Aquele era um amor paulistano. Somente naquela cidade imensa, com gente vinda de todos os recantos do mundo, o paulista interiorano e a jovem nordestina, com duas décadas de diferença de idade, haveriam de se conhecer e se envolver daquela maneira.

Quando falava de São Paulo, Tom se lembrava do verso da canção de Caetano Veloso, então morador da capital paulista: "Vivemos na melhor cidade da América do Sul". E falava pra Luiza, sempre: "Luiza, vivemos na melhor e na pior cidade da América do Sul".

Porque realmente aquele monstro urbano trazia todos os elementos possíveis para que os sonhos se realizassem, para que os encontros ocorressem, para que as oportunidades vingassem. Em contrapartida, trazia também o vírus da impaciência, da insegurança, da violência, da injustiça, do tempo perdido, da ausência da razoabilidade.

Tom amava e odiava aquela cidade, para a qual ele viera compulsoriamente, e que com o passar do tempo se tornara o seu ninho e abrigo. E, enfim, aquela pauliceia desvairada lhe trouxera Luiza.

20

ESPERE POR MIM, MORENA

Tom queria encontrar o momento certo de resolver o assunto com Debora. E decidiu que tinha coisas internas do escritório a resolver antes disso. O futuro profissional de ambos seria afetado. Começou a preparar a situação e esquadrinhar o futuro do escritório sem Luiza. E sem ele.

Em meio a essa tarefa que exigia nervos de aço, começou a ficar difícil saírem juntos. Mesmo dar caronas. Durante dias, Debora mudou sua rotina. Passou a viajar menos sozinha. Começou a requisitar Tom quase todas as noites, muitas vezes sem razão relevante. Ora para acompanhá-la a determinado jantar perfeitamente dispensável, ora para ir com ela ao Rio de Janeiro. Invariavelmente, inventava coisas para que ele precisasse sair do escritório antes do horário normal de trabalho.

Certamente estava desconfiada. Alguém deve ter comentado alguma coisa, pensou Tom.

Por conta disso, ele e Luiza ficaram quase duas semanas sem uma carona, um beijo, um carinho. Apenas nas conversas telefônicas e nos contatos no ambiente de trabalho. Tom ficou estressadíssimo. Ficava nervoso com qualquer coisa. Começou a ficar mais ríspido com as pessoas no trabalho.

A insegurança da situação fazia com que, carentes, ambos precisassem de reafirmações constantes dos respectivos sentimentos. Mas não apenas em palavras. Em contato físico, em beijos e amassos. Tom já lhe dissera: "precisamos de tempo, tudo será resolvido". Acreditar nisso naquele ambiente conflagrado exigia uma imensa dose de fé e serenidade.

Na confusão que tornou insuportáveis aqueles dias, houve um período em que ele mal falava com Luiza, a não ser assuntos de trabalho, no escritório.

Uma noite, ela apareceu do nada na sua sala, ele já se despedindo pra ir embora, com Debora o aguardando na outra sala. Estava ansiosa, ele percebeu instantaneamente. De forma passional, quase sussurrando, pra que ninguém ouvisse, perguntou, queixosa: "Você está mudando de tática comigo"?

Tom ficou com o coração estremecido ao ver o objeto de sua paixão tão exposto e fragilizado, inseguro quanto aos sentimentos dele. Queria pegá-la nos braços, fazer carinho em seus cabelos, ampará-la para que ela se sentisse mais forte.

Ele sempre tomara a iniciativa. Naquele momento, o jogo virara. Ela tinha "comprado" a relação, conforme suas próprias palavras. E estava sofrendo com a ausência dos carinhos dele e com a indefinição da situação, que envolvia, afinal, seu coração e seu emprego.

Tom já soubera fazer esse jogo quando era solteiro. Mas estava destreinado, reconheceu. E aquela menina certamente conhecia todas as jogadas. Lembrou-se de que quando demonstrou efetivo interesse por ela recebeu a seguinte resposta:

— Você está enganado, você só conhece a Luiza colega de trabalho. Não conhece a Luiza mulher. Eu sou muito passional e intensa. Tive poucos relacionamentos, mas todos eles passionais e intensos.

Queria era a Luiza mulher. Em todos os sentidos. Passional e intensa, do jeito que fosse.

Mas o tempo mudou. Debora voltou às suas viagens, pois era sua obrigação na sociedade. E o contato íntimo com Luiza voltou ao ritmo anterior. Saíam para almoçar quando possível, cada vez num lugar diferente. Primeiro iam a restaurantes do centro – do velho Circolo Italiano, Le Casserole. Com o tempo, começaram a ir a outros restaurantes, em outros bairros – Jardins, Higienópolis, Itaim...

Foram ao Le Jazz, em Pinheiros. Restaurante decorado com cartazes e fotos de artistas de jazz. Era uma sexta-feira, e tocava Miles Davis. Tom comia um *steak au poivre*, enquanto Luiza degustava um *entrecôte* com fritas. Pediram meia garrafa de vinho.

— Você é a única mulher de 28 anos que gosta de vinho tinto. Agora só falta gostar de jazz. Para mim, as pessoas só gostam de jazz e vinho depois dos 40.

Luiza riu.

— Sua teoria está furada, então. Gosto de vinho, sim. Gosto de outras coisas também. E gosto de jazz, dependendo da hora. Agora, por exemplo, está ótimo – sorriu.

Tom começou a escrever um poema, com uma analogia entre o prazer de estar com ela e as sobremesas mais estreladas dos restaurantes de São Paulo. Dizia que ela era uma delícia como...

Chocolate Lindt que derrete na boca
Pipoca com sorvete
Suflê de goiaba do Carlota
Brigadeiro de colher
Creme catalão do Eñe
Torta de chocolate com marzipan do Charlô
Prato com frutas de creme de baunilha do Ritz
Waffles com calda de chocolate ou frutas vermelhas do Le Jazz
Pudim de café do Di Bistrô.

A cada novo restaurante dividiam a sobremesa mais estrelada da casa, para ampliar o rol das delícias atribuídas a Luiza.

Cada vez mais, e de forma crescente, a vida que ele levava até então passou a ficar desinteressante. É como se no meio de um filme em preto e branco surgisse a cor vermelha mais forte e linda possível. Era isso o que ele sentia quando via Luiza. Chegava às raias do insuportável, tendo que fingir que tudo estava normal, enquanto seu coração dava pulos, olhando de soslaio para o prenúncio dos seus seios, a linha da sua boca carnuda, em meio à burocrática reunião da tarde. Para ambos, a situação era de grande perigo, e o risco não era pequeno. Tom ficava o dia inteiro dividido entre o conflito profissional, o compromisso que tinha com Debora e a paixão avassaladora que sentia por Luiza.

O conflito se tornou ainda mais grave quando ela cometeu um pequeno deslize no acompanhamento de uma demanda, e o que parecia um jogo de xadrez se transformou numa guerra declarada.

Eduardo chamou Tom e lhe disse, com todas as letras:

— Temos que mandar Luiza embora.

— De jeito nenhum. É a melhor advogada que temos.

— A melhor advogada não comete erros como esse.

— Todo mundo comete erros.

— Na advocacia, não. Os erros são fatais.

Tom conseguiu contornar a situação, mas o alerta amarelo estava aceso. A conversa de Eduardo fora algo totalmente fora do padrão. O tal "erro" era contornável. E a sugestão de demissão fora algo totalmente fora de propósito. Algo estava acontecendo. Algo estava saindo do controle.

Aquele ambiente jamais resultaria num final feliz para a relação que pretendia ter com Luiza. Na verdade, tudo ocorrera por instinto, por paixão, por desejo, nada fora planejado. Ele jamais colocara na ponta do lápis os prós e contra daquela situação. Ele não tinha estratégia. Fora levado de forma impulsiva pelo desejo por ela, que correspondera à sua iniciativa. Mas agora o jogo era para profissionais.

Tom não tinha mais tempo. Não podia esperar mais.

21

O QUE SERÁ QUE SERÁ?

"Há algo de podre no reino da Dinamarca".

Ato I, cena IV de *Hamlet*. Tom estava em sua sala, no escritório, passando os olhos sobre a obra de William Shakespeare, numa edição antiga que comprara na época da faculdade. Lera no jornal sobre a montagem da peça, tendo Wagner Moura no papel principal. Pensou que adoraria levar Luiza para assistir.

Mas assistir quando e como?

A frase do clássico shakespeariano cabia como uma luva nos mistérios que cercavam os mais recentes dias do Mendonça, Navarra e Guimarães. Havia duas semanas, acontecera algo que o deixara com as barbas de molho. Coisas estranhas. Voltara de uma viagem de dois dias ao Rio de Janeiro e fora surpreendido quando Eduardo o chamou e disse:

— Contratamos um novo advogado, que vai trabalhar diretamente com a Luiza. Armando Bianchi. 30 anos, se formou na PUC, indicação do Balloti. Também é formado em Jornalismo na Cásper Líbero.

Tom conteve a indignação a muito custo. Como assim, contratar alguém para "trabalhar diretamente com Luiza"? Estavam passando por cima dele, pois quem coordenava o grupo e escolhia as funções era ele, o coordenador. Ainda mais sendo indicado de Wagner Balloti, amigo de Eduardo, mas também integrante do grupo de ressentidos que, desde a época da *Tribuna do Direito*, virara desafeto de Tom.

— Como assim, Eduardo? Eu sou o coordenador, não estou sabendo de nada, ninguém me chamou pra conversar...

— Eu ia te falar, mas você estava viajando. Foi uma decisão dos três sócios. Debora está em Recife, como você sabe, mas nos falamos pelo telefone, e ela concordou.

Tom silenciou. Fazia dois dias que não falava com Debora. Sentiu-se traído.

— Tom, precisamos dinamizar esse setor. Acabamos de fechar dois contratos grandes. Além do mais, temos a área internacional, que precisa de uma atenção maior de nossa parte. A ideia é que você, aos poucos, fique mais focado no exterior.

Incontinente, Eduardo chamou o novo advogado à sala. Tom foi apresentado a Armando Bianchi. Alto, loiro, bem-apessoado, com um terno caro e gravata Hermès.

— Dr. Antonio, nas próximas duas semanas quero que você passe para o Dr. Armando todas as informações possíveis sobre os contatos com nossos clientes. Ele vai trabalhar entre você e a Dra. Luiza – disse Eduardo, absolutamente formal diante do novo contratado.

Naquele instante, tiveram início os piores dias de Tom desde que entrara no escritório. Luiza passou a ser absorvida pelo novo advogado, que quando não estava em reuniões com "Dr. Antonio" ficava com ela quase que todo o tempo, sob o argumento de que precisava aprender tudo sobre os casos em andamento.

Tom já se programara para contar tudo a Debora e aos sócios sobre o envolvimento com Luiza. Já tinha o cronograma na sua cabeça. Aquelas novidades tinham atropelado suas intenções. Ademais, a namorada estava viajando como nunca fizera antes. Eram viagens semanais, para vários pontos do país – Salvador, Recife, Porto Alegre, Goiânia. Ficava em São Paulo apenas nos fins de semana, sempre com incumbências com a filha, com a babá, com a casa.

Na noite anterior, recebera um telefonema dela.

— Tom, eu não sou idiota. Sei que alguma coisa está rolando entre você e essa advogadazinha. Olha aqui, você é 20 anos mais velho que essa moça, você por acaso acha que se ela se envolver com você será por causa dos seus belos olhos? Ela tem só interesse, e você, velho babão, não percebe. Ela quer se promover às suas custas, seu idiota! Ela está só interessada em ganhar vantagem em ter alguma coisa com você.

Tom conseguiu acalmar a namorada, sob a promessa de que não havia nada, e que quando ela voltasse conversariam sobre o assunto.

Finda a conversa, ele desabou. Não era só com Debora. O rompimento deveria ser antecipado, pois a vida conjugal já não existia, e as consequências no trabalho não demorariam a ocorrer. A coisa se alastrara, já estava no nível dos sócios. Certamente a contratação do novo advogado era decorrência da ciência – ou suspeita, tanto faz – de todos quanto à sua relação com Luiza. Precisava antecipar a colocação das cartas na mesa. Já tinha o plano traçado. Iria ajudá-la a conseguir outro emprego, fora daquele ambiente hostil e irremediável. Enquanto isso, administraria a situação com Debora, para que o rompimento fosse realizado de forma paulatina. Qualquer ruptura brusca seria nitroglicerina pura para todos os lados.

Resolvida a situação de Luiza, ele sairia do escritório.

No dia seguinte, uma sexta-feira, em seu namoro matinal com Luiza, Tom lhe falou de seu plano. Tinha vários amigos donos de escritórios, iria batalhar para que ela fosse recolocada. Aliás, naquele mesmo dia passaria a cuidar disso. Pensava em resolver isso em no máximo duas semanas. Caso não obtivessem respostas imediatas e seguras, anteciparia a saída de Luiza do escritório e garantiria seu sustento até que a recolocação se consumasse. Tinham, então, que combinar uma saída amigável do escritório. Ela concordou. Já intuía isso. Já sabia que seria impossível continuar trabalhando com Tom sob a vigilância de Debora. Eles tinham se envolvido, e agora tinham que enfrentar a situação.

22

ESTOU A DOIS PASSOS DO PARAÍSO

Um dia após aquela conversa, Debora estaria novamente fora de São Paulo. Era o primeiro sábado livre de Tom, desde quando começara o envolvimento com Luiza. Chegou a pensar que seria uma armadilha, que ela voltaria de surpresa para eventualmente flagrá-los juntos. De qualquer maneira, ele próprio precisava fazer uma pequena viagem de carro, no sábado, e voltaria somente à noite.

Estava com uma sensação de que Luiza estava diferente no ambiente de trabalho desde que foram impostas as mudanças pelos sócios do escritório. A sentia mais distante, o tempo para ambos era escasso. Se atormentava ao pensar nisso, ao mesmo tempo que reconhecia que tinha ciúmes do novo advogado, mais jovem que ele, trabalhando, à sua revelia, diretamente com a advogada.

Essas inseguranças logo passavam quando ambos voltavam a ficar juntos. Ele, à revelia do estresse das últimas semanas, estava no auge da paixão. E ela também, nitidamente, estava nas mãos dele. Mas nunca tinham passado a noite juntos, a não ser os namoros matinais e os beijos e amassos quando Tom lhe dava carona. Depois de três meses de beijos e abraços e carícias, aquilo estava tão latente na relação que ele achava assustadora a ideia de consumar seu desejo.

Naquele sábado, meados de julho, Tom voltava de viagem, e já da estrada ligou de seu celular para Luiza, que a partir de um ponto da conversa começou a falar de forma dengosa, proferindo a frase que derretia Tom: "Tô molinha...". Durante mais de meia hora veio dirigindo o carro, em alta velocidade, na estrada, enquanto falava bobagens com ela ao telefone.

Chegando à frente do prédio, já escuro, aguardou cinco minutos, até que ela descesse, de shorts e com um decote que mostrava todo o perfil de seus seios. Entrou no carro e, ávidos, começaram a se beijar. Tom tirou sua blusa e começou a beijar seu corpo vagarosamente, milímetro por milímetro. Estavam na rua, dentro do carro, o qual, mesmo tendo *insulfilm*, deixava ao desabrigo todas as intimidades. Além da crônica questão de insegurança pública da cidade. Tom teve um instante de sanidade, e, usando de todas as suas forças, de repente falou, alto: "Para, para, para Luiza!" Ante o olhar arregalado dela, arrematou: "Aqui não, aqui não!"

Luiza fechou a blusa, lentamente, e deitou-se no colo dele. "Vamos subir. Só que quero esperar um pouco, Tom. Vamos olhar a lua".

Uma linda lua cheia de inverno pairava sobre os dois, em meio aos arranha-céus daquela região central da megalópole paulistana. Voltaram juntos os rostos para o céu, para admirar aquela esfera branca na fria noite de começo de estação. Tom se emocionou com o momento. Luiza se debruçou sobre seu colo, deitando de costas, e, olhando bem nos seus olhos, perguntou, com um ar de menina que o deixou ainda mais apaixonado:

— O que vai acontecer com a gente?

Nesse exato momento, o telefone de Tom começou a tocar. Esquecera-se de desligá-lo.

Olhou pelo identificador de chamadas e imaginou que algo grave ocorrera. Era Eduardo, sócio do escritório.

— Tom, aconteceu uma tragédia. Vá agora para o escritório. Imediatamente.

— O quê? O que aconteceu?

— Um incêndio no escritório. Parece que o negócio é sério. E parece que começou na sala de Luiza.

Aturdido com a notícia, Tom teve a nítida impressão de que a alusão a Luiza fora pronunciada com certo prazer sádico por parte de Eduardo. Pareceu-lhe despropositado a menção àquele detalhe, como um "caco" desnecessário.

Ficou atordoado com o telefonema. Luiza percebeu imediatamente que algo grave acontecera.

— Péssima notícia. Incêndio no escritório. Preciso ir pra lá agora.

— Incêndio? Como assim? Quero ir com você!

Tom a dissuadiu. É claro que não era uma boa ideia. A que pretexto ela apareceria no escritório? Apenas fortaleceria a fofoca sobre a ligação dos dois, totalmente desnecessária no momento em que a situação estava prestes a ser resolvida.

Não quis dizer a ela de imediato que havia a suspeita de que tivera início em sua sala. Achou que seria uma leviandade e que a deixaria ainda mais preocupada. Preferia, antes de qualquer coisa, confirmar aquela duvidosa – ao seu juízo – informação.

Seu desejo chegara ao ápice, e fora interrompido pelo telefonema imprevisto. A noite que seria maravilhosa se convertia em frustrante e improvável interrupção.

O que Tom mais queria, ao se despedir de Luiza, era voltar para os braços dela o mais rápido possível.

23

HOJE VOCÊ É QUEM MANDA

Enquanto dirigia em direção ao escritório, soturnas reflexões passavam por sua mente. Um incêndio, naquele momento, em que as relações profissionais estavam tão tensas? E justamente na sala de Luiza? Parecia muita coincidência. Recorreu novamente ao *Hamlet* de Shakespeare: “Há mais coisas entre o céu e a terra do que supõe nossa filosofia”.

Imerso nesses pensamentos, chegou ao escritório e, em meio ao forte cheiro de queimado e pisando no chão molhado, foi recebido, na sala principal, por Armando Bianchi. Parecia muito à vontade. O que estava ele fazendo ali? Não era sócio e era o mais novo profissional do escritório. Nada justificava sua presença naquela hora grave, como se fosse alguém graduado ou com poderes de administração.

Fora um incêndio de proporções razoáveis. O porteiro do prédio, Marinaldo Silva, utilizara quatro extintores para controlar as chamas até a chegada do Corpo de Bombeiros. A ação rápida do funcionário evitara que o fogo se alastrasse para outras salas. O imóvel ficava no 12º andar, e os bombeiros conseguiram agir entrando pela porta principal do escritório. A sala de Luiza fora destruída quase completamente, além de parte da biblioteca e a entrada de uma das salas de reuniões.

Tom chegou à sala de Luiza. Um dos bombeiros explicava a Eduardo e Priscila Guimarães, a outra sócia, bem como a seu marido, o médico Paulo Octavio Guimarães, que o incêndio provavelmente teria tido início no ar-condicionado da sala da advogada, que ficara ligado. E comentava que há 47 anos, a menos de um quilometro dali, um desastre similar tivera início exatamente por conta de um ar-condicionado, também no 12° andar de um edifício chamado Joelma e causara uma das maiores tragédias da história da cidade, com 191 mortes. Por conta disso, a maioria dos prédios mais antigos da região – inclusive aquele – tinha regras expressas e recomendações para que os aparelhos fossem desligados.

Felizmente, agora o acidente ocorrera num sábado, e ninguém se ferira. Mas Tom, que já estava ressabiado há semanas, devido à imprevista contratação do advogado novo e à forma como foi determinado o seu trabalho à sua mais absoluta revelia –, agora se sentia ainda mais intrigado pela forma e a oportunidade com que ocorrera o incêndio. Logo agora. Na sala de Luiza. E o que fazia aquele advogado ali?

— O estrago foi grande, Tom – disse Priscila.

Era a sócia com quem ele tinha menos contato, embora sempre lhe causasse uma boa impressão. Tinha 63 anos, era casada com um médico respeitado, três filhos grandes, todos na universidade. Sempre bem vestida e elegante. Educada e agradável. Era a responsável pelos contatos políticos e as relações com os donos dos meios de comunicação. Grande captadora de novas demandas, fora a responsável, por exemplo, pela vinda do poderoso grupo RBS como novo cliente do escritório.

— Estou vendo, Priscila. Pelo jeito, nessa sala não sobrou nada...

— Sim, a sala da Dra. Luiza. Você tem dimensão do que perdemos ali?

— Infelizmente, coisa importante foi perdida. Um dos processos do caso da Escola Base, por exemplo, estava em cima da mesa dela. Estávamos preparando recurso – disse ele, se referindo a uma história rumorosa que marcara a imprensa brasileira de forma extremamente negativa. Houvera denúncia de prática de abuso sexual a crianças em uma escola da cidade. Os proprietários haviam sido acusados pelo delegado que cuidava do caso, e do dia para a noite apareceram em manchetes como criminosos. Verificou-se depois que nenhuma das denúncias era verdadeira, transformando em emblemática a história numa das maiores demonstrações de como a imprensa irresponsável pode prejudicar a sociedade. Várias demandas foram promovidas, cobrando indenizações por danos morais contra os órgãos de imprensa que haviam divulgado a calúnia. O fato ocorrera em 1994, mas o lento judiciário fazia com que, quatorze anos depois, ainda se discutissem aspectos do caso. E o escritório defendia um grande grupo de comunicação, réu numa das ações.

— Mas tudo bem, em casos como esse, de processos judiciais, podemos pedir a restauração dos autos – disse Priscila, se referindo a uma regra do Código de Processo Civil que possibilita que um processo desaparecido possa ser restaurado.

— Sim. Acho que também estava sobre a mesa um processo grande de indenização, do Otavio Meirelles. E aquele primeiro caso, grande, do RBS. Você tem razão, poderemos pedir a restauração desses autos.

— Sim. Vai dar trabalho, mas tudo se resolverá.

— Me preocupam mais os documentos de clientes, coisas irrecuperáveis...

Enquanto dizia isso, começou a se lembrar das coisas pessoais de Luiza, que possivelmente estavam naquela sala, e certamente haviam sido integralmente destruídas. Coisas de mulher, que ela guardava num pequeno armário de metal. Documentos pessoais. Anotações. Relatórios de processos. Rascunhos de peças jurídicas. Livros, inclusive o *Cem anos de solidão*, emprestado por ele, e *Conversas com Almodóvar*, com o qual ele a presenteara semanas antes.

Mais do que isso: o computador fora completamente destruído. Ao olhar para aquela massa disforme de metal e plástico derretido, concluiu, mesmo não sendo um especialista em informática, que certamente não seria possível recuperar nada dos arquivos, e-mails e documentos.

Pobre Luiza. Que tragédia!

Eduardo entrou subitamente na sala, seguido por Armando Bianchi.

— Precisamos fazer duas coisas: em primeiro lugar, uma investigação interna. Quem deixou esse ar-condicionado ligado? Isso foi uma grande irresponsabilidade! E em segundo lugar, precisamos ver com a Dra. Luiza o que exatamente foi perdido, para tratarmos da recuperação de tudo.

Tom se surpreendeu com a própria reação, fruto da indignação pela forma como a intervenção do sócio tivera início:

— Mas não está claro que foi um acidente?

— Não está nada claro, Dr. Antonio. Precisamos investigar isso.

Tom não sabia o que era mais ridículo: a velada acusação a Luiza – logicamente, a responsável pelo desligamento do ar-condicionado de sua própria sala – ou formalismo de Eduardo, aparentemente justificado apenas por estar junto daquele advogadozinho novato. Ridículo! Se não fosse pela injustificada presença dele, estariam sendo tratados de "Tom" e a advogada apenas de "Luiza". A quem ele queria impressionar, com aquele canhestro teatrinho?

— Você é quem sabe. O sócio é você – respondeu Tom, com a certeza de que aquele não era o momento de polemizar.

— Ao que parece, também acho que foi um acidente. Mas nada tenho contra apurarmos melhor os fatos – opinou Priscila.

Tom olhou no relógio. Três horas da manhã. Não iria acordar Luiza naquele horário. Enviou-lhe uma mensagem de texto: "estou aqui ainda. Incêndio grave. Nos falamos quando você acordar".

Como não veio resposta, concluiu que ela estava dormindo.

Quem não dormiu foi ele, naquela noite. Pensando em Hamlet.

Quando adormeceu finalmente, foi sacudido por um pesadelo, do qual faziam parte Eduardo, Armando, Al Capone, Hamlet (na figura de Wagner Moura) e Monsieur Poirot, personagem de

Agatha Christie, detetive que sempre solucionava as intrigas das histórias e descobria os autores dos crimes. Quando acordou, além da lembrança vaga sobre os improváveis personagens do sonho, estava com a imagem de Poirot olhando em seus olhos e dizendo:

— Doutor Antonio, desvendei toda essa trama!

Com a cabeça cheia de dúvidas e teorias conspiratórias, pensava em nuances da situação, enquanto lhe vinham à cabeça, a cada pausa das reflexões, trechos de duas canções: "Al Capone", de Raul Seixas, e "Apesar de você", de Chico Buarque, em especial o trecho "Hoje você é quem manda, falou, tá falado, não tem discussão".

Estranhamente, esses versos surgiam, sempre, acompanhados da imagem de Eduardo Navarra.

24

MEU CORAÇÃO AMANHECEU PEGANDO FOGO

Estavam na Galeria dos pães, no final da manhã de domingo. Tom recebera uma ligação de Luiza às 10h. Ficara muito preocupada com a mensagem que recebera na madrugada. E ficaria ainda mais, muito mais, após saber dos detalhes do incêndio.

Tom quis poupá-la da informação sobre a proposta de investigação das causas do acidente. Imaginou que isso seria facilmente abortado no decorrer do dia seguinte. Após a fala de Eduardo, teve receio de que isso a prejudicasse. Essa foi sua primeira reação. Mas, pensando melhor, concluiu que não seria razoável pretender imputar responsabilidade por um incêndio a alguém que esqueceu o ar-condicionado ligado. Seria improvável. Mais: seria impossível.

Também não falou das suspeitas sobre Armando Bianchi e Eduardo Navarra. Parecia que "jogavam juntos". Intuía que havia uma estratégia por trás desse jogo. E os destinatários de tais ações eram a advogada e ele.

Refletiu sobre o jogo de poder dentro do escritório. Era namorado de Débora. E tinha um caso com Luiza, o que – ele tinha certeza – era de conhecimento de Eduardo. Portanto, ele, Tom, exercia um papel fundamental no tabuleiro do Mendonça, Navarra e Guimarães. E tinha um ponto fraco, que poderia ser usado por alguém mal-intencionado.

Será que de alguma forma a sua atuação no escritório poderia prejudicar interesses de Eduardo Navarra?

Começou a refletir sob esse ponto de vista. Tinha percebido, já há algum tempo, uma disputa de poder dentro do núcleo do escritório. Começou a pensar que Eduardo, que a princípio lhe parecia uma boa pessoa, era ardiloso, jogava um sócio contra o outro, manipulava. Havia interesses em jogo. Clientes poderosos. Demandas milionárias.

No início daquele ano, Eduardo o chamara a sua sala e lhe fizera um estranho pedido. Uma das ações cuidadas pelo escritório tinha como advogado da parte contrária um amigo dele, Irineu Pessoa. Era uma ação indenizatória, ajuizada por Irineu, representando Omar Theoni, escritor supostamente ofendido por uma reportagem de um grande jornal. O escritório, logicamente, defendia o órgão de imprensa. Tom estudara o caso e agendara uma reunião com os representantes do jornal, para colher mais elementos. Luiza seria a responsável por fazer a defesa. Sob a justificativa de que as partes estavam próximas de um acordo, o sócio o pediu que orientasse Luiza a "pegar leve" na contestação feita pelo escritório.

— O acordo vai sair, não precisamos ir tão a fundo nessa defesa...

— Eduardo, discordo. Se sair um acordo, pouco importa se em nossa defesa "pegamos leve" ou "pegamos pesado". Não fará diferença nenhuma. E se não for feito o acordo? Vamos prejudicar nosso cliente?

Eduardo ainda tentou insistir, mas reconheceu que não tinha argumentos. E pediu a Tom que se esquecesse da conversa.

Tom não esqueceu. E agora estava tentando ligar as pontas daqueles estranhos acontecimentos. Mas, por enquanto, não iria falar nada a Luiza sobre sua ainda inconclusa teoria conspiratória, mesmo porque ela envolvia, também, o advogado novo. E ela já se estressara, nos últimos dias da semana, com a ciumenta insistência dele em falar de Armando Bianchi.

— Tom, vamos mudar de assunto? Chega desse papo. Armando é meu colega de trabalho, só isso. Ridículos os seus ciúmes!

Agora estavam sentados numa das mesas da Galeria, e Tom bebia um suco de laranja. Luiza estava desconsolada.

— Fotos da minha família, cartas de amigos... nunca mais vou recuperar isso! Meu passaporte, que acabei de tirar, e estava guardado na gaveta! Todas as peças e os recursos que fiz desde que entrei no escritório! Relatórios! A pasta com todos os documentos do caso do Omar Theoni, e do outro caso que o Armando me entregou, do mesmo advogado...

— Omar Theoni? Mas por que os documentos desse caso não estavam no arquivo geral? Você já tinha feito a defesa... E que caso é esse que o Armando te entregou?

— É um caso novo, parecido com o do Omar, e o mesmo advogado, como é o nome dele mesmo... Irineu...

— Irineu Pessoa.

— Isso mesmo! Parece que o Dr. Eduardo foi quem pediu ao Armando pra me entregar diretamente. Nosso prazo para defesa será na terça-feira, estava com todos os documentos mandados pelo jornal...

Tom não ouviu o resto da fala de Luiza. Subitamente lhe veio uma imagem clara no seu cérebro. A imagem de Monsieur Poirot e a fala do seu sonho. Qual é a trama? "Há algo de podre no reino da Dinamarca". Os pontos estão se juntando...

— O que foi, Tom?

— Por quê?

— Parecia que eu estava falando para as paredes, você está em outro mundo...

— Quero saber uma coisa. Por que esse caso só chegou agora, poucos dias antes do prazo para defesa? Com a perda desses documentos, nossa contestação ficará comprometida...

— Vai ficar comprometida sim, com certeza. Tínhamos documentos originais, inclusive uma declaração do autor da ação concordando com a publicação da matéria. Isso acabaria com a tese da ação. Não sei a razão pela qual só me entregaram agora. Você não estava sabendo?

— Não estava sabendo de nada!

Terminaram o café. Nesse ínterim, Eduardo ligou para Tom, indagando se Luiza já estava sabendo de tudo.

— Seria bom se ela fosse hoje ao escritório ver a extensão dos danos. Não estarei lá, mas Armando já chegou, junto com a Suzana e o Paulo Antonio.

Os advogados foram chamados. Por quem? Por Armando? Tom concluiu que sua função de coordenador estava completamente esvaziada. Combinou com Luiza que ele chegaria primeiro, e ela quinze minutos depois. Enquanto isso, ela ficaria "fazendo hora" na banca de jornais na frente do escritório. Não queria que chegassem juntos no meio daquela crise toda.

Luiza chorou ao ver as cinzas em que se transformaram suas coisas. Os outros advogados estavam na biblioteca, separando alguns livros queimados. Cerca de 100 livros jurídicos haviam sido danificados, alguns irremediavelmente.

— Tom, eu não deixei esse ar-condicionado ligado!

— Eu tenho certeza disso, Luiza. Mas quem te disse sobre o ar-condicionado?

— Armando. Disse que o incêndio começou no ar-condicionado. Parece que os bombeiros falaram isso.

— Quem ficou no escritório quando você foi embora, na sexta-feira?

— Algumas pessoas. O Armando ainda estava aqui, o Dr. Eduardo também, a Dra. Priscila...

Estava com os olhos vermelhos. Tom sentiu vontade de abraçá-la e dar-lhe conforto. Inopinadamente, Armando entrou na sala. Ignorando a presença dele, chegou perto de Luiza e disse, com ar meloso e melífluo:

— Vou fazer um chá pra você se sentir melhor.

— Não é preciso, já estou bem – respondeu, enxugando os olhos com o indicador da mão direita.

— Estou aqui, qualquer coisa e só chamar.

— Obrigada, estou bem.

Tom teve ímpetos de socar o atrevido advogado. Muita cara de pau, com esse discursinho sedutor nas minhas barbas! Imagine o que ele não deve falar para ela quando não estou por perto...

Fez um esforço sobre-humano para não exteriorizar os ciúmes que estava sentindo. Não iria dar esse prazer para aquele audacioso mistificador. Não iria se enfraquecer perante Luiza, pois sabia que qualquer insinuação sobre aquela pessoa representaria mais mera cena de ciúmes.

Engoliu em seco, mas não conseguiu disfarçar o seu mutismo quando a levou para casa, duas horas depois. Como ela também estava muito abalada com o incêndio, o silêncio de Tom se confundiu com o momento difícil que estavam vivendo.

Naquela noite, a mãe dela chegaria de Aracaju e ficaria hospedada em seu apartamento até o meio da semana. Tom sonhara em dormir com Luiza naquele fim de semana, mas isso ficaria para a próxima oportunidade. Agora, tinha a certeza de que os próximos passos definiriam o jogo. O tabuleiro ficava mais claro. O contorno dos personagens se definia. O vilão. O mistificador. O interesseiro. O corrupto. Faltava unir algumas pontas ainda, mas Tom percebia que tudo aquilo apressaria o inevitável desfecho.

No momento oportuno, tudo seria revelado a ela.

E Tom, finalmente, teria o caminho aberto para ter Luiza de forma plena.

25

MEU MUNDO CAIU

A segunda-feira chegou como um tsunami, dividido em vários capítulos.

O primeiro deles: logo ao chegar, foi informado de que Eduardo indicara Armando para cuidar da investigação sobre o incêndio. Imediatamente, o advogado marcou uma reunião para a tarde da quarta-feira com o zelador do prédio e o major do Corpo de Bombeiros que coordenara o atendimento ao incêndio. Tom se sentiu desprestigiado mais uma vez, e concluiu que estavam querendo forçá-lo a se demitir.

O segundo: Eduardo e Priscila o chamaram para uma reunião. Em meio a muitos elogios sobre a sua atuação como coordenador, a sócia comunicou que estavam ampliando a internacionalização do escritório e Tom era uma peça importante no projeto. Exatamente o que Eduardo comentara com ele há dias. Mas Priscila foi além em suas considerações: informou que as primeiras ações para tal ampliação territorial deveriam ser tomadas de imediato, pois alguns contatos já estavam bastante avançados. Em consequência disso, fez a proposta que o deixou aturdido: por ser fluente no espanhol, fora escolhido para viajar a Barcelona, dali a dois dias, para alinhavar parceria com um dos principais escritórios espanhóis. Não havia possibilidade de recusar a incumbência. Tom era um funcionário. Debora, sua namorada, estava ausente mais uma vez, viajando, e a relação entre ambos já estava nos estertores. Ela nem sabia o que se passava nos subterrâneos de sua empresa, pensou ele.

O terceiro foi ainda mais revelador, "fechando" as suspeitas de Tom sobre os fatos intrigantes dos últimos dias. Resolvera fazer uma pesquisa sobre os personagens do enredo. Decidiu fazer uma pesquisa ampla. Tinha nomes: Eduardo Navarra. Irineu Pessoa. Armando Bianchi. Omar Theoni. Wagner Balotti. Na era do Google, uma pesquisa mais acurada poderia ter resultados dignos de um Monsieur Poirot.

Pesquisou, individualmente, cada um desses nomes. Armando Bianchi tinha pouquíssimos registros. "Impostorzinho", pensou Tom. Omar Theoni, escritor pouco conhecido, tinha algumas centenas. Os demais tinham milhares de citações em páginas dos mais variados matizes, relativos ao Direito e à advocacia.

Precisaria de muito tempo e paciência para ler link por link. Ficaria meses fazendo isso, tal a enormidade de citações.

Resolveu colocar na mesma pesquisa os nomes completos de Eduardo, Irineu e Balotti. Quinze páginas registravam os nomes dos três nos mesmos links. Tom abriu um por um. Os doze primeiros eram referentes a eventos jurídicos, nos quais os três estavam presentes, entre centenas de advogados.

O décimo terceiro era o link de uma matéria da *Tribuna do Direito* de um ano atrás, falando dos 30 anos de formatura de uma das turmas da Faculdade de Direito do Mackenzie. E lá estavam os três. Da mesma turma. Eduardo Navarra, hoje sócio do Mendonça, Navarra e Guimarães. Wagner Balotti, desafeto de Tom que indicara o advogado Armando Bianchi para o escritório. E Irineu Pessoa, advogado da parte contraria, que recebera de Eduardo a orientação, dirigida ao contencioso de seu escritório, para "pegar leve" ao fazer a defesa do caso. O mesmo advogado que ajuizara outra ação em relação à qual os documentos de defesa do cliente do escritório misteriosamente tinham sido destruídos num incêndio suspeito.

O décimo quarto registro era uma reprodução da mesma matéria do Tribuna do Direito.

E o décimo quinto trazia o link para uma foto no Facebook de Irineu Pessoa. Trazia a data, tanto da foto quanto da postagem: 25 de maio de 2008. Cerca de dois meses antes. Quatro pessoas na mesa de um restaurante, cada qual com uma taça de vinho nas mãos, à espera do brinde. A legenda: "Brinde da confraria em Buenos Aires", e o nome dos alegres celebrantes.

Reconheceu três, de imediato. O quarto foi confirmado pela foto. Eduardo Navarra. Irineu Pessoa. Wagner Balotti. E Armando Bianchi, o impostorzinho.

Tom embarcou na quarta-feira para Madri, de onde iria para Barcelona, onde ficaria 10 dias. O objetivo oficial era o de visitar o escritório de advocacia Zaballos e Viches Abogados, que atuava na mesma área que o Mendonça, Navarra e Guimarães, e tratar de detalhes para a formalização de uma parceria entre os dois escritórios. Já tinha uma reunião agendada com um dos sócios, Pedro Viches. Nos dias seguintes, tinhas visitas agendadas nas redações dos jornais *La Vanguarda* e *El periódico de Catalunya*, ambos representados pelo escritório espanhol. O mais natural seria que um dos sócios representasse o escritório na viagem. Mas o escolhido fora Tom, que não era nem advogado, muito menos sócio. Viajar naquele momento era como se estivesse partindo no meio de uma guerra.

Não dormiu nem sequer um segundo no voo, impactado pelas revelações dos últimos dias. Parecia uma intriga de um filme de suspense. Ou de máfia. O sócio do escritório de advocacia, manipulador, que prejudica o seu próprio negócio, para favorecer um amigo. Certamente para ganhar vantagem com isso. O outro amigo do mesmo sócio indicando um advogado para "atuar" dentro do escritório e para prejudicar todos aqueles que pudessem deter seus objetivos.

Tom imaginou que o ingresso de Armando no escritório tinha objetivos deliberados. O principal seria o de "operar" em alguns casos nos quais os "amigos" teriam interesse. Para fazer isso, ele teria que passar por cima dele, Tom. E, de quebra, isso afetaria Luiza. Fez o levantamento de quanto representariam as duas ações judiciais envolvendo o advogado Irineu Pessoa e nas quais a defesa do escritório fora comprometida pela atuação de Armando e Eduardo. Em cada uma das ações, o valor pedido era de 200 mil reais. Prejuízo certo para os clientes do escritório envolvidos nas demandas.

O escritório cuidava de mais de 3.000 ações. Descobriu que, dessas, mais 32 tinham Irineu Pessoa como advogado da parte contrária. Apurou, ainda, que Wagner Balotti era advogado em 19 ações contra os clientes da Mendonça, Navarra e Guimarães. Todas essas 51 ações eram relativamente novas, que não tinham ainda sentença.

Nessas demandas se discutiam valores de cerca de dez milhões de reais. Não tivera tempo de pesquisar os arquivos documentais de cada uma dessas ações, mas desconfiava de sumiço de documentos, para prejudicar as defesas. Aquele incêndio era muito estranho. Quem sabe não teria sido intencional? Muita coincidência, muito oportuno sumirem documentos tão especiais, ligados a ações dos membros da "confraria".

Eduardo Navarra agia contra os interesses da sua empresa, sabe-se lá por quais razões. Debora e Priscila precisavam saber disso.

Mas o que mais apertava o coração de Tom era a forma como tudo isso poderia refletir na relação com Luiza. Ela estava esgotada, se sentindo frágil e desamparada. Os últimos acontecimentos a abalaram. O incêndio em sua sala, a apuração dos fatos, o clima no escritório. Isso tudo trouxera à tona a indefinição da relação que mantinham. Na última conversa que tiveram, antes do embarque, ela questionou abertamente isso. Estava se sentindo prejudicada, porque se envolvera afetivamente com uma pessoa importante de seu ambiente de trabalho, e comprometido. Queria uma definição para isso. Não queria mais esperar. Estava no limite.

Tom fora objetivo e claro: tudo seria resolvido na volta da Espanha. Maldita viagem, logo agora...

A inquietação e impaciência dela ficaram ainda mais evidentes quando Tom recebeu sua primeira mensagem em território europeu, tão logo desembarcou em Madri: "Precisamos aproveitar essa viagem para resolvermos nossa situação. Nosso envolvimento é temerário e marginal. Sei que palavras mais amenas não me vem à cabeça. Independentemente do que vier a acontecer, saiba que gosto muito de ti".

Tom ligou para ela, procurando tranquilizá-la. Quando retornasse ao Brasil, tudo seria resolvido, reiterou. E esse era o seu plano, definitivamente. Luiza chorou ao telefone, contando que o clima no escritório estava insustentável.

— Você sabe que pode contar comigo, em qualquer circunstância. Logo estarei de volta e resolveremos tudo.

Um estranho sentimento se apossou de Tom. A sensação de que algo muito ruim estava por acontecer. Não tinha o controle da situação. Sentia grande aflição por estar tão distante dela, naquele momento crucial. Nunca sentiu tanta falta de alguém em sua vida. E quem estava dando as cartas era gente da pior espécie.

E a viagem foi, realmente, uma tortura. Dias depois, ao retornar, Tom não se lembraria do que conversara, do que comera, de que lugares visitara. Do ponto de vista de trabalho, a ida a Barcelona seria um fracasso. Ao chegar à Espanha, e durante os primeiros dias de viagem, na sua cabeça, só um pensamento: Luiza estava desamparada, estava exposta, e ele viajara no pior momento.

Reuniões e reuniões, dia após dia. Todos os dias conversava por telefone com Priscila, a sócia responsável por coordenar a área internacional.

No quarto dia de viagem – um sábado –, o alerta amarelo acendeu de novo. Não conseguia falar com Luiza, com quem conversara pela última vez na quinta à noite. Enviava mensagens no celular, sem resposta. Ligou várias vezes em sua casa, sempre com a secretária eletrônica ligada. Não estava. No quinto e no sexto dias (domingo e segunda-feira), a mesma coisa. Na segunda, ligou também no escritório, e ela não estava. E não respondia a e-mails, a mensagens de texto ou ligações no celular.

Falara com Debora por telefone, depois de cinco dias sem contato. A namorada estava fria e formal. Tom lhe disse que tinha coisas muito importantes a lhe dizer, mas que não poderia ser por telefone. Coisas sérias, de trabalho.

— Coisas muito sérias estão acontecendo, Debora.

— Imagino que sim. Tenho ouvido falar mesmo de coisas muito estranhas.

— Não sei do que você está falando, mas descobri coisas muito graves, você precisa tomar conhecimento delas.

— Também descobri coisas gravíssimas. Quando você voltar, conversaremos.

Certamente ela se referia às notícias sobre ele e Luiza. O manipulador Eduardo certamente se aproveitara da situação para prejudicá-lo e levar vantagem no tabuleiro do escritório.

As horas passavam com uma lentidão insuportável. Ele teria ainda mais compromissos agendados para o dia seguinte, terça-feira, mas não conseguia conter a ansiedade. Na ausência de Priscila, ligou para Eduardo, dizendo que iria antecipar a viagem de retorno. Ao perguntar se estava tudo bem, recebeu a resposta:

— Está tudo bem. Ah, uma novidade: Luiza saiu do escritório.

— Como saiu do escritório?

— Pediu demissão. Disse que tinha proposta de outro escritório, na região da Paulista.

— Mentira! Ela nunca me disse nada disso! – Tom não se conteve.

— Pelo jeito você não tinha tanta intimidade assim com ela – respondeu, com uma voz de deboche.

Tom conteve o grito de revolta, tristeza e decepção. Numa reação surpreendente, interrompeu a ligação e jogou o telefone celular no chão destruindo o aparelho, que se estilhaçou no chão do quarto de hotel. Sentiu-se totalmente perdido. Como assim, Luiza pedira demissão? Isso era uma estória inventada por Eduardo, certamente. Fora demitida, é claro. Tudo fora calculado: inventaram aquela viagem besta para ele para que, na sua ausência, se consumasse a saída dela do escritório. Mas por que Luiza não atendia os seus telefonemas? Por que não respondia aos e-mails e mensagens?

Estava absolutamente desesperado.

Ato contínuo, chegou ao hotel, fez as malas e chamou um táxi com destino ao aeroporto El Prat. Era verão na Espanha, e os voos estavam lotados. Viagens da Ibéria para o Brasil, só no dia seguinte à noite. Foi a outras companhias, buscando uma alternativa para antecipar o retorno, sem conseguir embarque. Ficou mais dois dias inteiros na capital catalã, em alguns dos momentos mais aflitivos e angustiantes da sua vida.

Nesse período, enviou mais dezenas de e-mails e mensagens a Luiza, além de ter tentado ligar, compulsivamente, por centenas de vezes, encontrando sempre a mesma mensagem da secretária eletrônica.

Nunca uma letra de canção fez tanto sentido em sua vida: "Meu mundo caiu", de Maysa, que não saía da sua cabeça.

26

EU PRECISO SABER DA SUA VIDA

Tom desembarcou no aeroporto de Guarulhos na noite do dia 31 de julho de 2008, uma quinta-feira. Orientou o táxi a ir diretamente para os Jardins, mas não para a sua residência. E sim, para o prédio de Luiza. Ansioso. "A moradora viajou, disse o porteiro". "Quando?" "Há mais ou menos uma semana", respondeu. Não sabia pra onde, nem com quem.

Entrou no táxi e orientou o taxista a ir até Higienópolis, bairro próximo. Foi ao prédio de Isabel, a única amiga dela cujo endereço conhecia, mas também ninguém atendeu. Se lembrou de que no escritório uma das advogadas, Miriam, era a pessoa mais íntima dela. Tom, no entanto, não tinha nenhuma condição de se abrir com a funcionária, mesmo porque a relação que tinha com Luiza era secreta. Ninguém sabia, era o que ela dizia. Tampouco Miriam.

Luiza desaparecera.

Desde que tomou o avião em Barcelona, Tom mantivera na cabeça o desejo de saber de seu paradeiro. Afinal, até sua partida para a Espanha, apenas oito dias antes, eles estavam juntos todos os dias, quer no trabalho, quer nos cafés da manhã, quer nas caronas, quer nos namoros. Tinham um relacionamento, seja qual fosse o nome desse relacionamento. Mas ele existia. E, agora, de súbito, essa relação, essa convivência, que já tinha três anos, era interrompida, de forma absolutamente inesperada.

Por quê?

Na sua cabeça, durante o exasperante voo de volta, martelava a velha canção de Antonio Marcos e Mário Marcos, gravada no início dos anos 1970 por Roberto Carlos: "Como vai você/eu preciso saber da sua vida/peço a alguém pra me contar sobre o seu dia/amanheceu e eu preciso só saber/como vai você". E o final da canção, que tinha um significado ainda mais intenso para ele naquele momento: "Vem, que o tempo pode afastar nós dois/não deixe tanta vida pra depois/eu só preciso saber/como vai você".

Tom precisava desesperadamente saber de Luiza. Onde estava. Com quem estava. O que comia no almoço. Sobre o que conversava. Se sorria. Se chorava. Se sofria. No que pensava. A vida estava ali, à sua frente. A felicidade estava próxima. O que seria de tudo agora?

Por que ela não falava com ele? Por que não respondia às suas mensagens e seus telefonemas?

Após a busca aos lugares onde ela poderia estar voltou ao seu apartamento, e já passara da meia-noite. Trazia na bagagem presentes para a advogada. Olhou no calendário de seu celular, que apontava o dia 1 de agosto de 2008. O primeiro dia da sua nova vida. Sua paixão estivera em suas mãos, como um passarinho colorido e cantador que ele ambicionara, seduzira e envolvera, após tantas idas e vindas. E agora aquele passarinho voara, sem deixar rastros, deixando Tom amargurado, como nunca antes em sua vida.

SEGUNDO ATO

— Tá tudo bem, mas tá esquisito, Luiza.

— Como assim, Tom? – Luiza está rindo. Se você pensar bem, tudo está bem, mas tudo tá esquisito. Tudo, qualquer coisa! Essa é uma frase flex *– diz, gargalhando.*

Estamos dentro do meu carro, num trajeto que conheço bem, vindo da Faria Lima, pela Avenida Nove de Julho. Só sei que Luiza está rindo, e passando a mão na minha perna.

— O que nós somos? Nós já temos um caso, já ficamos!

— Então somos ficantes, insignes ficantes!

Ela ri de novo. Gostou da frase.

— O que vai acontecer com a gente, Tom?

— Nós vamos ficar juntos!

— Nosso relacionamento é temerário e marginal. Mas eu estou me apaixonando por você!

Luiza ri de novo. E aproxima a boca de meu rosto. Começa a me morder o pescoço, rindo.

— Para, Luiza, para!

Luiza não para. Quer me beijar na boca. Eu tento guiar e beijá-la ao mesmo tempo. Eu a desejo mais do que tudo. Quero que o mundo pare agora. Ela me beija e gargalha. E me morde e me beija. A rua vai acabar. Preciso virar à direita. Preciso virar. Preciso virar, Luiza!

Luiza!

27

A PRIMEIRA MANHÃ QUE TE PERDI

Após uma noite quase insone, entremeada por um pesadelo, Tom acordou naquele 1 de agosto com um gosto ruim na boca e com a música do Alceu Valença latejando na sua cabeça: "Na primeira manhã que te perdi acordei mais cansado que sozinho". Estava cansado, muito cansado. Tinha a consciência de ter à sua frente uma tarefa descomunal. Quase impossível de ser cumprida.

Como foi possível chegar a esse ponto? Desejar tanto uma pessoa, ser correspondido, iniciarem a montagem do cenário, começarem a colocar os tijolos do sonho, e de repente tudo desabar. Deveria existir uma espécie de medida compensatória do universo: quando alguém gostar muito de outro alguém, esse amor desmedido, por si só, deveria afetar o objeto do desejo. Como? Fazendo com que a pessoa amada fosse alcançada, magicamente, por tal sentimento, e correspondesse, de alguma forma ou intensidade, àquele desejo. Mais ou menos como a letra do Vinicius para a canção do Carlinhos Lyra, que ele gostava tanto de cantar: "É que eu gosto tanto dela que é capaz dela gostar de mim".

É assim que Tom se sentia naquele 1 de agosto: invadido por um amor pulsante, tão forte que lhe trazia confiança para trazer Luiza de volta. E, ao mesmo tempo, um cansaço imenso, pelo tamanho da empreitada, pela dimensão da recusa, por conhecer e intuir a personalidade daquela mulher, que parecia ser tão resoluta. Não era possível, pensou, que aquilo tudo que ele sentia se esgotasse no âmbito do seu corpo, do seu universo pessoal. Algum resultado aquela energia deveria produzir no cosmos. Mesmo que Luiza nunca mais olhasse para ele, mesmo que tudo fosse em vão, mesmo que qualquer das loucuras que ele (sabia) iria inventar, não era possível que aquilo tudo deixasse de ter um impacto externo, fosse ele qual fosse. Naquele estado meio letárgico do recém-acordado, teve, então, um *insight* com a imagem dele garoto, lá na sua cidade do interior, ouvindo o alto-falante da praça tocando música. Ouviu nitidamente a voz de Roberto Carlos, cantando uma canção que não conseguiu identificar. Subitamente, aquele alto-falante do passado passou a tocar uma música de Chico Buarque – o que não seria padrão, pensou, num rasgo de lucidez. Alto-falante de praça tocava Roberto Carlos, não Chico Buarque. Inconscientemente, começou a cantarolar a música, que, passou a perceber, era uma resposta às suas reflexões: "Não se apresse não que nada é pra já". "De onde vem isso?" – pensou num ímpeto – "Essa canção não é daquele tempo, é mais moderna", enquanto a canção magnetizava seu pensamento, até chegar ao desfecho, quando já parecia que um coro de vários Tons cantava, em uníssono, os versos finais e elucidativos: "futuros amantes quiçá se amarão sem saber com o amor que eu um dia guardei pra você".

Lembrou-se nitidamente: Luiza recitara os versos iniciais daquela canção pra ele, numa conversa telefônica, semanas atrás. Como a dizer: "calma, Tom. Esse momento conturbado passará, e no devido tempo ficaremos juntos pra valer".

Levantou-se da cama e divisou no armário à frente a caixa do violão Guild, que não abria há meses, desde que cantara pela última vez aquela primeira canção composta em mais de duas décadas. Inspirada em Luiza, esforço supremo da paixão que descobrira.

Abriu a caixa, retirou o belo instrumento, sentou-se com ele e começou a tocar a canção. Após quatro ou cinco acordes, relutou em prosseguir. Era doloroso reviver o que aquele conjunto de notas e palavras significava. Começou a arranhar outros acordes, e ali ficou durante um bom tempo.

Na primeira manhã em que perdeu Luiza, Tom fez uma dolorida canção de amor.

28

JÁ VOU EMBORA

A saída de Tom do Mendonça, Navarra e Guimarães estava selada. Quatro dias após o seu retorno da Europa, ele voltou ao escritório. Ficara o fim de semana à espera de notícias de Luiza, enquanto focara sua energia para escrever duas cartas. Uma para Debora, outra para Priscila. As sócias de Eduardo Navarra. Contava todas as suspeitas sobre a conduta do sócio, detalhe por detalhe. Debora estava fora de São Paulo, como sempre nos últimos meses. Só voltaria naquela noite. A conversa que almejara ter com ela há meses ficaria para o dia seguinte. Mas, de qualquer maneira, a carta já fora deixada na portaria do seu prédio.

Fizera um relatório sobre a viagem a Barcelona, escrito também durante o fim de semana. Uma das tarefas mais árduas que já tivera, pois não tinha cabeça para pensar nos detalhes daqueles dias terríveis que vivera em território espanhol. Socorreu-se da agenda das reuniões, e a muito custo lembrou-se de detalhes de cada uma delas, de modo a resultar num documento minimamente válido para o escritório.

Entregou-o pessoalmente a Priscila, com a carta contando os detalhes que apurara sobre o sócio.

— Priscila, esse é o meu último dia aqui dentro. Vou deixar o escritório.

A advogada pareceu sinceramente surpresa com a notícia.

— O que aconteceu, Tom? Por que essa decisão? A Debora já sabe?

— Débora não sabe, vou conversar com ela pessoalmente amanhã. Por favor, não diga nada a ela. Estou comunicando primeiramente a você, que será a única pessoa a saber disso aqui no escritório.

— E essa carta? Do que se trata?

— São coisas que apurei aqui dentro e que envolvem seu sócio. Aliás, pretendo nunca mais vê-lo na minha frente.

Priscila empalideceu.

— Mas que coisas são essas?

— Leia, Priscila. São fatos, suspeitas, e acho que você e Debora estão sendo prejudicadas por uma pessoa que não pensa no escritório, mas apenas em seus "negócios" particulares, altamente duvidosos.

— Está bem, vou ler – respondeu, com ar preocupado.

Tom já se preparava para deixar a sala quando a advogada indagou:

— Sua decisão tem a ver com a saída da Dra. Luiza?

— Priscila, nem sei porque Luiza saiu. Me disseram que pediu demissão, mas não acredito nisso.

— Foi o que Eduardo me disse. Assinei a rescisão dela. Pelo que entendi, teve alguma relação com a apuração sobre o incêndio.

— O que tem o incêndio a ver com isso?

— Não sei detalhes sobre isso, quem saberá lhe responder serão Eduardo ou o Dr. Armando.

Tom teve a certeza, naquele momento, de que tudo fizera parte de um complô para tirá-lo do escritório e separá-lo de Luiza. As duas coisas estavam ligadas. Provavelmente o objetivo principal daquela máfia não fora atrapalhar o seu relacionamento com a advogada. Mas a forma como a orquestração fora feita acarretou aquele desfecho. Só não sabia qual fora o argumento utilizado para que ela deixasse o escritório de forma tão irrevogável, se recusando a falar com ele de maneira peremptória. Certamente usaram de mentiras ou fraudes para fazê-la acreditar que ele teria praticado alguma má ação, tentado prejudicá-la, alguma coisa assim.

"Que ação seria essa?", se torturava. Não pensava em outra coisa.

Desde a chegada ao aeroporto de Guarulhos, sua mente se ocupava apenas em refletir sobre isso, em buscar alternativas, em buscar respostas. Dezenas de possibilidades lhe tinham vindo à cabeça. Tinha certeza de que alguém – certamente Armando e Eduardo – tinha manipulado alguma informação, de alguma forma muito bem feita, para fazer com que Luiza pensasse que ele, Tom, a teria prejudicado. Ou que tentaria prejudicá-la.

A armação precisaria ser muito bem feita. "Filhos da puta", pensou. Para que ela acreditasse, a tramoia precisaria ter resultado em alguma história muito bem concatenada e convincente.

Ademais, ele conhecia muito bem o lado emocional de Luiza. Passional ao extremo e de escassa flexibilidade para perdoar malfeitorias. Ela lhe contara mais de uma história sobre amigas e mesmo parentes que a tinham magoado e dos quais guardara o ressentimento numa espécie de geladeira emocional. Se lembrou da cena do filme *A casa dos espíritos* sugerida por Luiza. A mulher que nunca mais fala com o marido porque foi agredida por ele. Vinganças silenciosas e implacáveis da mulher, ao se sentir ferida.

Pelo jeito, agora era a sua vez. Se sentia como um personagem de Franz Kafka, culpado e condenado por algo que nem sequer imaginava.

Sua sala parecia intocada. Sentiu, no entanto, uma pontada no peito, ao perceber que a recém-reformada sala de Luiza estava sendo ocupada por Armando. Passou à frente da sala sem nem sequer olhar para a mesa. Passou também pela sala de Eduardo, que não estava no local.

Se o visse, tinha medo de perder o controle e agredi-lo. Deu graças a Deus por não estar no escritório.

Retrocedeu alguns passos e voltou à sala que agora era de Armando. Entrou sem pedir licença e encontrou o advogado digitando algo no computador.

Armando voltou-se. Parecia intimidado com o ingresso inopinado de Tom e seu ar de poucos amigos.

— Tudo bem, Dr. Antonio? Como foi a viagem?

Tom fez um esforço sobre-humano para não se descontrolar diante do advogado.

— Foi boa.

E, sem dar tempo para qualquer outro comentário, emendou:

— Por que Luiza foi mandada embora?

— Não foi mandada embora, doutor. Pediu demissão.

— Por que pediu demissão? – perguntou, elevando a voz.

— Não sei. Foi uma surpresa para mim.

— E o relatório sobre o incêndio? – emendou, ainda em tom incisivo.

— Não teve relatório. Decidimos encerrar a questão.

"Mentiroso!", pensou Tom. Mas não pronunciou qualquer palavra. Não daria esse gosto para aquele advogadozinho covarde.

Armando estava visivelmente intimidado com a postura dele, com as feições severas, com o cenho franzido. Tinha impressão de que a qualquer momento poderia vir uma explosão de fúria.

Tom se conteve, conseguindo até saborear cada instante do ar acovardado de Armando. Olhou-o bem nos olhos e disse pausadamente:

— Parabéns. Vocês conseguiram.

E, sem dar tempo para qualquer resposta, virou-se e deixou a sala.

Armando suava, mesmo com o frio daquela manhã de inverno severo no centro da maior cidade da América Latina.

A conversa com Debora foi surpreendentemente calma. Ela sabia que Tom e Luiza tinham um caso. E deixou explícito isso desde o início do diálogo, quando ele lhe disse que não tinham mais condições de continuarem juntos e que deixaria o escritório.

— Não quero discutir, não quero polemizar. Sei de tudo. Estou a par de tudo há um bom tempo. Você só confirmou o que eu já sabia. Você me traiu, traiu a minha confiança. Poderia ter jogado limpo comigo. Mas não importa agora, nada vai fazer o tempo voltar.

Tom se surpreendeu com a reação. Esperava uma discussão temperamental. Imaginou que talvez Debora tivesse tomado algum remédio, pois a forma como ela respondeu à sua comunicação sobre o rompimento parecia fora da realidade. Ele procurara escolher cada palavra, explicando que a única justificativa fora a de que se apaixonara por outra pessoa. E que não tivera controle sobre os seus sentimentos. Imaginou que isso doera nela mais do que a traição em si.

— Pensei muito em nós dois nas últimas semanas. Minhas viagens também atrapalharam, eu sei. Não é a primeira separação, nem minha, nem sua. Sejamos civilizados. Só quero que você siga o seu caminho, e eu seguirei o meu. Por favor, nunca mais me procure. Não quero fazer parte do time das suas ex-namoradas. Nem quero um dia fazer parte do almoço de suas ex-mulheres.

Tom tinha certeza de que ela diria exatamente isso.

— Quanto à sua saída do escritório, não pretendo prejudicá-lo. Vou conversar com meus sócios, vamos pagar todos os seus direitos, como se você estivesse sendo mandado embora.

Não imaginara tal grandeza de alma. Tinha certeza de que ela faria exatamente o contrário.

— Li a sua carta. Já conversei com Priscila por telefone. Vamos nos reunir hoje à tarde, eu e ela, para decidirmos o que fazer. Depois vamos chamar o Eduardo para uma reunião. Temos que agradecer você, pois nos abriu os olhos para algo que talvez nunca descobríssemos.

Estavam no Sendai, restaurante japonês no coração da Liberdade.

Debora repetiu para que não restasse qualquer dúvida:

— Não me procure nunca mais.

Se despediram na porta do restaurante, em meio ao caos da Rua Galvão Bueno, nas proximidades do Fórum. Com um frio e protocolar aperto de mão, Tom e Debora encerravam uma história de sete anos, que tinha levado o jornalista Tom a virar Doutor Antonio, e inadvertidamente o tinha colocado na rota de um ciclone com nome de mulher. Luiza Nabuco da Costa.

29

ANDO TÃO À FLOR DA PELE

Dois grosseiros guardas de polícia ocuparam a sala pegada à minha. Se eu fora um bandido perigoso não se teriam podido tomar precauções maiores. Além do mais, os tais guardas eram dois malandros sem moralidade que me encheram a cabeça de histórias, que se ofereceram ao meu suborno, que alegando algumas razões pretenderam ficar com a minha roupa branca e meus trajes, que me pediram dinheiro para trazer ao meu quarto uma presumida refeição matinal depois de terem tomado diante de meu nariz mesmo e com a maior falta de vergonha que se possa imaginar meu próprio desjejum. Mas isso não é tudo, depois fui levado a uma terceira sala onde estava o Inspetor. Tratava-se do quarto de uma dama que eu estimo muito e ali tive de contemplar como, por minha causa, ainda que não por culpa minha, essa habitação era de certo modo manchada pela presença dos guardas e do Inspetor. Não era fácil permanecer sereno em tais circunstâncias. Contudo, eu o consegui, pois perguntei ao Inspetor com a maior calma (se aqui estivesse teria de confirmar o que eu digo) qual era o motivo de minha detenção. E que é que me responderia aquele Inspetor, ao qual estou ainda vendo diante de meus olhos, sentado na cadeira da mencionada dama como um símbolo de estúpida altanaria? Pois, senhores, de essencial nada me respondeu; talvez verdadeiramente não soubesse nada; havia me indiciado: com isso se dava por contente.

Tom relia *O processo*, de Franz Kafka. Se sentia exatamente igual ao personagem Josef K., que acorda certa manhã e, sem motivos conhecidos, é preso e sujeito a longo e incompreensível processo por um crime não revelado.

Sim, Luiza desaparecera e não respondia a nenhuma mensagem. Deliberadamente, não queria contato com ele. Isso ficou claro nas buscas iniciais que fez, na conversa com o porteiro do prédio onde ela mora (ou morava), na conversa que finalmente teve com Miriam, a amiga que só sabia que ela tinha viajado, não sabia para onde nem por quê.

Qual era a razão desse sumiço, ele não tinha ideia. O que ocorrera de tão grave para que ela o rejeitasse dessa forma?

A vida precisava continuar. Tom precisava trabalhar. Depois das conversas com Priscila e Debora, e certamente à revelia de Eduardo, conseguira acordos amigáveis tanto no âmbito profissional quanto no pessoal, e uma razoável indenização pela demissão. O suficiente para pagar suas contas durante uns seis ou sete meses, calculou. O que faria a partir daí, não tinha a menor ideia. Não via nenhuma perspectiva em sua carreira de jornalista, depois da experiência que misturara afetivo com profissional e que fizera o seu mundo desabar.

Ele não queria nem saber da eventual participação de Debora ou Priscila no desaparecimento de Luiza. Tinha certeza de que Eduardo e Armando tinham tramado aquilo. Não tinha como extrair tal informação deles. A tentativa com Armando já fora suficiente para demonstrar que eles jamais revelariam o que, afinal, tinham inventado para que ela decidisse deixar o emprego e passasse a denotar uma espécie de asco por ele.

Ele queria só uma coisa: encontrá-la.

Enquanto pensava diariamente em formas de buscar seu paradeiro, passou a beber do seu fel dia a dia, hora a hora, minuto a minuto. Uma opressão lhe sufocava o peito, de maneira que às vezes ele pensava em morrer. Nunca tivera nenhum problema de saúde, e pela primeira vez tinha a sensação de que algo estava errado com seu corpo.

Além dessa sensação física, passou a ficar em permanente estado de ansiedade. Naqueles momentos, descobriu que só uma coisa o relaxava: o violão. Em vez de um colo de mãe, de conselhos de amigos, de palavras de terapeuta, o grande – e único – companheiro de Tom naqueles dias foi o seu instrumento.

Durante todo o tempo em que estava em casa tinha ele à mão. Tocava canções conhecidas, procurava acordes, buscava caminhos harmônicos. Ao final de horas, ao cabo das quais sempre tinha alguma nova ideia musical, ou mesmo uma música inteira pronta, se sentia aliviado, como se tivesse acabado de passar por uma sessão de relaxamento ou tivesse tomado um Prozac.

Quando não tinha o instrumento por perto, como nas últimas vezes em que passou pelo escritório, para tratar dos aspectos burocráticos da sua mudança de vida, saía pelo centro de São Paulo para caminhar a esmo. Passava pelas mesmas ruas onde andara com Luiza, na frente dos restaurantes onde almoçara com ela, pelo espelho da galeria Lousã, na Rua Barão de Itapetininga, ao lado do escritório, onde semanas antes ela, ao seu lado, se mirava por inteira, com o jeito vaidoso das mulheres. Luiza verdadeiramente desfilava ao andar, de uma maneira que atraía a atenção dos outros homens. Quando caminhava com ela, Tom sentia um misto de orgulho contido e ciúme, ocasionado pelo indisfarçável interesse do sexo oposto pela sua passagem.

Já com todos os papéis da sua rescisão, vindo da galeria, caminhando na esquina com a Rua Sete de Abril, à frente do Canelinha, onde sempre tomava o seu mate com leite com Luiza, subitamente Tom a viu passar. Ou pelo menos achou que era ela. Ao lardo de uma banca de jornais, bem à frente do lugar onde estava, o vulto atravessou como uma miragem. Nos segundos decorridos entre a aparição e a reação, já virara a esquina e se perdera na multidão. Desconcertado, com um aperto no peito, teve ímpeto de correr atrás. "Será que estou sonhando? Será que estou vendo coisas?" – pensou Tom. Surgiu em sua lembrança um velho samba de Wilson Batista, a tradução perfeita de seu estado:

Louco
pelas ruas ele andava
e o coitado chorava
transformou-se até num vagabundo
Louco, para ele a vida não valia nada
Para ele a mulher amada era seu mundo

Ficou em dúvida se realmente Luiza passara por ali, se fora ilusão, se fora alguém parecida com ela... De qualquer maneira, se estava realmente louco, tal loucura era extremamente produtiva. Era aquela dor que o estimulava a criar, a escrever, fosse o que fosse, num processo terapêutico incessante.

Semanas se passaram. Tom acordou numa sexta-feira, mirou-se no espelho e vislumbrou uma novidade em seu visual. Quase sobre sua orelha direita, um ostensivo fio branco se destacava, na negritude dos demais fios de cabelo. Natural, estava chegando aos 50 anos. A maioria dos seus amigos nessa idade já tinha mechas de cabelos brancos. Outros já eram inteiramente grisalhos. Alguns até brincavam com ele, sugerindo que pintava o cabelo, pois "já tinha idade pra isso". Tom ria muito desses comentários e pensava que provavelmente seu jeito *light* de levar a vida seria uma boa razão para o atraso em ter cabelos grisalhos. Ou então sua genética o favorecia. Uma vez lera um artigo sobre o assunto que concluía que cabelos brancos nada têm a ver com estresse, nem com sofrimento, mas com o simples passar da idade, e que em algumas pessoas já se pronunciava aos 30 anos. Tom tinha uma vantagem de quase vinte anos, portanto, naquele contexto.

Naquela manhã, no entanto, ele discordava diametralmente da conclusão do artigo, se convencendo de que era muita coincidência surgir o seu primeiro fio de cabelo branco exatamente alguns dias após a separação de Luiza. Aquele sofrimento todo, aquela interiorização da dor, aquele inconformismo com a ausência certamente teriam alguma relação com o solitário e desafiador fio. Aquela perda talvez fosse a mais intensa da sua vida, e tinha impactos tão avassaladores que, poucos dias após o fato, já apresentava resultados em sua aparência física.

Pegou a caneta e um pedaço de papel e escreveu o conceito daquele estado que não o abandonava:

Em cada manhã sem você
Ou crio, ou paro, ou piro
E toda manhã sem você
É mera vitória de pirro

E era assim que Tom fazia todas as manhãs. Pegava então o violão e fazia canções inteiras, ou pedaços de canções. Gravava todas as ideias, de maneira que a cabo de alguns meses aquele sofrimento insano tinha gerado material para um disco inteiro. Canções românticas, canções de amor, canções de perda. A partir de determinado momento, quando aquele veio parecia se esgotar, começava a fazer exercícios criativos, se colocando em todos os lados daquela história. Do lado de Debora. E lá vinha uma canção. Do lado de Luiza. E lá vinham outras canções, inclusive algumas mais assertivas, como "It's over baby", cujo título é autoexplicativo, ou "As canções que você fez pra mim número 2", que subvertia o conceito da canção original, de Roberto e Erasmo Carlos: "não quero ouvir as canções que você fez pra mim", dizia o primeiro verso.

Aquelas manhãs mudariam sua vida para sempre. Embora sem saber como nem por que, Tom tinha certeza disso. Se sentia permanentemente "em estado de poesia", exatamente como Zeca Baleiro descreveu em "Flor da pele": "ando tão à flor da pele que qualquer beijo de novela me faz chorar". Tudo isso como decorrência da incauta opção: ele se entregara ao indominável terreno da paixão. Deixara de lado todos os alertas, todas as recomendações, e fizera o que o senso comum não referendaria. Tudo isso, por uma mulher.

Tom não planejara aquilo. Espontaneamente, seguindo a uma exigência interna, as canções brotavam de seu peito e da sua cabeça, como um caudaloso rio durante muito tempo represado, que enfim encontrara sua vazão.

Tal capacidade tão fluente de criar parecia uma espécie de mágica aos olhos de quem não estivesse habituado ao processo criativo. Parecia que aquilo "baixava", como uma experiência espiritual ou extrassensorial.

Tom se lembrou de quando entrevistou o cantor e compositor Tavito para uma das edições do *Tambores*, que confessou pensar que algumas de suas canções mais importantes tinham sido "recebidas" de outro plano espiritual.

Falou do "Jardim das Canções".

— Jardim das Canções? O que é isso?

— Todo compositor mais afortunado um dia recebe uma chave. Essa chave lhe dará o direito de acesso ao Jardim das Canções. Nesse lugar estão as flores mais lindas, cada uma delas representando uma canção verdadeira.

— E o que é uma canção verdadeira?

— Uma canção que, pela verdade que trará intrínseca, pela emoção que contém, fruto da emoção que a gerou, emocionará as pessoas. Esse compositor mais afortunado – apenas alguns recebem esse privilégio – poderá colher uma delas, a cada uma das excepcionais visitas ao Jardim das Canções.

Estavam na sala de reuniões da redação do *Tambores*, num final de tarde, e os raios de sol refletiam no vidro da sala, que dava para um jardim repleto de rosas e gardênias, em meio a um verde exuberante, tratados com zelo pela secretária de Tom, Andressa Servioni, estudante de Jornalismo que tinha pendores para paisagismo.

— O compositor que faz músicas de grande impacto, que se tornam clássicas e universais, as criou porque teve acesso ao Jardim das Canções, onde estão as canções mais verdadeiras, já prontas, e ele apenas as colhe – concluiu Tavito.

Tom ficou impressionado com essa definição, vinda de um autor de pelo menos dois grandes clássicos da música popular brasileira: "Casa no campo" (com Zé Rodrix), "Rua ramalhete" (com Ney Azambuja) e "Começo, meio e fim" (com Ney Azambuja e Paulo Sérgio Valle).

Na interpretação de Tavito, através da poética imagem de um jardim, as canções que fazem sucesso são aquelas verdadeiras, nas quais o autor transfere para a sua obra a emoção que sente no ato da criação – ou seja, a obra deveria refletir a emoção que propiciara sua a própria razão de existência.

Tom refletiu que, se tal percepção fosse verdadeira, então todas aquelas canções e poemas que criava diariamente teriam alguma repercussão. De alguma forma. Todas ele teria colhido no Jardim das Canções.

A obsessão o consumia a cada amanhecer. Aqueles versos, aquelas melodias escancaravam a sua dor. Quem sabe não lhe trariam coisas boas algum dia?

30

PRESO A CANÇÕES, ENTREGUE A PAIXÕES

Paul Henrie Medeiros era o amigo mais próximo de Tom. Se conheceram num dos *happy hours* promovidos por Péricles Marchezano, outro velho amigo, no bar Cabral, na Rua João Francisco Lisboa, na Vila Madalena. Advogados, jornalistas, juízes, empresários se encontravam naquele espaço, dividindo tábuas de frios e ampolas e mais ampolas de chopp. Filho de pai americano e mãe carioca, apaixonado por literatura e música, era cinco anos mais velho que Tom e sócio de uma empresa de alimentação de porte médio. Era o típico paulistano de classe média alta: morava em Higienópolis, tinha casa em Barra do Sahy, litoral norte de São Paulo, seu filho estudava no Colégio Santa Cruz e a família viajava duas vezes ao ano para os Estados Unidos ou a Europa. Agnóstico, cético, dotado de grande espírito prático. Era a pessoa mais lúcida e objetiva que Tom conhecera. Também por isso gostava de conversar com ele, que, no final das contas, era uma espécie de sua antítese. Além do mais, os papos sempre acabavam nos assuntos de maior interesse de Tom: literatura, cinema. E música.

Numa noite, já levemente alcoolizado, após várias rodadas de chopp, Tom falava, mais uma vez, de Luiza. Aquele texto já se tornara batido e enfadonho aos ouvidos de Paul. Que, no entanto, ouvia pacientemente o relato que já sabia de cor, até que exclamou:

— Acho que você tem que virar a página. Você tá é louco, tá obsessivo. Há tanta mulher no mundo! Você é um cara inteligente, tem boa estampa, vai encontrar outra mulher tão ou mais interessante do que essa Luiza. Eu te prometo, vou te ajudar a encontrar uma!

Aquele era o texto padrão de Paul a cada vez que o amigo falava de Luiza. "Virar a página", esse era o *slogan*. O lado racional de Tom sabia disso com perfeição. O duro era convencer o seu lado emocional, regado todos os dias pelas canções & poemas que insistiam em mantê-lo no mesmo capítulo. Era difícil responder a tal assertiva tão lógica e objetiva.

— Acho que preciso de mais tempo. Se é verdade que isso vai passar, o fato é que ainda não passou. Por isso, nesse momento, tenho certeza de que não vou ficar legal com ninguém. O que eu quero te dizer é que ela, por ser mais nova, está nessa fase da busca da mulher de 30. Ela não tem a noção ainda desse movimento do universo, dessas idas e vindas...

Paul ficou vermelho. Ficava assim quando ficava impaciente, ou quando se irritava com algo. Também tinha bebido bastante, e naquele momento esteve a ponto de dar um tapa na mesa, o que teria derrubado a enésima tulipa de chopp da noite.

— Tom, ela não tem e quando tiver noção – se tiver – vai ser daqui a uns 20, 25 anos, quando você tiver mais de 70! Você está numa encrenca parecida com a história do filme do Benjamin Button, meu caro. Você está condenado a viver a estória da letra do "Caçador de mim": "preso a canções, entregue a paixões que nunca tiveram fim". A sua paixão precisa acabar, precisa ter fim!

— Tudo bem, suponhamos que ela só venha a descobrir isso daqui a 20, 30 anos. Se for preciso, eu espero! O personagem do Gabriel García Márquez, do *Amor nos tempos do Cólera*, por exemplo, esperou décadas, até que a amada dele ficou viúva...

— Mas é diferente...

— Não é diferente, não!

— Isso é literatura, Tom, não é vida real!

— Paul, a vida real é muito mais louca do que literatura! Você não lê jornais?

— Além do mais, tem outra coisa...

— Fala.

— Imagine você com 80 anos de idade querendo ficar com essa mulher, que terá 60.

— Sim.

— Velho fede, Tom! Velho fede!

Tom caiu na gargalhada. Às vezes Paul dizia coisas absolutamente inacreditáveis. Do outro lado, olhando para ele, Paul não se conformava: seu amigo estava louco com aquela fixação, digna de um livro de ficção.

Tom não queria que ninguém mais soubesse, nem da família, nem do trabalho, a respeito da dimensão daquele envolvimento, do estrago que aquela Luiza fizera no seu peito, no seu coração, na sua vida inteira.

Por isso, naqueles dias, as confidências eram todas compartilhadas exclusivamente com Paul, sempre remetendo a outras obras artísticas tratando de paixões obsessivas.

— Isso é fixação. Você já viu obsessão dar samba?

— Já vi sim, meu caro. Obsessões não dão apenas samba, mas dão rock, dão funk, dão dor de cotovelo, dão ópera, dão quadros, dão livros...

Paul desafiou Tom a procurar casos históricos na arte, na literatura, na música, de obsessões que viraram obras artísticas.

— O João Donato, por exemplo, gravou um disco inteiro chamado *Leilíadas*, cujas faixas tem o nome de "Leila 1", "Leila 2", "Leila 3", "Leila 4", "Leila 5", até "Leila 12"!

— É verdade, esse ganhou até de você – riu Paul.

No fundo, Paul admirava a ideia de que o sofrimento poderia desaguar em música. E realmente se impressionava pelas canções que Tom criara a partir da experiência com Luiza. Até aquele momento, ele era a única pessoa – além do autor – que as ouvira.

— Chico César escreveu um poema imenso para a mulher por quem foi apaixonado, Tata Fernandes. Se chama *Cantáteis*.

— Eu tenho. Precisa ter coragem para lançar um livro assim.

Paul tomou mais um gole do chopp, e continuou:

— A coisa mais importante que eu acho desse livro, além de ser uma puta declaração de amor, é que ele eternizou a estória que viveu com ela.

Tom parecia não ter ouvido as palavras do amigo. Estava com os olhos fixos, parecendo olhar para a porta de entrada do bar. Paul, de costas para a entrada, virou o pescoço, curioso com o que chamara a atenção do amigo.

— O que foi, Tom?

Tom voltou os olhos para Paul.

— Não foi nada. O que você falou me fez pensar na ideia de uma letra de música... E, pegando uma caneta que estava ao lado de seu celular, sobre a mesa, passou a rabiscar num guardanapo de papel.

Paul sorveu mais um gole de chopp, observando a cena. Quando Tom concluiu e voltou a olhar, triunfante, para ele, perguntou:

— Do que se trata?

— É só uma ideia. Às vezes tenho ideias no trânsito, andando na rua... Na semana passada fui a Itapetininga, para visitar meu velho tio, e na volta precisei parar o carro no acostamento umas cinco vezes pra fazer anotações, pois a cada momento tinha uma ideia diferente sobre versos, poemas, melodias...

Paul invejou sinceramente Tom naquele momento. Pensou no dia a dia burocrático e áspero que levava cada dia e de como lhe fazia falta uma riqueza como a que Tom transbordava, sorrindo, bebendo seu chopp e contando, candidamente, sobre a poesia que habitava o seu mundo.

Por um momento, o cético e objetivo Paul Henrie Medeiros quis ser aquele ser apaixonado à sua frente, o obsessivo que inventava um mundo novo a cada dia, cada um mais colorido que o outro. Por causa de uma mulher.

31

SÓ UMA COISA ME ENTRISTECE

A visita a Cabral fora algo que marcara Tom. O tio completara 82 anos de idade. Ainda tinha a cabeça muito boa e contava com a ajuda de uma diligente empregada, que trabalhava com ele há décadas e que às vezes fazia papel de enfermeira. Ainda atuava como advogado, sempre dizendo que "aposentadoria é suicídio".

— Tom, se no futuro alguém te falar que me viu no clube jogando bocha com os amigos ou batendo papo com aposentados no banco da praça pode me internar que enlouqueci – dizia, quando o sobrinho ainda estava na universidade. Quero trabalhar até o fim, comigo não existirá aposentadoria!

Sua figura se tornara lendária no fórum, onde chegava com sua bengala e a mesma mala escura. Era objeto de comentários quando tirava uma pasta da mala, também negra, com uma improvável foto dos Beatles na capa. Um octogenário beatlemaníaco! Ao natural apreço à impagável figura, se somavam estórias a seu respeito, sobre sua inteligência, sobre sua grande biblioteca, sobre seu conhecimento musical. Mais e mais, passou a ser uma referência em Itapetininga, quase uma figura histórica. Nos últimos anos, recebera diversas homenagens de entidades locais, como a subseção da Ordem dos Advogados do Brasil, o Clube Venâncio Ayres, do qual era um dos sócios mais antigos, e da Prefeitura Municipal, onde recebera o título de "Cidadão Honorário".

— Quem diria, hein Tom? Pra quem era chamado de comunista nessa cidade... – riu com o sobrinho, presente à cerimônia, quando ainda era editor do *Tambores*.

A imensa biblioteca ainda estava lá, no mesmo lugar. Desde a adolescência de Tom praticamente dobrara de tamanho, pois Cabral nunca deixara de comprar livros. Colocara em testamento que todos os livros e discos ficariam para o sobrinho. Que agradeceu, enquanto pensava onde colocaria todo aquele imenso patrimônio cultural, que ocuparia, certamente, o espaço inteiro de um bom apartamento.

Sempre se sentia em débito com o tio e a mãe, pela escassez de idas a Itapetininga. Frequentemente prometia visitá-los mais amiúde, mas alegados compromissos profissionais e familiares sempre impediam o cumprimento da promessa. Não via Cabral há mais de seis meses. Dona Marília gozava de boa saúde, e ia a São Paulo três ou quatro vezes ao ano.

Quanto a Cabral, agora mais do que nunca, precisara encontrá-lo e dividir com ele a nova, dolorosa e extraordinária fase que vivia. O tio era a sua grande referência de vida, seu grande mestre e guru, principalmente quanto à sua ligação com a música, e o grande incentivador de seu lado compositor. Precisava ouvi-lo a respeito daquela revolução que surgira em sua vida.

Levou o violão. Cabral não o via tocar desde quando Tom terminara a universidade. Agora, vinte e sete anos depois, na ampla biblioteca, recebeu o pupilo, que entrou na sala apinhada de livros guiado pela empregada, e com uma caixa do violão nas mãos.

Achou Tom mais magro e mais bonito.

Sua voz firme impressionou o sobrinho. Segurava uma caneca contendo chá de hortelã natural – hábito que Tom conhecia bem.

— Como vai, meu querido Tom? Quer um chá? Ou prefere algo mais forte? – sorriu. – Whisky sei que você não bebe. Um vinho tinto, talvez? Bebo uma tacinha de vez em quando, e tenho um ótimo Malbec disponível.

— Vou aceitar uma taça, tio. Mesmo porque minha vida mudou da água pro vinho – gracejou. – Muitas mudanças em pouco tempo. Não sei nem por onde começar.

— Estou curioso. Ainda mais com esse violão...

— Pois é, trouxe esse violão mais por desencargo de consciência, porque não me ocorreu perguntar antes de vir sobre o violão Ramirez, que deixei com você há tantos anos...

Em resposta, Cabral esticou o braço direito e localizou uma sineta de cor prata, que acionou, gerando um estridente e metálico som. Em poucos segundos, retornou à sala a empregada, que introduzira Tom na residência. Sob a orientação de Cabral, se retirou novamente e voltou com uma caixa de couro marrom, com formato de um instrumento musical.

Tom se emocionou ao rever a velha caixa, que estivera em suas mãos, com o instrumento nela guardado, há 27 anos. Deixou de lado o violão que trouxera e abriu uma a uma as presilhas da caixa marrom. Retirou dela o Ramirez e observou cuidadosamente sua borda, o braço, as cordas. "Incrível, parece novo", pensou. Tinha um vínculo afetivo forte com o instrumento, herança de outras eras, quando sofria com sua esquizofrênica fonte criativa. Agora, as canções brotavam como água.

No fundo da caixa, embaixo do instrumento, estava guardado o envelope amarelo que, quase três décadas antes, usara para guardar recortes de jornais, partituras, fotos e originais de seu curto interlúdio com a música autoral. Compulsou os papéis, alguns já amarelados, e seus olhos brilharam de curiosidade e emoção.

Acomodou o instrumento sobre sua perna direita, sentado no chão, e dedilhou alguns acordes. Desafinado, naturalmente. Passou alguns minutos afinando, pacientemente, corda por corda, até dedilhar uma sequência harmônica e confirmar que estava devidamente afinado.

— Toque alguma coisa.

— Depois, tio. Primeiro quero lhe contar uma história um tanto longa, da qual sou o protagonista. Queria muito lhe contar tudo. Queria muito estar aqui hoje.

— Sou todo ouvidos – respondeu Cabral, com um ar intrigado e ao mesmo tempo zombeteiro.

Tom sentou-se numa confortável e ampla poltrona, de frente para o tio, de maneira a possibilitar a perfeita audição, e começou a contar com detalhes, pausadamente e em voz alta, toda a estória que tivera com Luiza, as dissoluções profissional e afetiva com Debora e de como criara, no espaço de cerca de três meses, dezenas de canções e poemas inspirados naquela mulher. A narrativa começara quase como um pedido de desculpas, pois Cabral gostava de Debora, e Tom se envolvera numa relação proibida. Isso o vexava. De outra parte, e acima de tudo, se tratava de uma grande paixão, e isso, ao seu juízo, enobrecia a estória.

Cabral ouviu atentamente todo o relato. Pigarreava em alguns momentos, dava goles na caneca de chá, e não deu um pio até que Tom concluísse a estória.

Um longo silêncio sucedeu a narrativa. O tio pediu ao sobrinho que enchesse uma taça de vinho até a metade. Sorveu um gole, olhou bem nos olhos de Tom, e disse:

— Sempre achei que você um dia iria passar por isso.

Tom ficou desconcertado.

— Como assim? Que eu iria me apaixonar assim? Que eu iria sofrer assim? Que eu iria fazer músicas assim?

— Tudo isso. A sua estória com essa moça que tem nome de música – Luiza – repete outras e outras estórias que se repetem desde que o mundo é mundo. Te conheço muito bem. Talvez em alguns aspectos melhor do que você mesmo, se me permite a ousadia. Sinto que sua vida estava incompleta. Você estava preso, com as mãos atadas. Faltava a música retornar à sua vida.

Sorveu novamente o vinho, já com as faces vermelhas. E prosseguiu.

— Você é um artista, Tom. Se não conseguir traduzir seu sentimento com arte, você sofrerá. Será infeliz. Você estava triste. Essa paixão foi algo inevitável. A carne é fraca, somos humanos, e estamos sujeitos a isso. Você se apaixonou, como todas as pessoas podem se apaixonar. Só que com você foi diferente, porque você é diferente. E resultou nesse... vulcão criativo, digamos assim.

Fez uma pausa, como se tivesse perdido o fio da meada. Segundos depois, continuou:

— Eu já sou um velho, já não dou mais pra isso, mas também tive minhas paixões proibidas. E te confesso que agora, aos 82 anos, meu maior arrependimento é com relação a uma paixão que não concretizei.

— "Só uma coisa me entristece: o beijo de amor que não roubei" – cantarolou Tom...

— Sueli Costa e Abel Silva. "Jura secreta" – respondeu rapidamente Cabral. — Minha memória continua boa, Tom. Continuo a fazer palavras cruzadas todos os dias – sorriu. — Tom, quando tinha a sua idade, tive uma grande e proibida paixão. Nunca contei essa estória a ninguém, mas como você me honrou com sua confissão, quero também me abrir com você. Até porque não sei quanto tempo de vida ainda terei...

— Tio, você está com a cabeça ótima, vai viver muitos anos ainda...

— Estou bem, mas também estou na idade em que muitos dos meus contemporâneos morreram, o mundo que conheci praticamente morreu, e estou vivo ainda por muita sorte. Penso na morte todos os dias, não como algo ruim, mas como um caminho inevitável, que está ali, na esquina, me esperando... Me diga, você se lembra da dona Luciana Saraiva, mãe do seu amigo Fabrício?

— Claro que me lembro. Casada com Dr. Saraiva, médico obstetra.

— Exato. Trabalhava no cartório do fórum. Eu a via todos os dias, quando ia ao balcão para ver processos. E era ela que me atendia.

— Era uma mulher muito bonita, me lembro. Ainda é viva?

— Infelizmente não, Tom. Morreu há dois anos – respondeu Cabral. Fez uma pausa, tomou um gole de vinho, e prosseguiu: — Com o tempo, percebi que era só ela que me atendia no balcão. Eu tinha uma exclusividade. Quando eu chegava, ela estava sempre disponível, sempre com um sorriso encantador, sempre bem vestida, maquiada... Comecei a notar que ela me tratava diferente, entende? E começou a existir uma espécie de "clima" entre nós, mesmo naquele ambiente pouco propício a qualquer romance.

Cabral começou a tossir fortemente, o que obrigou Tom a dar-lhe pequenos tapas nas costas para interromper o acesso.

— Não tomei o remédio, veja só – sorriu Cabral. Tocou novamente a sineta, e em poucos segundos a funcionária surgiu com um vidro de remédio. Trouxe junto uma colher, e a levou à boca do tio, que engoliu o líquido com uma careta.

— Que gosto horrível! – riu, arrancando risos de Tom.

Com a saída da empregada, prosseguiu em seu relato.

— Um dia, a Ordem dos Advogados ofereceu uma festa de fim de ano a todos os cartorários e funcionários do fórum. Era uma espécie de *happy hour*, com vinhos, cerveja, coquetéis e um buffet de salgados. Lá estava ela, muito linda, com uma calça comprida preta e uma blusa azul-marinho brilhante. Jamais me esqueci desse dia. Num determinado momento, ficamos conversando sobre assuntos que não se conversam em cartórios. Sobre música, sobre literatura, sobre a vida...

Tom ouvia, atento e surpreso com a confissão do tio.

— Comecei a ver nela mais do que uma mulher bonita. Normalmente não nos lembramos que as funcionárias do cartório, que nos atendem burocraticamente, têm vida pessoal, gostam de filmes, têm sonhos, têm desejos. Mesmo as casadas, Tom – sorriu Cabral. – E ela era casada com uma pessoa importante da sociedade itapetiningana.

— Me lembro bem, era um dos médicos mais conceituados da cidade.

— Sim. Mas naquela festa, num grande alarido de vozes, subitamente ela interrompeu o que falava me olhou bem nos olhos e disse: "Vamos conversar em outro lugar mais tranquilo?" A segui. Passamos em meio a grupos conversando e bebendo, entramos em um longo corredor, o alarido foi ficando distante, e subitamente entramos numa sala à meia-luz, próximo à sala de audiências do fórum. Me pegou, me levando para dentro do recinto. E, sem que eu tivesse tempo para qualquer reação, me beijou na boca.

— Uau!

Parecia inverossímil aquele homem de mais de 80 anos contando sobre um arroubo do passado.

— Estamos falando dos anos 80 do século passado, Tom. Anos 80! Ela era casada, se nos flagrassem seria o maior escândalo da história da cidade!

— Que ousada!

— Eu tinha mais ou menos a idade que você tem hoje. Uns 50. Ela era mais jovem, 42 anos.

— E o que aconteceu? – perguntou Tom, ansioso.

— Nos beijamos longamente. Foi quase um sonho. Foi talvez o momento mais rico e importante da minha vida. Me disse do seu casamento sem amor, do quanto se interessava por mim, o quanto esperara por aquele momento... Eu também a desejava, é óbvio, mas jamais imaginara ser alvo de um assédio como aquele...

— Mas e depois? – insistiu Tom, se lembrando dos seus namoros matinais com Luiza.

— Depois foi terrível. Os dias voltaram a ser como antes. Eu um advogado, ela a funcionária do cartório, e casada. Era um amor proibido. Impossível vivermos um romance naquelas condições na Itapetininga dos anos 80. Seria um escândalo ela se separar para viver um romance com o "advogado comunista".

— Mas ficou só nisso?

— Conseguimos três ou quatro encontros, todos curtos, sempre correndo riscos tremendos. Trocávamos bilhetes e cartas. E fomos até o final uma única vez. Dentro do carro do marido dela! Fizemos essa loucura numa "escapada", numa festa de casamento no Venâncio Ayres, correndo o risco de sermos flagrados. O marido tinha sido chamado com urgência ao hospital, para uma emergência. Fora de táxi, deixara o carro com a esposa.

Fez outra pausa, ofegante.

— Foi uma operação de guerra! A esperei três ruas adiante do clube. Ela me pegou, fomos até uma área rural, quilômetros fora do centro da cidade, cruzando a Rodovia Raposo Tavares. Saímos a esmo, sem destino. Foi praticamente um sonho tê-la possuído naquela noite, mesmo daquela maneira, dentro daquele carro apertado. Foi um delírio...

Suspirou e concluiu, com um fio de voz:

— Na verdade, fui um covarde, Tom.

Tom ouviu em silêncio a confissão. Ele jamais imaginara seu tio associado a qualquer tipo de covardia. Ele era exatamente o contrário: era ousado, era desafiador. Não fora assim o episódio do "comunista"?

— Fui um covarde – repetiu – Eu deveria tê-la convencido, ter insistido, ter dado segurança e força a ela para romper o casamento. Mas fraquejei. Fiquei completamente apaixonado. Mas tive medo do escândalo, essa era a verdade. Imagine sua mãe, que já não engolia o meu esquerdismo, o que diria de uma intriga dessas proporções?

— Mas ela se separaria do marido?

— Hoje tenho certeza que sim. Se eu lhe desse o suporte. E eu não fiz isso. No fundo, ela esperava esse gesto de minha parte.

Parecia em dúvida sobre o que iria dizer.

— Tínhamos muito a perder. Mas ela era o amor da minha vida. E eu titubeei.

Tom entendeu perfeitamente. Com Luiza ocorrera o mesmo, mas ao contrário: foi ele que esperou dela um f*eedback* mais seguro sobre seus sentimentos, que nunca veio de forma plena. Se isso ocorresse, ele teria rompido bem antes com Debora, e todo aquele terremoto não teria ocorrido.

— Meu querido sobrinho, ninguém nunca soube dessa estória a não ser eu e ela. Não sei se contou a alguém, acredito que não. Não sei se você acreditará no que vou te dizer, mas nos últimos trinta e cinco anos, e até a morte de Luciana, não houve um único dia em que eu não tenha pensado nela, pensado em sua boca, seus cabelos, seu perfume. E imaginando, a cada noite, o que teria sido viver plenamente esse amor com ela.

Cabral parecia alquebrado.

— Depois de meses numa torturante convivência no cartório do fórum, aconteceu algo. Subitamente, Dr. Saraiva decidiu se mudar com toda a família para São Paulo. Fiquei sabendo na véspera da partida. Só tive tempo de lhe deixar uma lembrança minha, num envelope, dentro do último processo que recebi dela, no último dia do seu trabalho. Um par de brincos que lhe comprara e guardava no bolso interno do paletó, aguardando uma oportunidade para lhe ofertar. Junto com ele, um curto bilhete, a única coisa que me ocorreu escrever e que resumia o que sentia diante da iminência da imprevista partida. Dizia apenas: "vou te esperar".

Cabral parecia cansado. Parecia, agora, ter mais de 200 anos. Abatido, frágil, velho.

— Nunca mais a vi.

Suspirou.

— Tom, o amor outonal... O amor nessa fase da vida, quando nos apanha pra valer, é de arrasar quarteirões!

Bebericou o vinho.

— Tem mais uma coisa – disse, quase sussurrando.

— Há alguns anos recebi uma caixa de papelão, dessas de sapato, pelo correio. Dentro, uma carta dela contando o que acontecera: o marido soubera do nosso envolvimento e buscara aquela solução radical de deixar a cidade. Para preservar a família, ela fora junto. Que fora muito sofrido, e que não deixara de pensar em mim um só dia. Junto com a carta, um pequeno sachê. Era uma caixinha perfumada de cor azul, que continha, amarelado, meu bilhete, escrito, num rompante, no cartório do fórum, três décadas antes. Foi com esse sachê ao lado que eu dormi todas as noites até aqui.

Os olhos de Tom brilhavam.

— Mas o que aconteceu depois? Vocês se viram?

— Não, Tom. Ela enviuvara recentemente, e estava com câncer em estado muito avançado. Seu contato fora uma despedida. Fiquei muito abalado com a correspondência, e consegui responder algumas semanas depois. Mas logo ela faleceu.

Cabral usou a mão direita, trêmula, para buscar um objeto no bolso de sua camisa. Era uma caixinha azul. O sachê que, durante muitos anos, estivera com a mulher que fora a grande paixão da sua vida.

Tom não conseguiu pegar o pequeno sachê. Estava profundamente emocionado. Abraçou o tio, molhando as faces enrugadas daquele homem que ele amava como um pai. Cabral relutou em chorar, teso, abraçado ao sobrinho.

Tom enxugou as lágrimas e disse:

— Em toda a minha vida, nunca me senti tão próximo de você como agora. Nunca te entendi tão bem, nunca me identifiquei tanto. Não sei o que falar sobre esse seu amor não realizado. Vou tentar te responder da minha melhor maneira.

E pegou o violão Ramirez ao seu lado.

— São as canções que fiz pra Luiza. Quero que as ouça como se tivessem sido feitas para Luciana, o amor da sua vida.

E começou a cantar, uma a uma, oito canções, que escolhera entre as mais relevantes da sua produção recente. Todas falando do amor não realizado e da perda da pessoa amada. Poderiam ter sido feitas para Luciana, todas elas.

O velho Cabral, profundamente comovido, de olhos brilhando, ouviu uma a uma e pediu mais. E Tom cantou mais e mais canções de seu repertório aparentemente inesgotável, como se não houvesse cansaço, como se o tempo tivesse parado.

Depois de horas de audição, Cabral, com a voz trêmula de emoção, lhe disse:

— Tom, você nasceu pra isso. Pra fazer canções. Eu sempre soube disso, desde quando você era garoto. Essa sua visita representou um dos momentos mais lindos da minha existência. Obrigado por ter feito essas músicas e por tê-las dedicado à mulher que foi o grande amor da minha vida. Pode ter certeza de que elas irão ajudá-lo a encontrar sua Luiza. Viva isso, por mim. Porque eu tive medo e não vivi plenamente a minha paixão. Você pode viver isso.

— Farei o possível para isso.

Cabral não se contentou com a resposta. Agitado, com voz firme e incisiva, enfaticamente, num tom grave que impressionou profundamente o sobrinho, lhe disse:

— Não faça apenas o possível. Faça o impossível, se necessário! Entendeu? Entenda, Tom, que se você não fizer isso agora, talvez nunca mais na vida tenha oportunidade de fazê-lo. Depois que passar, nunca mais. Nunca mais, entendeu? O tempo é agora. Vá atrás dela. Essa mulher está viva, em algum lugar do planeta, e mesmo sem saber, está esperando por você. Vá encontrá-la, mesmo que isso demore anos! Não esmoreça! Não desista, Tom!

Foi após esse encontro que Tom voltou a São Paulo, com a cabeça em ebulição, parando no acostamento a cada espaço para anotar as ideias que lhe vinham aos borbotões.

A imagem do tio, sua confissão, sua emoção com as canções e, principalmente, o seu enfático repto final seriam, a partir de agora, o maior combustível de Tom na busca da grande saga da sua nova vida: trazer Luiza de volta.

32

QUAIS SÃO AS CORES E AS COISAS PRA TE PRENDER?

— Tom, me conte as estórias de quando você dirigia aquele jornal. Uma vez você me falou sobre a música "Espanhola". Do Flávio Venturini e do Guarabyra.

— Paul, fiz uma entrevista com o Guarabyra. Ele me contou que já tinha bebido umas e outras e passou na casa do Flávio Venturini, que tinha essa melodia pronta. Ficou ouvindo o Flávio repetir e repetir e repetir a linha melódica, e num dado momento começou a escrever. Escreveu numa folha de papel, a lápis, uma série de versos, bebeu mais um pouco e foi embora cambaleando. No dia seguinte, Flávio lhe telefona, entusiasmado: "Nossa música ficou demais". "Que nossa música?", respondeu Guarabyra. Nem se lembrava...

Ambos riram.

— Mas essa música tem uma mensagem feliz. É uma declaração de amor feliz. Quanto a você, a maioria das suas músicas, no fundo, trata da perda, de querer a pessoa de volta. Tenho curiosidade em saber qual é a sua música preferida com esse tema.

Tom coçou a orelha esquerda. Era um movimento involuntário que fazia quando ficava pensativo.

— Minha preferida? Nunca pensei nisso. Existem várias, de todas as fases da música popular brasileira. Mas há uma de separação na qual eu consigo sentir a dor que fez o cara compor a canção. É uma música do Herbert Vianna chamada "Por quase um segundo".

— "Quais são as cores e as coisas pra te prender..." – cantarolou Paul.

— Exatamente! Esse é o verso! E a pergunta final: "será que você ainda pensa em mim? Será que você ainda pensa?"

— Essa música me lembra um filme do Woody Allen, no qual ele consegue ouvir as sessões de terapia da mulher por quem está apaixonado e aí se transforma em tudo o que ela gosta.

— É isso mesmo. Quem passa pela experiência de um amor que foi embora e quer ter esse amor de volta se sensibiliza com essa música. O cara quer saber o que é caro àquela pessoa, pra que possa lhe dar tudo isso.

Tom pensava nisso diariamente. De como aquele amor abortado, de como aquela espécie de coito interrompido deixara tudo em suspenso. As coisas que ele queria oferecer a Luiza. As coisas que queria compartilhar com ela. Desde as coisas mais banais, como irem ao cinema juntos. Dividirem a pipoca. Andarem de mãos dadas no Shopping. Irem à praia. Tomarem sorvete. Dormirem juntos. Fazerem compras no supermercado. Passearem no Parque Ibirapuera. Coisas elementares num relacionamento homem-mulher, de um casal que viva na cidade de São Paulo. Coisas que lhes foram negadas. Coisas básicas que não foram vividas.

Delírios, delírios da obsessão...

A relação que vivera com sua musa inspiradora era uma espécie de quebra-cabeça. Tivera acesso a determinadas peças. Digamos, metade. A outra metade era absolutamente desconhecida dele. Não conhecera ninguém da família dela, embora soubesse de seus pais e irmãs, sobre os quais falara muito. Não conhecera pessoalmente nenhum de seus amigos, apenas de nome. Não chegara a conhecer suas manias. Seus defeitos mais íntimos. Se lembra de que uma vez, numa conversa telefônica, ela repetiu duas vezes uma expressão de uma forma que o desagradara. Era a palavra "jabá". Ela colocara a palavra fora do contexto, e isso o irritara levemente. Pensou assim: "será que um dia eu vou me irritar e cansar dela?"

Jamais, pensou. *O que tenho sofrido, o que tenho ansiado por essa mulher, armazenou um estoque de amor, de carinho, de paciência, de compreensão, que ultrapassará gerações, e se transportará para outras vidas.* O incrível é que Tom pensou nisso não como uma metáfora, ou como um imaginativo exemplo. Ele realmente acreditou nisso, nesse armazenamento de sentimentos. *Eu poderia viver com ela de hoje até o final da minha existência, amando-a, compreendendo-a e querendo fazê-la feliz, só com o sentimento que tenho, hoje, dentro de mim.*

Pensava nisso, quando Paul falou:

— Tom, me lembrei de outro personagem do Gabriel García Márquez que tem também uma paixão obsessiva.

— Qual é?

— *Crônica de uma morte anunciada*, que é a noiva que é deixada na véspera do casamento...

— Não li esse livro...

— Pois ela fica muitos anos enviando cartas pro noivo fujão. Cartas toda semana, centenas, milhares de cartas...

— E ele não responde nenhuma?

— Ele não responde a nenhuma, mas um dia volta para ela, com a mala cheia de cartas. Ele não abrira nenhuma delas, elas estão seladas, todas elas, não foram abertas... Você já mandou alguma carta pra Luiza? – perguntou Paul inopinadamente.

Tom enviara cartas, todas sem resposta. Enviara para o endereço do apartamento dela. Mesmo com a informação padrão do porteiro do prédio de que ela "tinha se mudado", ele tinha certeza de que as correspondências chegavam até a destinatária.

Pensando nisso, escrevera uma carta longuíssima, lembrando tudo o que acontecera entre os dois, dizendo que se sentia um personagem de Franz Kafka, por não ter a menor ideia da razão da recusa em falar com ele.

Os argumentos de Paul e Tom batiam nas mesmas teclas, com algumas variações. Seria um embate eterno. De um lado, a praticidade e objetividade que se resumiam no "virar a página". Do outro, a fé no mistério intangível da música e da poesia, envolvendo o emocional de Tom e mantendo viva a chama de Luiza.

— As coisas começam e acabam, você sabia? Acabou! Se conforme com isso! A vida continua! Você teve outros amores, você acabou até um casamento, depois acabou o relacionamento com a Debora. Esse é só um a mais, Tom!

— Não pode acabar uma coisa que nem começou. A coisa nem começou, entendeu?

— Como não começou? Falando o português claro, você teve um caso com essa mulher!

— Entenda de uma vez por todas: minha história com Luiza ainda não aconteceu. Deu pra entender? Não aconteceu, mas vai acontecer, você vai ver...

— Mas como você pode ter tanta certeza disso? As pessoas mudam, ela mesma certamente não é a mesma pessoa que você conheceu, já se passaram meses...

— A essência fica, meu caro. Ela pode ter engordado, pode ter tingido o cabelo, pode ter mudado de profissão, pode ter se casado, pode ter filhos. Mas ela na essência é a mesma mulher que eu conheci, tenho certeza disso. Com os mesmos gostos, com o mesmo temperamento, com a mesma fascinante insegurança, com a mesma insolência, com as mesmas certezas e as mesmas dúvidas. E eu amo tudo isso.

— Mas ela não quer você! Se quisesse você já saberia! Você tá louco, obsessivo!

— Não quer hoje. Mas pode me querer amanhã. As coisas mudam, Paul, as coisas mudam...

Louco, Tom. Louco.

33

ÓPIOS, ÉDENS, ANALGÉSICOS

Chegando ao final de novembro, quem sabiam daquelas canções eram pouquíssimos amigos. No máximo, quatro ou cinco pessoas conheciam a dimensão do martírio de Tom. Paul. Péricles. Rui, seu ex-sócio no *Tambores*. Do escritório, apenas Maria Fernanda, advogada mais velha, a única que conhecera Luiza pessoalmente. E Nina, uma ex-namorada que se tornara amiga do peito. Ele rompera o vínculo com seus ex-colegas de trabalho.

Rui, em especial, ficou preocupado com o estado de Tom. Afinal, além de perder Luiza ele não só se separara de Debora de uma forma traumática como também deixara o emprego. De uma só penada, ficara sozinho e desempregado, além de loucamente apaixonado por uma mulher que não o queria mais. Equação complexa e de alta periculosidade, principalmente aos espíritos mais sensíveis.

Tom estava muito abalado. Uma das consequências daquela perda fora a aversão por qualquer imagem de casais felizes. Se presenciava casais namorando, se beijando, trocando carinhos, uma aflição tomava conta de seu peito. Ele queria estar vivendo aquilo com Luiza, e fracassara. A frustração era incalculável. Por outro lado, pensava que ela possivelmente estaria vivendo relações com outros homens. E isso o deixava mortificado. Em resumo, qualquer casal em atitude de romance escancararia a frustração dele por não ter Luiza e não viverem algo parecido. E, ao mesmo tempo, atuava como uma espécie de navalha cortando o coração, por imaginar que ela estaria vivendo aquilo com outro homem.

Confessou isso a Rui, num almoço em que, na mesa ao lado, um casal trocava carinhos.

— Não suporto isso!

Rui se espantou. Jamais imaginaria que um amigo como Tom pronunciasse uma frase como aquela. Imaginou como ele estaria sofrendo.

Depois de muita insistência, conseguiu convencê-lo a procurar ajuda psicológica. Indicou-lhe Bettina, uma terapeuta bastante conceituada. Tom agendou a primeira sessão. Fizera terapia na época da faculdade, mais por curiosidade do que por necessidade. Lembrou-se de que Luiza fizera terapia com um famoso terapeuta das Perdizes.

Gostou de Bettina, mas não chegou a completar cinco sessões. Achou que aquilo não o ajudaria. Concordou com o diagnóstico de que aquela obsessão criativa o livrava da loucura, do câncer, da morte abreviada. Mas a psicóloga queria levá-lo a desistir da sua obsessão por Luiza. E desistir de Luiza, de qualquer forma, era, sim, uma forma de morrer, disse a Paul.

Lembrou-se de "Vício elegante", de Paulo Leminski e Itamar Assumpção:

Ópios, édens, analgésicos, não me toquem nessa dor
ela é tudo o que me sobra
sofrer vai ser
a minha última obra.

A dor criativa era o combustível vital para Tom.

— Tom, você já pensou que essa é uma espécie de loucura? Você está enlouquecido com essa história – lhe disse Nina, quando seu amigo começou a contar sobre sua obsessão criativa.

— Certamente é uma loucura, Nina. Estava me lembrando de uma das expressões favoritas que guardei da minha experiência com advogados. É de um artigo do Código Civil, que trata das pessoas que precisam de tutela. Os inimputáveis. Índios, menores. E a minha categoria preferida: "loucos de todo gênero".

Nina riu. Tom prosseguiu:

— Nesse momento eu me encaixo, sem dúvida, em algum gênero de loucura. Estou brincando, mas ao mesmo tempo estou falando muito sério. Acho mesmo que este estado em que tenho vivido, com tudo à flor da pele o tempo inteiro, é uma espécie de loucura mesmo. E acho que só num estado como esse a gente consegue criar em grande estilo. Há uma diferença entre a criação burocrática, de ofício, e aquela especial, quando o criador está vivendo um momento extraordinário e suas emoções estão exacerbadas. A pessoa fica vários tons acima da vida real. É assim que eu me sinto.

Estavam no bar Filial, na Vila Madalena. Depois de vários chopps e dois caldinhos de feijão, como se quisesse provar sua teoria, entre desconsolado e eufórico, ele entoou algumas das canções no ouvido de Nina. A princípio séria e atenta, a partir de certo momento seus olhos brilharam.

— Caraca, que lindo!

— Você acha mesmo?

— Você precisa gravar isso, alguém precisa gravar isso! Isso vai fazer sucesso!

Tom riu. Por incrível que pareça, nunca tinha pensado nisso.

— Nina, nada é tão fácil assim, eu já tenho quase 50 anos, não tenho gravadora, não subo num palco há trinta anos! Quem vai se interessar por um cara com o meu perfil?

— Se você não vai gravar, alguém precisa gravar!

Nina trabalhara em produção de TV, conhecia gente ligada à música, ao cinema, à publicidade. Pediu a Tom que gravasse num CD, na base do violão e voz, apenas, umas quatro, cinco canções. Pensou em mostrar o material para Petroni, seu amigo, pessoa do mercado fonográfico. Dirigira gravadoras, produzira discos de artistas importantes e, depois de uma vida profissional inteira no Rio de Janeiro, se mudara pra São Paulo, onde, segundo suas próprias palavras, estava a "vida inteligente da cultura brasileira".

Tom gravou oito das dezenas de canções que criara e deixou o CD na portaria do prédio onde Nina morava, no Itaim. Apenas dois dias depois ela telefonou com notícia de um encontro com Petroni, que morava na Rua Harmonia, na Vila Madalena. Coincidentemente, há poucas quadras de onde Tom trabalhara na sede do *Tambores*: ao lado da padaria St. Etienne, famosa naquele bairro boêmio, que tem como modesto *slogan* "a maior padaria do Brasil".

Foi lá que agendaram um bate-papo: Nina, Tom e Petroni, que já ouvira o CD enviado por Nina. Ela, atraente loira que já chegara aos 40, estava numa das mesas do local quanto Tom chegou, de jeans, camisa cáqui e tênis branco. Quase em seguida, chegou Petroni. Alto, magro, cabelo branco, barba branca, jeans e camiseta branca. E tênis All Star vermelho. Parecia um velho *hippie*, e cumprimentou Tom com dois beijos no rosto.

— Como vai, Tom? Muito prazer em conhecê-lo. E você, minha queridíssima Nina? – saudou, também beijando Nina nas duas faces.

Conversaram sobre amenidades, Petroni se lembrou do *Tambores*, do qual era leitor, para surpresa de Tom.

— Onde você esteve durante todos esses anos, Tom? Onde estavam essas suas canções? Como isso só veio aparecer agora?

— Petroni, eu fazia música na época da faculdade, mas depois parei com tudo, nunca mais toquei, nem em casa, nem em lugar nenhum. Voltei a fazer música pra valer em agosto.

— Agosto desse ano? – perguntou, incrédulo. — Todas essas músicas que a Nina me mostrou você fez em quatro meses?

— Nove semanas.

— Incrível! Bom, antes tarde do que nunca, não é mesmo?

Tom concordou.

— É o seguinte, Tom. Quero que saiba que gostei de você, e vou te ajudar. Primeiro porque a Nina gosta muito de você, e ela é uma querida amiga. Depois, porque gostei mesmo das suas músicas. Algumas delas têm potencial pra tocar em rádio, pra fazer sucesso mesmo. E sabe por quê? Porque elas carregam uma verdade, tratam de coisas com as quais as pessoas se identificam. Sofrimento amoroso, perda...

— Mas nem todas, Petroni. Algumas delas são canções de amor feliz...

— Sim, eu sei – cortou Petroni, incisivo. — Mas as melhores são as de perda, pelo menos as que a Nina me mostrou. Acho que nós podemos fazer duas coisas. Uma é gravar um disco seu, você cantando suas músicas. Pensarei num produtor moderno e competente, que dê uma cara contemporânea à sua música. Até porque você não é mais nenhum garoto. A outra é mostrar suas músicas pra outros artistas. Você precisa começar a fazer sua história na música.

As palavras de Petroni soaram como melodia dos deuses para os ouvidos de Tom. E a primeira coisa que lhe veio à cabeça não foi a mera satisfação pessoal, pela oportunidade de emergir como artista. Mas sim a sensação de que encontrara, quem sabe, um caminho rumo a Luiza. A música seria esse elo, essa ponte. Gravar um disco, quem sabe tocar no rádio. E Luiza, onde estivesse, ao ouvir a voz de Tom Pinheiro, talvez viesse a saber que fora a musa inspiradora daquela determinada canção.

Riu da sua própria previsão, achando ridícula a ideia de sua imagem como *pop star*. Não era nenhum galã, já estava na meia-idade, não tinha nem de longe o perfil de um artista popular. Pelo menos, um disco registraria algumas das músicas que fizera para Luiza. Só por isso já valeria a pena.

Muito rapidamente, Petroni cumpriu sua promessa. Conseguiu viabilizar o projeto do disco de Tom em um novo e promissor selo paulistano, dirigido por seu amigo Ivaldo Rosa, que conhecera numa das gravadoras onde trabalhara. Em apenas dois meses teve início a pré-produção do disco, com doze das canções criadas por Tom naqueles meses fecundos.

Certamente, um dos mais inusitados e rápidos inícios de carreira da história do disco. Entre o dia primeiro de agosto, quando Tom fez a primeira canção dessa sua nova fase, e o início da pré-produção do disco se passaram apenas seis meses.

34

ESSA É PRA TOCAR NO RÁDIO

Paralelamente à surpreendente oportunidade de ingressar no mercado fonográfico, Tom vivia um inferno. Vários dos seus amigos e conhecidos passaram a evitá-lo. A separação de Debora e a saída do escritório tiveram uma divulgação muito desvantajosa à sua imagem. Ele preferira se recolher, em vez de procurar explicar os fatos às pessoas das suas relações.

Ao tomar conhecimento das cartas que Tom enviara às sócias e que quase tinham ocasionado a imediata dissolução da sociedade, Eduardo Navarra conseguiu, a princípio, contornar a situação. De qualquer maneira, adotando Tom como seu principal desafeto, fizera exatamente o contrário da postura adotada por este: de forma deliberada e calculada, procurara alguns dos principais contatos do ex-coordenador, todos da área jurídica, todos também seus amigos, contando a "sua" versão dos fatos. Na qual, obviamente, Tom era o grande vilão.

O que se dizia era que ele estava louco. Que se trancara em casa. Que não queria falar com ninguém. E, realmente, ele passou a não mais ir a festas ou eventos dos amigos. Optou por recolher-se ao seu *bunker*, como ele passou a considerar o apartamento dos Jardins, onde agora vivia, definitivamente, sozinho.

Seu apartamento era de tamanho suficiente para sua nova vida. Dois quartos, um dos quais ele transformara em escritório, com seus livros, um piano elétrico Roland, que ele comprara logo após receber a indenização pela saída do emprego, e um computador com impressora. Uma sala ampla, metade transformada em sala de jantar, a outra metade com dois sofás, uma mesa de centro e uma TV com DVD. Cozinha também ampla, onde ele curtia o redescoberto prazer de cozinhar. Tempo não lhe faltava.

Mesmo com suas emoções em pandarecos, conseguiu criar uma rotina para aqueles tempos de guerra. Acordava sempre por volta das 7h, tomava um café frugal, lia os jornais e pegava o violão. Incrível como passara quase três décadas sem tocar violão. "Como isso foi possível?", pensava. Sua rotina de criação durava até a hora do almoço. Do violão para o computador, do computador para o violão. Ele precisava ler o produto dos seus textos no computador, ou então no papel, imprimindo-os. Impressa a letra da música, ele voltava ao violão, cantava novamente a canção e fazia as correções e os acréscimos sobre o texto impresso. Voltava, corrigia no computador, imprimia a nova versão e voltava ao violão, até que se desse por satisfeito com a sua nova cria.

Refletiu como a predominância da informática passara a eliminar os originais, os rascunhos das obras. Voltara da casa de Cabral com o velho violão e uma pasta de papéis, recortes de jornais, fotografias. Nela, reencontrara os rascunhos originais das suas primeiras canções, com rabiscos, riscos, correções. Aquilo estava guardado, quase uma guia para que se analisasse o seu processo criativo, os versos desprezados, as ideias abortadas. Agora, no entanto, isso não existia mais, pois o processo todo era materializado no computador. E o produto final saía limpo, impresso, já pronto para o consumo, para o livro, para o disco. Asséptico, higiênico. Enquanto pensava nisso, Tom pegou no armário a pasta e buscou aqueles velhos rascunhos. Sentiu uma estranha solidariedade por aqueles papéis amarelados e sinceras saudades do século XX.

O processo criativo diário representava sua ordem em meio ao caos emocional. Além disso, exercitava suas obsessões diárias. Todos os dias pesquisava o nome “Luiza Nabuco da Costa” na internet. Ela saíra do Orkut e não tinha conta em nenhum dos outros sites de relacionamentos: Myspace, LinkedIn, Facebook, Twitter. Obsessivamente, ele buscava informações sobre qualquer coisa que tivesse a ver com Luiza.

Essa obsessão amainou um pouco quando começou a pré-produção do disco. Ivaldo Rosa começou a ir diariamente ao apartamento, no período da tarde, para ouvir as músicas e escolher quais entrariam no disco. Experimentado produtor, guitarrista de grandes recursos, ele tinha um *feeling* impressionante para distinguir uma música potencialmente radiofônica das demais.

Tom discutiu com Ivaldo longamente sobre quais músicas fariam parte do trabalho.

— Essas são as quatorze, Tom. Isso vai dar um grande disco – disse Ivaldo, num sotaque carioca acentuado. Tom discordara de algumas escolhas, mas entendera a razão pela qual o produtor chegara àquela relação. O disco precisava ter “uma cara”. Não era só uma coletânea de canções, mas sim um mosaico que precisaria ter uma personalidade, uma unidade, uma marca.

Não tinha a menor ideia do que aconteceria com aquele disco. Mas se sentia vitorioso por dar um sentido àquela produção inesgotável de canções que ele iniciara intuitiva e desinteressadamente, num processo terapêutico que agora fazia sentido. Ele achara uma razão para aquilo tudo. Mas estava, ainda, apenas começando a maior aventura de sua vida.

35

INÚTIL PAISAGEM

Em fevereiro do ano seguinte, com a pré-produção do disco finalizada e com o início das gravações marcado para o começo de março, Tom tirou alguns dias de férias. Paul o convidou para passar uns dias na praia, em sua casa na Barra do Sahy, litoral norte de São Paulo. Quinze dias de sol e mar talvez trouxessem um novo ânimo para o amigo. Essa era a expectativa de Paul, pelo menos.

O lugar era paradisíaco, a praia linda, e os dias se repetiram ensolaradamente. Num dos finais de tarde, olhando para o sol se pondo atrás da rubra linha de água no horizonte, Tom se lembrou da canção de Tom Jobim e Aloysio de Oliveira que transmitia exatamente o sentimento que ocupava seu mundo, naquele momento.

Mas pra que
Pra que tanto céu
Pra tanto mar
De que serve esta onda que quebra?
E o vento da tarde? De que serve a tarde?
Inútil paisagem

Ao mesmo tempo que admirava aquele quadro colorido à sua frente, num belíssimo pôr do sol à beira-d'água, Tom sofria com o divórcio entre seus olhos e o peito vazio de saudades da sua musa. Nunca uma paisagem lhe parecera tão inútil.

Num dos dias da temporada, Paul lhe apresentou uma amiga de sua esposa, recém-separada, na esperança de que Tom se interessasse por outra mulher. A tentativa não foi bem-sucedida, pois o amigo não demonstrou o mínimo interesse em sair de sua obsessão.

— Tom, você fica aí alimentando seus fantasmas, e a vida está passando na sua janela. E você, como a Carolina da música do Chico, não está vendo isso. Você vai alimentar essa ilusão sua até quando?

— Não existem fantasmas, Paul. Existem pessoas reais. Eu sou real. Luiza é real. A vida é real. Estamos vivos. A vida flui. Cada dia é um novo dia. Muita coisa pode acontecer.

— Você, pelo jeito, não quer ser feliz. Quer abrir mão da possibilidade de ser feliz.

— Paul, pra você o que é ser feliz? Você é feliz?

— Que pergunta, Tom! Por que pergunta?

— Só pra saber.

— Acho que sou feliz, na medida do possível. Vivo bem com a minha mulher, tenho um filho lindo e saudável, ganho o suficiente para o meu charuto, para o meu whisky, para meu lazer...

— Você tem algo ou alguém que queria ter com você e não tem?

— Tenho, a Luana Piovani... – e riu.

— Estou falando sério...

— Acho que não, estou bem com o que eu tenho. Mesmo se não fosse assim, sou adepto daquela conhecida filosofia de para-choque de caminhão: "não tenho tudo que amo, mas amo tudo que tenho".

— Você sabe que eu tenho um tio que morreu há alguns anos, não sabe? Te contei essa história.

— Sim, irmão da sua mãe.

— Pois é, ele se separou da mulher há muitos anos e foi viver com uma moça bem mais jovem. Foi morar num sítio lá perto de Alambari. A família se afastou dele, pois ele deixara um casamento de anos, a coisa foi meio escandalosa...

— Sei, me lembro que você comentou.

— Pois pouco antes de ele morrer minha prima foi visitá-lo. E me fez um retrato cruel da situação: morava num sítio de terra batida, galinhas passando pelo meio da sala, quatro crianças, seus filhos pequenos, com ranho no nariz, coisa digna de um cenário africano.

— Sei.

— Não tinha dinheiro para outra vida. Não tinha carro, comia o que plantava, ele e sua família. Mas o mais incrível veio depois.

— O quê? – Paul se interessara pela história.

— Minha prima me contou tudo isso, toda essa pobreza, todo esse cenário desolador, e me disse, com lágrimas nos olhos:

— Mas sabe o que mais, Tom? Eles são felizes!

Os olhos de Paul brilharam. Engraçado, ele nunca vira Paul emocionado. Cara racional, agnóstico, cético. Pois ele ficara visivelmente emocionado com o relato de Tom.

36

NÃO IMPORTA, SÃO BONITAS AS CANÇÕES

Tom não se interessou pelas garotas de Barra do Sahy, mas adorou conhecer um grupo de músicos, amigos de Paul. Entre eles o violonista Renato, ótimo instrumentista, a quem mostrou algumas das suas criações. Depois da volta da praia, o músico demonstrou interesse em conhecer melhor as canções do novo amigo. Marcaram um encontro no apartamento dos Jardins e Renato levou o violão e um gravador digital. Com a permissão de Tom, gravou as quatro canções de que mais gostara. Queria aprender a tocá-las. Além disso, pensou sinceramente que poderia, de alguma forma, ajudar o novo amigo, mostrando suas músicas a alguns conhecidos, músicos e produtores.

Por uma dessas coincidências do destino, apenas duas semanas depois, quando já tinha aprendido a cantar e tocar bem as quatro escolhidas, recebeu a visita do amigo Toninho Pauleira, então percussionista da banda da cantora Ivete Sangalo. Toninho gostou muito de uma das canções e levou a gravação, com a boa voz e o violão de Renato, para Ivete, que estava em processo de escolha do repertório para um novo disco.

Tom estava em casa tocando violão, esperando o agendamento das primeiras gravações do CD, quando recebeu um dos telefonemas mais inesperados da sua vida.

— Tom, é o Renato, tudo bem?

— Tudo, Renato, e você?

— Tá sentado? Tenho uma bomba pra você!

Tom pensou que a única bomba que movimentaria sua vida seria alguma notícia sobre Luiza. Mas Renato nem sabia da estória...

— Tom, a Ivete Sangalo vai gravar a sua música!

Tom não entendeu.

— Como assim, Renato? Que música? Como foi que a Ivete Sangalo conheceu uma música minha?

— Eu gravei aquelas quatro músicas suas, mostrei pro meu amigo Toninho, que toca com ela. Gravei, a Ivete ouviu e decidiu gravar a primeira das quatro! Soube agora, ela fechou o repertório do disco, e a sua música está lá! Passei o seu telefone pra produção dela, vão te ligar para cuidar dos detalhes burocráticos: autorizações, edição...

Tom parecia não acreditar no que ouvia.

— Sabe o que significa isso? Só de adiantamento de direitos autorais vai dar pra você comprar um apartamento!

Era como ganhar na loteria. Tom não conseguia balbuciar nem uma palavra sequer, atônito com tal notícia tão inesperada.

— Além disso, o Brasil inteiro vai conhecer a sua música!

Obviamente, o aspecto econômico daquela anunciada gravação era importante para Tom. Mas o que realmente bateu fundo em sua alma e fez com que sentisse um universo novo e luminoso se abrindo à sua frente foi essa frase final de Renato.

O BRASIL INTEIRO VAI CONHECER A SUA MÚSICA!

Para ele, o significado mágico era que LUIZA iria conhecer a música e saberia que fora a musa que a inspirara. Tom ficou em êxtase com aquela ideia. No fundo, era aquilo que ele, inconscientemente, esperava da caudalosa produção matinal que vinha o atormentando e fascinando a cada dia. Aquelas canções tinham uma função, tinham um porquê, tinham uma missão: chegarem até Luiza!

Enquanto isso, as canções continuavam a sair aos borbotões, como pão quente. Mas a musa que inspirava cada uma delas aparentemente tinha mudado de planeta.

37

NÃO QUERO DINHEIRO, EU SÓ QUERO AMAR

Seis meses depois do telefonema de Renato, Ivete Sangalo lançou o disco com a música de Tom, que poucas semanas depois começou a tocar em todo o Brasil. Enquanto isso acontecia, ele terminava de gravar o seu CD, que foi lançado no final do ano.

A gravação da cantora baiana resultou, meses depois, em gordos pagamentos de direitos autorais pela execução da música. Quando esse dinheiro começou a entrar, Tom já começava a ficar em difícil situação econômica, pois o dinheiro da rescisão já estava nos estertores. Vendera o carro para poder pagar as contas.

No início de 2010, uma das canções do disco do próprio Tom passou a ter boas execuções em duas rádios importantes de São Paulo, de perfil "classe A". Resultado do bom trabalho de Petroni.

No final do ano, já amealhara em direitos autorais quantia maior do que recebera em sua saída do escritório. Ficou excitado com aquele retorno. Poderia viver de música! Jamais pensou que um dia chegaria a esse ponto.

O dinheiro, decorrente das canções que fizera para Luiza, o estimularam a estranhos pensamentos. Afinal, ele só fizera canções por causa dela. Chegou a pensar, num de seus delírios, que seria justo a musa inspiradora ser a destinatária de uma parte daqueles recursos. Mais um pouco e ele teria condições de comprar, digamos, um carro para Luiza, por exemplo. Ou uma joia cara. Mas logo a sanidade era restaurada, e Tom pensava que nada mais equivocado do que transformar aquele amor numa representação econômica. Além disso, como dar um presente dessa magnitude a alguém de quem ele nem sequer sabia o paradeiro, com quem nunca mais falara e que não queria vê-lo de nenhuma maneira?

Por fim, o que ele tinha de mais caro era exatamente o fruto daquela paixão: as canções que criara para sua musa. Isso era autêntico, isso era natural, isso era verdadeiro. Isso era insubstituível, genuíno, privilégio. E sua transformação em dinheiro, em favor de Luiza, além de, certamente, propiciar um equívoco quanto às suas reais intenções mataria a essência e o grande e raro mérito de suas criações. Muito embora, reconhecia, aquelas músicas só existissem por causa dela.

Lembrou-se do que dissera a Paul, numa de suas conversas sobre ela:

— A coisa mais importante que posso dar para alguém é lhe fazer uma música. As raras pessoas que receberam isso, saibam que lhes dei a coisa mais preciosa que tenho.

Sabia que muitas pessoas não entendiam dessa maneira. Principalmente no universo do mundo burocrático e competitivo em que vivia e vivera, o que mais contava era a expressão econômica. Sucesso era o carro, o apartamento, a casa na praia, o relógio caro. Música tocando no rádio só seria algo importante caso gerasse ganhos econômicos.

— Esse negócio de música dá dinheiro?

Se sentia um extraterrestre em muitas dessas situações. Aquelas pessoas jamais saberiam a sensação de ouvir no rádio a sua música e de saber que milhares de pessoas, naquele mesmo instante, estariam ouvindo a mesma canção e comentando sobre ela, e depois reouvindo, e comentando sobre ela, e de como ela passaria a ter um significado na vida de cada um. Era um misto de reconhecimento, de prazer, de orgulho, de emoção.

Nos tempos de internet, esse retorno era muito mais palpável. Lembrou-se da primeira vez em que sua música tocou no rádio, poucas semanas após o lançamento do disco. Estava na Bahia, num feriado em que decidira viajar, quando recebeu, através do celular, um pedido de amizade pelo Facebook – a nova rede social, que crescia exponencialmente e a qual ele aderira. A remetente era alguém que ele não conhecia, e, pelo que verificava, não tinham nenhum amigo em comum. Já estava prestes a recusar o convite quando veio uma mensagem da mesma pessoa nos seguintes termos: "Acabei de ouvir sua música no rádio, me apaixonei por ela, ouvi o locutor anunciar seu nome, procurei no Google, achei seu site, já ouvi o CD inteiro e quero te dizer que virei sua fã!"

Tom ficou boquiaberto. Jamais imaginara um retorno tão rápido e tão efetivo. Mal-acostumado a esse retorno entusiasmado por suas obras, no início ele se maravilhava só em perceber o número de acessos ao vídeo da música no Youtube. Diariamente, quase como um relógio, cerca de dez mil pessoas acessavam aquela página, deixando recados entusiasmados como "Essa é a música da minha vida", "Essa música expressa meus sentimentos", "Essa música é demais" etc. Aquilo alimentava Tom, era quase um alento pela ausência de Luiza. Aquilo pulsava, era vivo. Afinal, aquela música não existiria se Luiza não cruzasse seu caminho. Saber que milhares de pessoas de todo o país ouviam a canção e se emocionavam com ela dava um sentido nobre à sua saga. Era algo palpável, não era apenas sua obsessão etérea. A execução daquela canção, que pouco a pouco se tornou maciça nas principais rádios do país, passou a representar quase uma compensação para Tom.

Foi então que recebeu um retorno. Um ano e três meses depois do desaparecimento da advogada, ele ligou num escritório, Zilcan, Oliveira e Silva, localizado na Avenida Rebouças. Perguntou por Luiza Nabuco da Costa, e a atendente indagou: "Quem quer falar com ela?"

Quase teve uma síncope. Respondeu: "um amigo".

Alguns minutos de ansiosa espera depois, a mesma atendente voltou à linha:

— Senhor, me enganei. Não há ninguém com esse nome aqui.

Tom não acreditou na moça.

No dia seguinte, ficou das seis e meia até às onze da manhã na entrada de uma loja de carros na frente do escritório, na pista do lado oposto da Rebouças. Nenhuma das pessoas que entrou no sobrado era Luiza.

Fez isso durante todos os dias úteis da semana. Na sexta-feira, às 8h30, ele teve certeza de que ela entrara na casa.

Ligou de seu celular. Atendeu a mesma pessoa da semana anterior. Ao mencionar novamente o nome da advogada, a telefonista respondeu:

— Senhor, ela não trabalha nesse escritório. Não foi o senhor que ligou na semana passada?

Decidiu enviar uma carta a Luiza, no endereço daquele escritório. Mais uma longa carta falando do seu sentimento por ela e pedindo que lhe esclarecesse por que, afinal, tinha desaparecido e por que se recusava a falar com ele.

Carta que jamais foi respondida.

Continuou a fazer plantões tanto no escritório quanto no prédio onde ela morara. Mesmo sem nenhum sinal de sua presença, ele continuava a sua busca, de forma absolutamente doentia.

Dois meses depois do início dessa nova empreitada, recebeu um e-mail que quase paralisou seu coração. O remetente era luadv@hotmail.com. A mensagem era curta e grossa: *Nunca mais quero ter notícias suas. Se insistir, procurarei a polícia. Luiza Nabuco da Costa.*

Respondeu a mensagem com um longo e-mail, praticamente a reprodução da carta que enviara para ela. O e-mail voltou. Luiza jamais o recebeu.

Após receber a contundente mensagem, ficou prostrado durante dias, sem vontade de se levantar da cama. Barba por fazer, olheiras, ar desesperançado. Não conseguia desconectar o pensamento daquelas palavras duras da suposta Luiza. Mesmo desconfiando da veracidade da fonte da mensagem, tudo indicava que ela era real.

Cada vez mais ele era o Joseph K., de Kafka. Tinha sido condenado sem crime, e a única pessoa capaz de absolvê-lo tinha colocado um imenso muro indevassável entre eles. Impenetrável. Tom se sentia absolutamente impotente, sem nenhuma margem de manobra.

Passada uma semana, ele reagiu da única forma que conhecia. Fazendo canções. Que passaram a surgir com força ainda maior do que as anteriores.

38

DÁ LICENÇA DE REZAR PRO SENHOR DO BONFIM

Na viagem à Bahia, Tom comprou uma fita na igreja do Senhor do Bonfim, como fizera em todas as vezes que visitara Salvador.

Na tradição popular, a medida do Bonfim é enrolada no pulso e fixada com três nós. A cada nó precede um pedido, realizado mentalmente, e que deve ser mantido em segredo até a fita se romper por desgaste natural. A cada um dos três nós que fez, mentalizou o mesmo nome, que brilhava como um *outdoor* em sua mente:

Luiza! Luiza! Luiza!

Não lhe ocorrera nada mais que ele buscasse em sua vida, nem dinheiro, nem emprego, nem saúde. Como um Dom Quixote numa busca sem fim, ele só queria ter aquela mulher de volta, fossem quais fossem os obstáculos.

Com a execução no Brasil inteiro de duas das suas canções, o nome de Tom começou a circular nas rodas de música. Quanto à gravação de Ivete Sangalo, é claro que era esperada a execução maciça da canção, por ser uma artista de grande expressão popular, com o disco lançado por uma grande gravadora multinacional. O inesperado foi o sucesso da outra canção, na própria voz do compositor. É claro que o dedo de Petroni e de Ivaldo, o dono da gravadora, estavam presentes nesse sucesso radiofônico.

Ivaldo era um profissional. Entrara no mercado lançando com bons resultados econômicos dois jovens compositores e cantores paulistas, no estilo "cantautor". Compositores e intérpretes das próprias músicas. Era uma mistura de MPB e música pop, segmento em que Tom ingressou, embora com um perfil diferente. Seu disco estava mais pra MPB do que pra pop, e ele já era um cinquentão.

A música tocando no rádio incendiou a sua imaginação. Além do pagamento dos direitos, ele passou a receber os relatórios do Ecad e de sua sociedade autoral, Abramus. Estava tocando em todas as regiões brasileiras. Pensou que, em qualquer lugar que Luiza estivesse, se fosse ligar em determinadas rádios ouviria a sua música. Ouviria o seu nome, Tom Pinheiro. E, ao ouvir a letra da música, teria a certeza absoluta de que fora feita pra ela.

Passadas semanas do recebimento do e-mail de Luiza, além de isso estimulá-lo a criar mais canções, acarretou outro tipo de pensamento. Ora, se Eduardo e Armando tinham criado algum tipo de fraude para prejudicá-lo com relação a Luiza, nada mais natural que continuassem a fazê-lo, de outras maneiras. Quem poderia garantir que aquele endereço de e-mail era mesmo dela? Qualquer pessoa poderia criar o e-mail luadv@hotmail.com e enviar uma mensagem para ele.

Resolveu deletar aquele fato de sua memória. Para ele, doravante, Luiza continuava a não dar nenhum tipo de retorno.

Se lembrou de que a mãe dela morava em Aracaju. Teve especial interesse em saber em que rádios daquela capital a música tocava. Lembrou-se das amigas que Luiza tinha na capital sergipana, com quem ela sempre estivera em contato e sobre as quais várias vezes comentara com ele. Graça, que morara em Barcelona. Monica, a advogada que – segundo relato de Luiza – quando esta lhe mostrou a gravação de "Quero bem", comentara: "Vozinha boa, hein?" E Gigi, a amiga literata, leitora de clássicos e de autores refinados.

Se Luiza não tivesse ouvido, quem sabe alguma delas teria ouvido. Quem sabe teriam conhecimento de sua estória com ela.

Tom, que durante anos dirigira um jornal de música, agora se encontrava no foco das análises de seus colegas. No início, a referência era sempre "o ex-editor do jornal *Tambores*" para falarem de seu trabalho. Foi bem aceito pela imprensa em geral, muito embora seu disco não merecesse nenhuma resenha num grande jornal. No entanto, à medida que a execução da música começou a ser intensificada, começou a ser procurado por colegas que a princípio torciam o nariz para sua nova estrada.

Na verdade, ele tinha dois canais extremamente fortes com as editorias dos órgãos de imprensa. Em primeiro lugar, porque editara um jornal de música que, para o público-alvo, se tornara consideravelmente conhecido. Em segundo lugar, porque trabalhara durante três anos como coordenador no escritório de Debora, em contato direto com diretores de redação, editores e jornalistas de órgãos como *O Estado de S. Paulo*, *Veja*, *O Globo* e *Época*. Agora, de maneira surpreendente – até porque ninguém sabia que era músico ou compositor –, ele surgia, aos 50 anos de idade, lançando um disco solo, com canções criadas poucos meses antes.

Com a execução das suas músicas, até os mais renitentes concluíram que aquela incursão de Tom Pinheiro como cantor e compositor não era uma brincadeira. O jogo era sério. A revista *Isto é* publicou uma matéria falando da gravadora de Ivaldo, e mencionando Tom como um dos seus produtos bem-sucedidos.

A matéria falava sobre a trajetória da sua canção gravada por Ivete Sangalo. A princípio, não era nenhuma das "de trabalho" do disco, ou seja, não estava prevista para tocar em rádio. No entanto, sua surpreendente receptividade nos shows da cantora levaram a gravadora a sugerir que a segunda música a ser indicada para as rádios fosse exatamente aquela.

Tom tinha dois sucessos verdadeiros em seu primeiro ano como autor. Sentia-se feliz, mas queria muito mais. Recebia um retorno impressionante de pessoas, novos e velhos amigos, fãs em geral, que pela internet, em redes sociais, em mensagens, em blogs, passaram a falar dele e de suas canções.

Começou a ficar impaciente pelo fato de que Luiza iria fazer 30 anos. Deletara o e-mail recebido. Não tinha acesso a ela. Tinha, na verdade, a relação de três logradouros supostamente ligados à sua musa, embora nenhum deles correspondesse a uma certeza absoluta. Mesmo assim, pensou em algo verdadeiramente mirabolante para tentar um contato, mesmo sem saber se algum daqueles endereços ainda teria algo a ver com ela.

Ansioso, procurou Humberto Giuliani, amigo publicitário que fizera alguns trabalhos para o *Tambores* e lhe expôs um plano absolutamente alucinante, pedindo ajuda para sua implementação. Precisava da participação de 55 pessoas, de várias partes do mundo. De endereços quanto mais insólitos, melhor. Países distantes e pouco lembrados, como Croácia e Letônia, por exemplo. Camboja. Vietnã. Ilhas Maurício.

Parecia coisa de doido, mas o número 55 não era aleatório. É que naqueles meses de intensa produção, além das canções, ele tinha selecionado 55 poemas que criara inspirados em Luiza e planejava a edição de um livro. O título provisório era *Insigne Ficante*. Pensou então numa maneira da advogada receber uma correspondência com cada um desses poemas dentro do envelope. Seriam 55 cartas, portanto. Só que cada uma dessas missivas viria de um lugar diferente do planeta, enviada por remetentes diferentes. Para executar esse complexo plano, Tom decidira usar os três endereços que receberiam as correspondências: a do suposto endereço do trabalho dela em São Paulo, na Avenida Rebouças, do seu antigo apartamento nos Jardins e do endereço de sua mãe, em Aracaju. Através de pelo menos um daqueles endereços, pensara, ela receberia os poemas. Ou seja, cada remetente enviaria cartas com um mesmo e único poema, para cada um desses três logradouros.

O plano era, portanto, delirante, e Tom o concebeu num sonho, após o qual acordou enlouquecido com a ideia. A questão era: como conseguir 55 pessoas espalhadas pelo mundo para participarem da empreitada? Foi buscando a viabilização de tal delírio que Tom pensou imediatamente em Humberto Giuliani. Não havia outro maluco capaz de executar tal desvario. Não porque fosse (como era) bem-sucedido, cosmopolita, viajado, com muitas conexões internacionais. Mas sim porque dissera várias vezes a Tom, em *happy hours* e conversas regadas a cerveja: "Quando tiver alguma coisa muito louca ou difícil ou que julgue impossível, me chame".

Tom o achava engraçado. Principalmente pelo seu modo de falar. Despachado, usava expressões raras ou fora de moda, como "duca", estapafúrdia", "eureca" ou "bagatela".

Almoçaram no Ritz da Alameda Franca. Como sempre, Tom pediu o bife à milanesa com creme de espinafre e fritas. Giuliano optou pelo salmão com batatas. Vinho tinto, conversa solta, Tom lhe expôs a revolução que alcançara sua vida: Luiza, a saída do emprego, as canções, o sofrimento, a paixão, a gravação do disco, e... o insólito plano.

Giuliano ouviu atentamente a exposição sobre as cartas e os 55 poemas e, sem pestanejar, afirmou, seguro:

— Não te falei várias vezes que quando tiver alguma coisa escalafobética pra concretizar é só me chamar? Essa é louca, mas é fácil, Tom. Amigo é pra essas coisas. Quanto tempo tenho?

Sorrindo com o "escalafobética", Tom respondeu:

— Dois meses.

— Em uma semana organizarei tudo. Me aguarde.

Uma semana depois, Tom recebeu o telefonema de Giuliano com a informação de que já tinha os 55 nomes, cada qual de um lugar diferente do globo. E passou a recitar as localidades: Dubai, Nairóbi, Luanda, Londres, Paris, Dubrowsk, Zagreb, Goa, Lisboa, Boston, Nova York, São Petersburgo, Moscou, Viena, Nara, Tóquio, Shangai, Istambul, Verona, Torino, Roma, Madri, Barcelona, Pequim, Berlim, Bruxelas, Oslo, Buenos Aires, Montevidéu, Caracas, Toledo, Saigon, Guimarães, Ghent, Dublin, Bilbao, Cidade do Cabo, Amsterdã, Estocolmo, Antuérpia, Nice, Cidade do México, Bogotá, Tóquio, Vancouver, Ottawa, Porto, Zaragoza, Firenze, Manchester, Liverpool, Varadero, Budapeste e Varsóvia.

Tom ouviu, incrédulo. Como fora possível em menos de dez dias tal articulação, tão diversificada e completa?

— Tom, tenho muitos bons contatos e muitas boas redes. A internet e a globalização transformaram o mundo numa aldeia. Faço parte de uma rede social que se chama exatamente Nothing is impossible. Nada é impossível. São milhares de pessoas espalhadas por todos os continentes. Já ajudei, através dessa rede, um queniano a encontrar um amigo que morava em Caruaru. Já ajudei um sérvio a mandar flores em Franca, no interior de São Paulo, para uma brasileira que conhecera em Londres. O seu pedido exigiu uma mobilização maior, mas obteve um retorno muito rápido. Se você quisesse mais cinquenta, eu já teria na mão.

E concluiu:

— Todos os membros da rede receberam meu relato sobre a sua história, na qual eu disse que só precisava de um número de pessoas para enviar cartas para o Brasil. Em 24 horas, recebi 110 respostas. Tive que escolher as 55 primeiras. Temos mais 55 de *stand-by* – disse, numa gargalhada.

Cada um dos escolhidos para a tarefa, do croata Tomislav ao japonês Toshio, do mexicano Roberto ao inglês Simon, do italiano Lorenzo ao sueco Klaus, entre tantos outros, recebeu um envelope com três cartas, já seladas. Conforme combinado, as correspondências seriam remetidas em dias específicos, começando a primeira delas dos lugares mais distantes ou com correios mais demorados, como Dubai ou Nairóbi. Tudo para que chegassem todas no mesmo dia em cada um dos endereços. A secretária de Humberto, Silvia, fizera o estudo exato do cronograma e orientara os participantes. A partir de quinze dias antes do aniversário de Luiza, numa sequência precisamente calculada e escalonada, 165 cartas de todos esses lugares começaram a voar o mundo. 55 delas para uma praia em Aracaju, Sergipe. Outras 55 foram remetidas para um escritório de advocacia na Avenida Rebouças, em São

Paulo. Na mesma capital, num apartamento do elegante bairro dos Jardins, uma outra fornada de 55 cartas foi lançada.

Todas essas cartas, em todos esses endereços, tendo Luiza Nabuco da Costa como destinatária exclusiva. Cada um dos envelopes contendo um poema diferente, destinado a Luiza, todos eles criados por Tom.

Além desses 55 protagonistas, Tom também seria o remetente de três cartas registradas. Queria ter o controle do recebimento das missivas.

Fez um show naquele dia, mas só pensava que ela poderia estar recebendo as correspondências, abrindo os poemas, lendo-os um a um. Que prova de amor poderia ser maior do que essa? Quem no mundo já teria feito algo semelhante, em qualquer época? Nas duas semanas seguintes, ficou numa ansiedade sem precedentes, aguardando algum retorno, por pior que fosse. Ela poderia devolver todas as cartas, sem abrir. Poderia também rasgá-las e nem sequer ler e muito menos responder. O pior de todas as opções, no entanto, era não saber o que acontecera, pela absoluta falta de *feedback*.

Pois passados nove dias, veio o primeiro retorno. Para o endereço do apartamento de Luiza, o envelope fora devolvido, constando no aviso de recebimento a palavra "Mudou-se".

No décimo dia, veio o aviso de recebimento do escritório de advocacia da Avenida Rebouças, constando a informação "Não trabalha mais aqui".

De Aracaju, nenhum retorno.

39

AINDA TE ALCANÇO, AINDA TE ESPERO

À medida que sua popularidade e seu prestígio avançavam, Tom passou a se sentir mais e mais ansioso. Talvez achasse que ao conseguir emplacar uma música em rádio seria rápido e fácil ter uma reação de Luiza. Afinal, tudo aquilo era apenas para ela. Só valeria a pena se ela ouvisse uma das músicas e lhe desse um retorno, qualquer que fosse, de onde estivesse.

A partir de tal pensamento, aquela incontrolável enxurrada de músicas passava a atender a um objetivo claro, definido, preciso. Mas a ausência de qualquer notícia o deixava mais e mais aflito. E se ela não gostasse de Ivete Sangalo? E se não ouvisse nenhuma das rádios que tocava sua música? Hipóteses que não poderiam ser consideradas.

Tom precisava de ajuda. Precisava de mais vozes cantando suas canções, para que aumentassem as chances de chegar até Luiza.

Começou a se lembrar de suas conversas com a advogada e dos seus gostos e preferências. Que artistas Luiza admira? Quais são seus cantores prediletos? Compositores? Com certeza, Maria Bethânia era a artista de que ela mais gostava. Tom pensou: "A

Bethânia PRECISA gravar uma dessas músicas que fiz pra Luiza. Aliás, várias delas têm tudo a ver com Maria Bethânia".

Ele, que não tinha a menor disposição e paciência de ir a camarins, fazer o *approach* com artistas, agora se sentia pleno de uma devoção e de uma desenvoltura dignos do mais radical dos tietes. A ideia de Bethânia, uma das grandes inspirações musicais de Luiza, gravar uma de suas canções lhe trazia uma força motriz insuspeitada. Ele já imaginava as rádios do Brasil inteiro e principalmente de Aracaju tocando a canção na voz da cantora e alguma amiga dizendo à sua musa:

— Luiza, viu de quem é aquela música que a Bethânia canta?

Munido dessa fé quase religiosa, Tom moveria montanhas. Ligou para vários amigos músicos e produtores e conseguiu através de um deles acesso à cantora, que preparava uma apresentação em Salvador e concordou em recebê-lo no camarim, na tarde de ensaio para o show. Bethânia, normalmente arredia a esse tipo de assédio, deu espaço à abordagem do compositor que, em poucos minutos, lhe contou toda a história de sua obsessão, fazendo um dramático pedido final – que, aliás, não estava nem um milímetro longe da verdade:

— Você é a cantora de que ela mais gosta. A única chance de tê-la de volta é se você gravar essa música minha!

Muito pouco pela natureza emocional do pleito, mas sim porque gostara muito da canção, Bethânia lançou seu novo CD, oito meses depois da conversa. E a primeira faixa do disco era exatamente a canção que Tom fizera pensando em Luiza.

Foi nessa fase que todos os projetos de Tom passaram a contar com uma ajuda de grande importância.

E essa ajuda tinha nome de mulher.

Petroni lhe ligou preocupado com o andamento das coisas. Tudo estava indo muito rápido. Tinha medo de "perderem o bonde", conforme disse a Tom. Precisava montar uma equipe. E, antes disso, precisava de uma produtora e divulgadora de primeira linha. E tinha uma pessoa para lhe indicar.

Combinaram encontro em um *brunch* na padaria Saint Etienne, mesmo lugar onde se conheceram, na reunião agendada por Nina. Petroni lhe apresentou Kiki Mendonça, atraente morena de 38 anos, de traços levemente orientais, formada em cinema e administração de empresas.

Foi empatia à primeira vista. Tom gostou do porte, da simpatia, da atitude de Kiki. Tudo o que a moça dizia fazia sentido. Conhecia o disco dele de cor e salteado, conhecia a gravação de Ivete. Era fã, independentemente daquele encontro. Quando Petroni a procurara, ela já tinha interesse na obra dele, de forma espontânea, simplesmente por ter ouvido suas canções no rádio.

Daquele encontro agendaram outra reunião e acertaram rapidamente a parte econômica do negócio. Ela ficaria com 25% de todos os recebimentos de Tom, inclusive referente a direitos vindos da execução pública das suas canções. Proposta ousada, aceita por ele. A partir da assinatura do contrato, Kiki passaria a cuidar de tudo, a administrar todo o dinheiro de Tom: direitos autorais, venda de discos, venda de shows.

Além do contrato de agenciamento entre eles, Tom abriria uma empresa, e Kiki seria sua sócia, com 25% do capital social.

— Precisamos montar uma equipe enxuta para vendermos o seu show. Um artista como você, com dois sucessos tocando em rádio, está perdendo dinheiro a cada dia que fica em casa, sem tocar para as pessoas.

O acordo fora satisfatório para os dois, cada qual com seus objetivos claramente definidos. Para Tom, era claro como água: Kiki era a pessoa que poderia levá-lo até Luiza. E ela o via como um talento sênior em gestação. Via futuro naquelas músicas de amor e desamor. E profetizou que um bom dinheiro entraria nas contas bancárias de ambos.

Tom logo viu que apostara no cavalo certo. Kiki, em menos de um ano, conseguiu coisas do arco da velha para promover sua obra. A primeira façanha foi conseguir que uma importante cantora pop argentina gravasse a versão de "As canções que você fez pra mim número 2", uma das músicas do primeiro disco de Tom, tornando-a um sucesso naquele país.

O segundo gol foi de placa. Foi a responsável pela inclusão, pela primeira vez, de uma das canções dele numa das novelas das nove da TV Globo, tornando-a um grande sucesso.

Para conseguir esse tento, se valeu de uma amiga que frequentava a casa de Mariozinho Rocha, diretor musical da emissora. Conseguiu ir com ela a uma festa de aniversário, onde estavam presentes boa parte dos autores das novelas globais. Das amizades e dos contatos daquela noite, conseguiu o *briefing* da novela que estrearia dali a alguns meses. Por coincidência, uma das músicas que Tom fizera para Luiza se encaixava como uma luva no perfil do casal principal do enredo.

Com meia dúzia de telefonemas certos e com a uma gravação altamente profissional, a canção foi a escolhida para embalar um romance que, durante meses e meses, foi assistido pelas famílias de todo o Brasil. Quando a novela atingiu seu ápice, a música de Tom era a campeã de execuções pelo país todo.

Além disso, Kiki otimizou o projeto de outros artistas gravarem canções de Tom Pinheiro. Fez um projeto específico para que as obras fossem encaminhadas a artistas de vários gêneros. Estudou o amplo repertório inédito de Tom e o concatenou com as agendas de estúdio e de produções das gravadoras.

O próximo passo foi procurar os produtores de cada um dos CDs dos artistas escolhidos. A primeira regra era escolher muito bem a música a ser enviada. A segunda era fazer uma gravação de primeira linha da canção escolhida. A terceira era o argumento: aquela era uma canção do autor do recente sucesso de Ivete Sangalo. Isso abria portas e gerava espaços nas produções.

Vencidas essas etapas, o remédio era esperar e ocasionalmente reforçar o contato com pessoas que trabalhavam na assessoria do artista escolhido. A partir daí, além de muita paciência e obstinação, era preciso contar com a sorte.

E Tom Pinheiro demonstrou ter muita sorte.

Depois de Maria Bethânia e Ivete Sangalo, se sucederam outros intérpretes gravando as suas músicas. A baiana Daniela Mercury gravou, com sucesso, uma das canções. Ivan Lins, outra. Do gênero sertanejo, a dupla Victor e Leo, grande sucesso, assim como Paula Fernandes, idem. Daniel também. Com isso, paulatinamente, parte da produção de Tom passou a ser sucesso em todo o país.

Num espaço de tempo muito curto, aquele planeta de Eduardo Navarra, Armando Bianchi, Dr. Antonio e adjacências foi encaminhado para o mundo do esquecimento.

Em seu lugar, Tom Pinheiro emergia como uma aposta grande, promissora e viável comercialmente do mercado da música no Brasil.

A princípio errante, seu alvo, inicialmente, almejara simplesmente alcançar o terceiro andar de um prédio nos Jardins, em São Paulo. E, sem querer, alcançara a lua.

40

SONHAR MAIS UM SONHO IMPOSSÍVEL

Apesar do sucesso crescente, a saga continuava.

A cada tentativa frustrada de encontrar Luiza, Tom pensava em mais e mais coisas mirabolantes para tentar alcançá-la. Pensou que, à míngua de informações objetivas sobre o seu paradeiro, a internet seria um caminho a ser tentado.

Entre outras ideias que passaram a surgir, decidiu criar um blog sobre cinema. Esse era um elo entre eles. Não precisaria se identificar como Tom Pinheiro, poderia usar um pseudônimo. Mas usaria o site para comentar sobre os filmes que trocara com ela, incluindo no texto alguns dados ou comentários que a fizessem se identificar e concluir que ele estaria por trás daquilo.

Na verdade, ele continuava a anotar todos os filmes de que gostava e que imaginava que ela também fosse gostar. Foi assim, por exemplo, com o argentino *Abutres*. Ou *Vicky Cristina Barcelona*, de Woody Allen. Ou *Katyn*, do polonês Andrzej Wadja. *Anticristo*, de Lars von Trier. *Bastardos inglórios*, de Tarantino. *A pele que habito*, de Almodóvar.

Criou o blog sob o pseudônimo de Antonio Lemos. No início, postou comentários sobre dezenove filmes, todos de que se lembrava terem sido objeto de troca ou conversas com Luiza (*Dogville*; *Bagdad Café*; *Queda do império americano*; *Invasões bárbaras*; *Amores Perros*; *Harry e Sally*; *E sua mãe também*; *Império do sol*; *O poderoso chefão*; *O pianista*; *Cidade dos sonhos*; *Casamento grego*; *A festa de Babette*; *Adeus, Lenin*; *Fale com ela*; *A vida dos outros*; *Onde os fracos não têm vez*; *Quero ser John Malkovich*; *O labirinto do fauno*).

Colocou links do blog em todos os foros de discussão sobre cinema no Orkut e em outros blogs sobre o assunto. Sua expectativa é que, ao procurar ler algo sobre aqueles filmes, Luiza topasse com os seus textos.

O blog foi apenas uma das ideias que teve. Depois de meses entusiasmado com ele e com genuíno prazer por falar daqueles filmes, aos poucos foi deixando de escrever, ou por falta de tempo, ou por não receber nenhuma resposta, ou porque outras iniciativas lhe vinham à cabeça.

Inicialmente ponderadas, suas ideias passaram a representar verdadeiros delírios. Pensou em aproveitar os contatos de todos os artistas famosos com quem passara a interagir, vários dos quais se tornaram seus novos amigos, para gravar, de cada um deles, um "Luiza, fala com o Tom!" Não apenas pensou: **gravou** esses depoimentos com Lenine, Ivan Lins, Almir Sater, Maria Bethânia, Ivete Sangalo, Chico César, Nando Reis. Todos eles foram generosos, em especial Ivete, que, de improviso, soltou um "Você não sabe o que está perdendo em não falar com esse meu querido amigo, compositor da pesada, que adora você. Luiza, Luizinha, fala com o Tom, querida! Um beijo pra você". Tom ligou pessoalmente para cada um deles explicando rapidamente que uma pessoa importante, musa de várias canções, tinha desaparecido e que estava pedindo a todos os ídolos dela para gravarem mensagens conclamando-a a falar com ele. Fez os convites num tom jocoso, querendo abstrair o lado suplicante da tarefa. Combinou as gravações em camarins de shows, em estúdios, ou mesmo nas casas dos artistas, sempre acompanhado de um câmera, que fez todos os registros.

O plano de Tom foi ainda muito além.

Numa noite sonhou que estava com Luiza no Cinesesc, assistindo *Vick Cristina Barcelona*. De repente, a personagem que no filme é encenada pela atriz Scarlet Johnson se transformou em Luiza, e ele no personagem de Javier Bardem.

No sonho, e no filme dentro do sonho, eles nunca conseguiam se encontrar. Quando as mãos se tocavam, algo ou alguém os puxava para longe um do outro. Desse pesadelo Tom acordou com grande aflição, com uma sensação de vazio, de impotência.

Naquela manhã, decidiu que Woody Allen também deveria dar o seu depoimento para o projeto. Sim, pois era um dos cineastas preferidos de Luiza. Imaginou que ela se comoveria por ver como ele movera céus e terras para conseguir convencer aquele reservado estrangeiro a pronunciar algumas palavras em vídeo em favor de uma louca e obsessiva paixão de um artista brasileiro. Ligou para a esperta e antenada produtora e lhe disse, sem rodeios:

— Kiki, você vai conseguir o Woody Allen para os meus depoimentos.

— Tom, você enlouqueceu?

— É isso mesmo, Kiki. Tente falar com o pessoal do Woody Allen. Você já conseguiu coisas tão incríveis, vai conseguir mais essa.

Mas aquela empreitada era *sui generis*. Como conseguir que uma personalidade notoriamente esquiva e arredia como Woody Allen viesse a gravar um depoimento em favor de alguém que ele nem sequer conhecia, além do mais um desconhecido compositor daquele exótico Brasil, tudo por conta da fixação deste por uma mulher que desaparecera e que virara a flor de uma obsessão?

Kiki foi a Nova York. Conseguiu um almoço com Scott Lambert, agente da atriz Scarlet Johansson que conhecia Mr. Allen. Ela conhecera Scott num evento em Los Angeles, anos atrás, e, sempre antenada e zelosa com seu *network*, guardara com carinho o cartão do advogado, o qual nunca deixara de enviar mensagens nas festas de fim de ano e aniversários.

Agora seria a vez de ser recompensada.

— Esse seu artista é maluco, não é? – indagou Scott, um quarentão bem-apessoado, impressionado com a história que Kiki lhe contara. Ela levara as provas das gravações feitas com os artistas brasileiros – todos desconhecidos daquele americano típico, que os ignorava solenemente, de forma escancarada.

Mas foi tanta a insistência de Kiki, tanta a sua sedução e simpatia que Scott cogitou falar com Woody Allen sobre o assunto. Kiki levara de presente os discos de Tom, bem como uma caixa de CDs de Tom Jobim e todos os discos de João Gilberto, que ouvira dizer que o cineasta adorava.

Quinze dias depois, já em São Paulo, Kiki recebeu e-mail de John Burnham, representante de Woody Allen, solicitando que lhe enviasse o texto integral para o depoimento do cineasta.

Na verdade, só uma pessoa Tom não conseguiu, dentre os ídolos de Luiza: o ator americano Mathew Fox, que protagonizara o personagem Dr. Jack Shepard, do seriado *Lost*. Mathew estava gravando um filme, inacessível, e só teria possibilidade de atender a qualquer compromisso dali a seis meses. Tom não queria esperar. Em compensação, conseguiu o depoimento do ator brasileiro Wagner Moura, de quem Luiza era grande fã.

Depois de tais esforços hercúleos e desvairados e depois de editar esse material, Tom, de última hora, se arrependeu de tentar enviá-lo à sua musa ou colocá-lo no Youtube. Eram mais de quinze artistas dando depoimentos, tendo como fundo musical as canções que ele criara para ela, cada qual relacionada a cada um dos artistas escolhidos. Ficou muito bem editado, nada piegas, com uma finalização que tinha até certo humor charmoso. Mas ele achou, na reta final, que seria uma humilhação todas aquelas pessoas pedindo algo que ele, Tom, não conseguira sozinho. Pensou que Luiza o acharia um fraco. Um fraco criativo, sem dúvida, mas um fraco.

E voltou à sua saga.

41

ONDE ESTÁ VOCÊ?

— Tom, quero te apresentar meu amigo Samuel.

— Prazer, Samuel.

— Samuel é detetive. Ele vai localizar a moça para você.

Eram cinco pessoas numa mesa do bar Genésio, da Vila Madalena. Péricles, Paul, Tom, Samuel e Helton Altman, dono do bar.

Tom respondeu, entre constrangido e contrariado:

— Não quero, Péricles. Me desculpe, Samuel, não é nada contra você. Mas não é assim que eu quero.

Para ele, a busca incessante por Luiza só era suportável por causa das canções. Eram o antídoto que o protegia da infelicidade. E também porque, a cada tentativa frustrada, ele se recompunha criando uma nova música.

Para Péricles, fora o caso de perguntar: se Tom já era conhecido como artista e já começava a ganhar dinheiro com isso, por que não iria às últimas consequências? Por que não contratar um detetive, não mobilizar a polícia, a política, para encontrar finalmente Luiza?

Por isso convidara Samuel para aquele *happy hour*.

Mas Tom estava em outro momento.

Que passou a ocupar espaço dentro do seu espírito. No início paulatinamente, a partir do período em que ficou, obsessivamente, de vigília na frente de escritórios e prédios de apartamento, como um louco, à procura de um sinal da advogada.

Aí surgiu Kiki.

A partir daquele momento, quando suas músicas começaram a tocar nas rádios de todo o Brasil e se tornou um efetivo sucesso nacional e depois de todas as iniciativas que tomara, das malucas às ordinárias, compreendeu que só teria sentido alcançá-la de uma forma natural, espontânea. Se convenceu de que Luiza haveria de ouvir suas canções de forma natural, no rádio, na TV, numa roda de amigos. E então saberia que fora a musa inspiradora de todas aquelas obras, que – assim pensava – tinham o DNA de seu criador.

Não queria simplesmente saber onde Luiza estava. De que lhe valeria tal informação? Ela o rejeitara veementemente, por alguma razão, fruto de uma intriga, de uma mentira, da qual ele nem sequer imaginava. Para ela, naquele momento, ele era, certamente, uma lembrança asquerosa e distante. Cada vez mais distante.

Repetia, mecanicamente, a pergunta: de que me adiantaria encontrar Luiza agora, saber o que ela está vivendo? De verdade, ele queria tocá-la, emocioná-la, de uma forma espontânea. Era um projeto a longo prazo, mas digno de uma pessoa com nervos de aço. Como seria possível esperar o passar do tempo, as estações, os anos, sem se exasperar, sem se incomodar com as voltas que o mundo dava e como isso impactaria a vida dela? Quantos homens não terá conhecido? Quantas emoções não terá passado? Quantos prazeres? Quantas dores? Tudo isso distante de Tom, que, ao contrário, se alimentava diariamente daquela paixão, construindo maravilhas com a imagem de sua musa.

Na cabeça dele, cada vez mais se fortalecia a convicção de que a única forma daquela mulher voltar a ter interesse por ele e se emocionar com ele seria através da música que criara para ela. O que ele buscava era uma mágica simples, compreensível para qualquer um: a ausência do objeto da paixão o emocionara e o levara a criar canções. Essas canções, por sua vez, passaram a tocar em todas as emissoras de rádio. Por conta disso, chegariam aos ouvidos do objeto da paixão. E este, ao se identificar como musa inspiradora das músicas, se emocionaria e buscaria o poeta que as criou.

Esse era o roteiro. O único possível. E era isso o que ele tentava explicar na mesa do Genésio.

Péricles, em especial, não conseguia entender essa estratégia do amigo que chamou de *kamikaze* e suicida.

— Você vai se matar com essa expectativa de encontrá-la! Defina de uma vez essa situação! Samuel é um excelente detetive, que em uma semana te responderá se ela está casada, solteira, tico-tico no fubá, se mora com a família, se mora sozinha, onde trabalha, que carro tem, que praias frequenta etc. e tal.

Samuel assentiu com a cabeça.

— Isso qualquer um que tenha dinheiro faria para encontrar uma mulher. Mas meu objetivo não é simplesmente encontrá-la. O que eu faria com essa informação? O que quero é que ela volte a ter contato comigo espontaneamente, através das minhas canções, que provavelmente tocam onde quer que ela esteja nesse país.

E concluiu:

— Não quero incomodar a vida dela, quero que ela volte pra mim através da minha música!

Péricles não conseguia entender esse raciocínio. Paul também não. Ninguém conseguia entender.

Tom estava em outro momento de sua vida. Seu *modus vivendi* mudara. Saíra dos Jardins e comprara um grande e amplo apartamento no Itaim, digno de um artista do seu calibre e do seu bolso. Dinheiro passou a não ser problema, pois entrava de todos os lados: dos direitos autorais, da utilização de suas obras em publicidade, da venda dos discos e dos shows. Se quisesse, poderia fazer shows diariamente, tal a demanda enfrentada por seu escritório, coordenado por Kiki Mendonça. No entanto, ele preferiu limitar suas apresentações a três semanais, o que resultava em doze por mês. Gostava de viajar, e gostava de fazer shows, mas não queria que aquilo se transformasse em algo que dominasse toda a sua vida.

Tinha a necessidade de ter seu espaço, além da loucura de hotéis e aeroportos. Fizera no seu novo apartamento um espaço específico para criar.

Quatro anos haviam se passado, e ele continuava a compor e a escrever pensando em Luiza todos os dias. Em alguns dias, não chegava a concluir as ideias, mas anotava frases, trechos de linhas melódicas, que mais tarde desenvolveria e que virariam canções completas. Sua obsessão criativa não cessava. Cada uma delas, no fundo, era um choro solitário e diário, que ele transformava em música. Como todo estado de paixão, era um movimento ciclotímico. Da tristeza vinha a euforia, quando tinha algum bom argumento a respeito de um tema. Num dos dias, se divertiu ao pensar em como Luiza não tinha a mínima ideia de que era uma musa tão permanente e devotada. Escreveu um início de poema pensando nisso:

Vives seu tranquilo e discreto mundo do dia a dia, sem nem sequer imaginar todas as loucuras que faço em teu nome, todo santo dia

"Será que mais alguém no mundo teria essa obsessão?" Tom se perguntava. Já completava mais de mil dias de criação contínua. Com isso, sua usina criativa já alcançava a marca de centenas de canções ou poemas. Centenas, que dariam pra gravar mais de uma dezena de discos e livros de poesia.

Sem dúvida, aquela prática incessante representava um aprofundamento de sua arte. Ele burilava as ideias, aprimorava melhor as canções. No fundo, estava em busca da canção perfeita. Se identificara com o "rei" Roberto Carlos, que dissera isso numa entrevista. Na verdade, antes de lê-la, já tivera o mesmo pensamento.

Pensava que aquela busca da melhor palavra, do melhor verso, da melhor rima, da melhor ideia, da melhor poética, da mais bela linha melódica, do melhor refrão, tudo isso era uma busca da canção perfeita. De repente, num verso ele conseguiria sensibilizar Luiza.

Escreveu sobre isso no mesmo dia em que leu a entrevista de Roberto: "vai saber se na palavra ou no som/acende um brilho de neon/bem lá no fundo, coração, alma da gente".

Mais uma canção para Luiza. Deu-lhe o nome de "Decolagem".

Mais de mil dias depois, a Luiza que restara para Tom estava personificada em canções e poemas. Do outro lado, um silêncio sepulcral.

TERCEIRO ATO

O senhor sucesso

O final de 2014 trouxe um novo campeão na arrecadação de direitos autorais no país. Tom Pinheiro é o nome dele. Depois de anos liderado por artistas da chamada música sertaneja, o ranking do Ecad tem novo líder, que não é atrelado diretamente a nenhum movimento ou gênero musical específico. O segredo do sucesso talvez esteja no ecletismo das suas canções, gravadas por nomes tão díspares como Ivete Sangalo e Victor e Leo, Maria Bethânia e Paula Fernandes, Roberto Carlos e Ivan Lins. Paulista de Itapetininga, ex-jornalista e editor do jornal de música Tambores, *Antonio Lemos Pinheiro é o nome do momento na música brasileira. No decorrer dos últimos quatro anos, pelo menos doze canções de sua autoria frequentaram as listas das mais executadas em todo o país, bem como estão entre as mais vendidas nas lojas digitais de música. Campeão de links nas redes sociais, emplacou quatro canções em novelas de grande repercussão. Leia a entrevista que fizemos com ele, em seu amplo apartamento no Itaim, zona sul de São Paulo, num breve espaço na sua disputadíssima agenda, apertada devido às gravações e shows de lançamento de seu novo disco,* Volume 4.

P – Tom, você só gravou seu primeiro disco aos 50 anos de idade, época em que muitos artistas já estão se aposentando. Por que demorou tanto?

R – Eu só me senti preparado para esse passo quando cheguei aos 50 anos. Trabalhei em outras áreas, jornalismo, área jurídica, e antes do meu primeiro disco, que devo ao empenho do Roberto Petroni e do Ivaldo Rosa, meu produtor, não estava maduro o suficiente para registrar minhas canções.

P – Suas canções foram gravadas por artistas de áreas muito diferentes – sertanejo, axé music, pop, rock, MPB. A que você deve o sucesso em segmentos tão diversos?

R – Não escrevo nenhuma canção pensando no artista "A" ou "B". Eu simplesmente sinto necessidade de compor canções, e se elas servem a artistas diferentes, só tenho que agradecer a Deus por tê-los sensibilizado a gravar minhas obras.

P – Mas você não pensa num gênero musical quando está criando uma música?

R – Sinceramente, não. É claro que as músicas vêm com uma forma, e esta forma pode ser adaptada ao gênero, seja ele qual for. Nunca compus uma canção para axé music ou para rock, por exemplo, mas artistas dessas áreas gravaram minhas canções com essa intenção.

P – Que conselho você daria para os novos compositores que querem ter seu trabalho reconhecido?

R – Se apaixonem. Por pessoas, por ideias, por causas. E façam canções inspiradas nessas paixões.

P – Só isso? Você acha que essa receita é uma das razões do seu sucesso?

R – Tenho certeza que sim. Acho que as minhas músicas traduzem a verdade do momento em que são concebidas.

P – Você está apaixonado?
R – Estou sempre apaixonado.

42

IMPOSSÍVEL ACREDITAR QUE PERDI VOCÊ

Tom resolveu comemorar seu aniversário no novo apartamento. Há muitos anos não reunia amigos ou familiares nesse dia. Depois da sua história com Luiza, aquele tipo de reunião deixara de fazer sentido.

Além dos amigos próximos, como Paul e Péricles, e de alguns artistas, convidou os primos Plinio e Marcinha. Simone, sua ex-mulher, viera com o novo marido. Nina. Petroni. Kiki. Todos presentes. Cabral viera de Itapetininga, juntamente com sua mãe.

Tom estava feliz.

Num dado momento, estava numa sala enorme, que transformara em biblioteca, conversando com Paul e Cabral. A oportunidade de conhecer aquele tão famoso tio de Tom foi especial para o amigo. Afinal, desde que tinham iniciado a amizade, o velho advogado e guru era assunto obrigatório nos papos sobre música e cultura.

— Dr. Cabral, o senhor não imagina o prazer que tenho em conhecê-lo pessoalmente. Tom sempre falou muito do senhor.

— Paul, antes de mais nada o "doutor" e o "senhor" pode deixar de lado. Pode me chamar de Cabral. Tom é meu sobrinho preferido – disse, rindo da própria piada, pois só tinha ele como sobrinho.

Estava muito bem, apoiado em uma bengala, mas com boa disposição e demonstrando excelente memória.

— Oitenta e sete anos não é pra qualquer um... – disse Tom. — Será que eu chegarei até essa idade?

— O importante não é chegar até essa idade. O importante é chegar aos 87 com a saúde e a cabeça do seu tio. Isso é que é um privilégio... E ainda tomando um vinhozinho...

Cada qual com uma taça de vinho tinto nas mãos. Do vinho preferido de Tom: o português Esporão, do qual ele trouxera várias caixas da turnê por Espanha e Portugal.

Num dos cantos da biblioteca, quadros com alguns dos ícones de Tom. Uma gravura com Dom Quixote e Sancho Pança. Fotos dos Beatles, de Elis Regina e de Marilyn Monroe.

Falava sobre música e musas. Tom mostrava um livro que tinha comprado recentemente, *Músicas & musas – a verdadeira história por trás de 50 clássicos pop*, dos ingleses Michael Heatley e Frank Hopkinson. Começou a ler a orelha da edição:

Quem é a Emily da música "See Emily Play" do Pink Floyd? E a Lola dos Kinks? O que aconteceu com Suzanne Verdal, inspiração de Leonard Cohen para a música "Suzanne"? Depois que John Lennon escreveu "Dear Prudence" em um ashram indiano, o que será que mudou na vida de Prudence, irmã de Mia Farrow? O que havia de tão especial em Pattie Boyd para ter inspirado músicas tanto de George Harrison quanto de Eric Clapton? E o que aconteceu com Hermione Farthingale, "a garota com os cabelos sem vida", a ex-namorada que David Bowie cita em "Life on Mars?"

— Tom, você deveria entrar no *Guinness*! – Comentou Paul. – Aliás, você e sua musa inspiradora. Esses caras estão falando do fulano que fez a música pra sicrana. Você fez mais de 200 músicas para uma mulher só!

Cabral concordou com um movimento de cabeça.

— Sente-se, tio.

Sentou-se numa ampla poltrona de couro. Tom e Paul, que também estavam em pé, sentaram-se num pequeno sofá, também de couro, ao lado da poltrona.

— A diferença é que sua musa talvez nunca saiba que você fez tantas canções para ela...

O comentário tocou num ponto sensível de Tom. Como seria possível que a pessoa para quem fez tantas músicas e vários poemas simplesmente o riscasse da sua vida?

Exteriorizou esse pensamento.

Paul reagiu de uma maneira vigorosa, o que impressionou Cabral, que não conhecia esse lado veemente do amigo do sobrinho.

— Ah, quer dizer que só porque você a escolheu como musa ela está obrigada pelo resto da vida a te atender? Entenda o seguinte: você mitificou essa mulher. Pra você, ela é como a Marilyn Monroe, a Elis Regina, o John Lennon, o James Dean, o Che Guevara...

E apontou para a imagem de Marilyn Monroe, exatamente na frente dos três.

— Não entendi. O que têm essas pessoas a ver com ela?

— Todas essas pessoas morreram jovens. Não tiveram o ônus da impiedosa passagem do tempo. A imagem da Marilyn linda, loura, jovem é a que ficou. Mais algumas décadas e ela teria a imagem hoje de uma Brigite Bardot. Uma senhora, cheia de rugas e de comportamento criticável. A decadência física é inevitável. A Elis Regina, por exemplo, que morreu no auge do prestígio, ainda jovem e cheia de vida. A morte precoce a poupou, talvez, de possíveis álbuns ruins, de escolhas erradas, de perda de popularidade e importância. Ficamos com a imagem dela jovem e a força das suas gravações. Suas colegas de geração entraram em várias "roubadas", engordaram, envelheceram, e não têm o mesmo prestígio de antes.

— Mas o que isso tem a ver com a Luiza?

— O Che Guevara, se não morresse como herói na Bolívia, ainda jovem e bem-apessoado, seria hoje uma espécie de múmia, como o Fidel Castro, eternizado no poder. E isso aconteceu com todos os que morreram jovens. Não tiveram o desgaste de mostrarem um outro lado não muito honroso, inevitável na passagem do tempo.

— Pode ser, pode ser...

Cabral assentia com a cabeça a cada intervenção de Paul.

— Você conheceu a Luiza de TPM? Ou de cabelo tingido de loiro? Ou gorda? Com estrias e celulite? Ou sendo chata com você? Injusta? Agressiva?

— Injusta? Claro que sim. Ela é injusta comigo todos os dias. Me rejeita sem que eu nem sequer saiba a razão.

— Você sabe do que estou falando. Todas as mulheres vão passar pela maioria dessas coisas.

Paul continuou:

— Pois com a passagem do tempo, se você convivesse com ela, conheceria seu outro lado. Como o de qualquer mulher do mundo, da Luana Piovani à Monica Bellochio - disse, aludindo aos seus dois sonhos de consumo, em se tratando de figuras do sexo feminino.

Tom tinha a certeza de que aquele reencontro ocorreria um dia. Não haviam razões práticas para aquele otimismo. Nem tinha ele uma estratégia coerente para que tal objetivo fosse alcançado. Mas tinha uma convicção saída, certamente daquele universo de versos, rimas, ideias, notas musicais, lamentos, cantos que gerava, dia após dia. Com isso, ele se sentia cada vez mais próxima de Luiza.

Munido dessa convicção do reencontro, é como se cada dia fosse algo descartável, momentos sem importância que somente tinham sentido por representarem os passos para aquele inevitável e desejado caminho.

É como se Tom fosse um viajante do futuro retornando de anos à frente, sabendo, portanto, o que iria acontecer, e sendo condenado a viver minuto a minuto, hora a hora, dia a dia, mês a mês, ano a ano até aquele momento em que ele pegaria novamente nas mãos de Luiza, olharia em seus olhos, se deliciaria por sua gargalhada, a abraçaria demoradamente e lhe daria todo o carinho e desejo represados durante tanto e tanto tempo.

Tudo era menor, portanto.

E ele tinha certeza de que seria impossível tudo aquilo não chegar até ela.

— Tom, você precisa viver no mundo real. Você vive num universo paralelo, isso é doença. Isso não é saudável.

Pela primeira vez, Cabral parecia não concordar com o texto.

— Não tem nada de doença. Estou muito bem.

— Não está bem, não. Estava pensando ontem, você parece o personagem daquela peça *Esperando Godot*. O cara fica a peça inteira esperando alguém que nunca chega. E mais, pra você que gosta tanto de citar aquele livro antigo de leis portuguesas, como é o nome?

— *Ordenações Filipinas*. Foi meu tio que me indicou – disse, apontando Cabral.

— Ainda tem esse livro, Tom? – indagou o tio.

— Claro que sim, está ali – disse, apontando para uma das estantes.

Paul tomou fôlego e continuou:

— Pois é, *Ordenações Filipinas*. Você está parecendo aqueles fanáticos que esperavam a volta do Dom Sebastião, rei de Portugal. Assim como ele não voltou e os sebastianistas todos morreram, Luiza nunca mais vai voltar pra você. Desculpe-me por falar isso, mas eu tenho o dever, como seu amigo, de te chamar pra realidade.

Paul estava com a macaca naquele dia.

— Me desculpe, Dr. Cabral... Cabral, mas eu sempre falo isso para ele. Sei que entra por um ouvido e sai por outro, mas acho importante que ele ouça, de vez em quando, esse texto, para pôr os pés um pouco no chão.

Terminou a frase com um sorriso nos lábios. Olhou para uma das estantes e descobriu três volumes grandes e encadernados da coleção do jornal *O Pasquim*, que Tom comprara num sebo e lhe mostrara numa outra oportunidade.

— Tom, essa sua obsessão me lembrou um texto que li há muito tempo, do falecido Tarso de Castro, do *Pasquim* – e apontou os volumes.

— E depois colunista da *Folha de S.Paulo*... – comentou Cabral.

— Isso.

— Meio porra-louca, não é?

— Pois é, era sim, Cabral. Eu gostava muito dele. E uma vez eu li um texto dele que me faz lembrar essa história do Tom com a Luiza.

Tom se interessou.

— Ele narrou a história de uma namorada, por quem fora perdidamente apaixonado. E um dia essa menina o deixou. Ele ficou acabado, quis morrer, quis desaparecer, e isso durou meses e meses. Até que um dia e moça voltou, para pegar alguma coisa que esquecera no apartamento dele. E veio com um namorado novo, um cara meio bronco, meio fortão, sabe? E o Tarso contou que ao ver o objeto da sua paixão namorando aquele cara obtuso, seu amor por ela imediatamente desmoronou. Ele ficara meses e meses idealizando sua musa, a vida dela, tudo o mais, e a vida real mostrava que ela era do tipo que se apaixonava por um troglodita. E ele chorando por causa dela...

— Entendi o recado, Paul.

— Entendeu mesmo? Você mitificou essa mulher. Você precisa encontrá-la, e tenho certeza que com isso vai encerrar a história.

Cabral levantou a taça de vinho, apontou para a imagem de Marilyn Monroe e comentou:

— Se a Luiza te inspirou, Tom, porque é como a imagem da Elis Regina, ou da Marilyn Monroe, então um brinde a elas! Porque a verdade é que meu sobrinho me parece feliz, está muito bem financeiramente e é um artista que faz sucesso em todo o Brasil! E só estamos aqui hoje, nesse apartamento incrível, porque ele fez músicas para a sua musa!

— É verdade, dou a mão à palmatória. Um brinde à Luiza do Tom!

E os três brindaram à musa desaparecida.

43

NA PAULISTA OS FARÓIS JÁ VÃO ABRIR

A relação de Tom com São Paulo mudara radicalmente. Sem a mulher por quem se apaixonara, a cidade que ele escolhera para viver parecia ter perdido sua essência.

Foi o que pensou ao acordar entre lençóis numa fria manhã de outono. Ligara o rádio, e a emissora tocava uma de suas canções. Ele se sentia muito feliz a cada vez que isso ocorria, mas dessa vez nem isso foi suficiente para colorir seu estado de espírito. Levantou-se, abriu a janela e olhou para o visual que desfrutava da varanda de seu amplo apartamento, olhando do alto edifícios e avenidas. O sol vermelho amanhecia no meio dos prédios, repartido entre os arranha-céus. Sentiu um vazio imenso, em meio à beleza agreste daquele enorme espaço urbano, refletindo sobre o sucesso que tinha alcançado em sua carreira de cantor e compositor e pela tristeza que sentia, a cada manhã, sentindo a falta daquela mulher. Luiza levara consigo a alma da cidade.

Seu apartamento era esplendidamente bem decorado. Repleto de livros, discos e um enorme piano de meia cauda no centro da ampla sala de jantar. Num dos bairros mais valorizados da capital paulista. Ele alcançara, economicamente, muito mais do que imaginava.

Mesmo assim, em tudo ele sentia uma imensa saudade, pois a dona da sua inspiração passara pela maioria dos restaurantes que ele frequentava, pelas ruas do bairro onde morara, pelas avenidas pelas quais passara. Tom ia ao Parque Ibirapuera e se lembrava dela. Caminhava em direção à Praça Buenos Aires e passava pelas mesmas esquinas que ela trilhara, em caminhadas de fins de semana. Os shoppings. A Avenida Paulista. Tudo era Luiza.

Caminhando pelas ruas dos jardins, em diversos vultos femininos ele julgava tê-la identificado. Eram mulheres jovens, indo para o trabalho, com os mesmos cabelos escuros e longos, com a mesma silhueta, com a iminente probabilidade de que ela surgisse, a caminho de algum escritório de advocacia.

"Na paulista os faróis já vão abrir". A canção de Eduardo Gudin e Costa Netto, na voz de Leila Pinheiro, tocava agora no rádio. As manhãs da Galeria dos Pães, dos beijos, dos namoros matinais, das risadas agora eram uma imensa saudade, que não cabia no seu peito.

"Você sabe quantas noites eu te procurei, pelas ruas onde andei". A canção, no mesmo compasso das suas reflexões. Ele a procurara por toda a cidade, incessante e tenazmente, até ter a certeza de que se mudara. Essa confirmação lhe veio através de Maria Fernanda, advogada com quem almoçara dias antes. A única das suas amigas que conhecera pessoalmente Luiza. Também saíra do Mendonça, Navarra e Guimarães cerca de um ano após a saída de Tom. Mas tinha contato com Miriam, a amiga de Luiza, que saíra do escritório ainda antes dela, pouco tempo após a saída de Tom. Almoçara com ela. Num dado momento da conversa, falaram dele, Tom. Um grande sucesso da música brasileira. Foi então que recebeu a confidência de Miriam: tivera notícias de Luiza, e ela não estava mais em São Paulo. Provavelmente voltara para Aracaju.

A notícia o impactou profundamente. Ele tinha certeza de que a encontraria na metrópole novamente. Aquele era o espaço deles. Ali eles tinham se conhecido e se envolvido. A cidade estava repleta de referências da relação que tiveram. A notícia de que ela abandonara a pauliceia lhe causou uma profunda decepção.

Ela desaparecera numa cidade enorme, verdadeiro continente. Mesmo assim, Tom sempre a sentia próxima, por pensar que viviam no mesmo espaço, sob o mesmo céu, vivendo sob o mesmo fuso, nas mesmas estações, respirando o mesmo ar poluído, sofrendo e gozando das mesmas dores e delícias da cidade imensa.

Agora era diferente. Sem ela, se sentiu inexoravelmente só.

Foi sob esse impacto que escreveu os versos:

Nossa big metrópole é um gueto
É retrato em branco e preto
Sem as cores que eram tuas

Outras canções vieram na sequência, como resultado do imenso desencanto e do aprofundamento da sensação de perda que sentia.

Sua carência chegou ao máximo, misturando-se com a vontade de vê-la. Passava a valorizar cada migalha do que poderia ter sido a convivência com ela. Pensava então, com dor no peito, quem seria, naquela manhã, o destinatário de suas mensagens. Que felicidade daquela pessoa! Quem trocaria telefonemas com Luiza a cada manhã? Quem tiraria fotos dela e guardaria no arquivo do celular? Em que Instagram, em que Facebook, em que perfis e murais estariam esses segredos, essas imagens que ele daria tudo para compartilhar?

Que ouvidos guardariam seus mistérios? Que espaços sentiriam o contato dos seus dedos? Que pisos receberiam o compasso dos seus passos? Que olhos teriam o prazer de admirar as suas imagens? Que ouvidos teriam o privilégio de ouvir suas gargalhadas? De ouvir suas estórias? Que vozes teriam a riqueza de conversar sobre a vida, sobre banalidades, sobre filmes e livros? Que pessoas compartilhariam seus caminhos, seus desabafos, seus sorrisos e suas lágrimas?

Tom sentiu uma profunda inveja dessas pessoas, do fundo de sua alma. Ele alcançara um mundo inimaginável por causa dela. E ao mesmo tempo sentia uma saudade incurável e um desencanto pela vida, exatamente pela razão do mesmo motivo de toda a sua inspiração: a ausência do objeto da paixão.

Pegou o relógio digital, que deixara ao lado da cabeceira da cama. Ao afivelá-lo em seu pulso, sentiu o toque do que restava da fita do senhor do Bonfim, delgada e fina, quase um arremedo de pano. Resistia em seu pulso simbolizando uma improvável e quixotesca esperança, subjugada pela realidade que cada vez mais teimava em lhe dizer não, não e não.

44

TU ME ACOSTUMBRASTE A TODAS ESAS COSAS

A relação de Tom com a língua espanhola vinha desde a adolescência. Tio Cabral tinha discos de Lucho Gatica e Mercedes Sosa em sua discoteca. Gregório Barrios era o intérprete que trazia obras de Agustin Lara, Armando Manzanero, Roberto Cantoral.

Gostava da sonoridade da língua espanhola.

Mais tarde, na república da Rua Bartira, tivera um companheiro, Omar Marizcurrena, uruguaio que estudava Direito na PUC. Com ele, aprofundou o gosto pelos boleros e pelas palavras expressivas proferidas pelo colega.

Com a convivência, mais e mais concluiu que várias palavras em espanhol eram muito mais expressivas e contundentes do que as suas correspondentes em português.

— Verguenza. Veja que palavra expressiva! Verguenza! Faz a nossa "vergonha" ficar com vergonha!

Omar ria.

— Tu me acostumbraste. Muito mais charmosa do que a mole "tu me acostumaste". Não tem comparação!

E cantava o bolero do mesmo nome, um dos seus preferidos, de autoria do cubano Frank Dominguez.

Começou a ler em espanhol. Tinha um grosso volume de *Dom Quixote* na língua natal de Cervantes, que leu de cabo a rabo. Edição antiga, que comprara num sebo.

Fez um curso de conversação em espanhol e, partir daí, se tornou fluente na língua. Com o passar dos anos, concluiu que essa vantagem fora uma das razões de sua derrocada. A fluência em espanhol fora uma das justificativas para que os sócios do Mendonça, Navarra e Guimarães o enviassem a Barcelona, em julho de 2008, na viagem que se tornara o grande pesadelo da sua vida.

Pois agora iria voltar à Espanha. Kiki agendara uma pequena turnê pela Península Ibérica. Lisboa, Guimarães, Porto, Zaragoza, Barcelona e Madri. Teve pesadelos com a ideia de voltar ao país do qual tinhas as piores recordações. Mas a viagem lhe fez bem. Pacificou as lembranças. Teve ótimo *feedback* nos shows em Barcelona e Madri. Exorcizou os fantasmas de 2008. Interessado no *Dom Quixote*, se surpreendeu com a relevância da imagem de Cervantes no dia a dia do país, nas ruas e praças e nos nomes de institutos, escolas e órgãos culturais. Estátua do escritor e de seus personagens Quixote e Sancho por todo o país, como a enorme, em metal, que conheceu na Plaza de Espanha, no centro de Madri.

A história do homem de La Mancha se tornara um guia para sua busca obsessiva. Se identificava com aquele cavaleiro solitário. Luiza era como os moinhos de vento. Inalcançável. Impossível. Sua Dulcineia de carne e osso.

Na volta ao Brasil, se encontrou inesperadamente com Priscila Guimarães no aeroporto de Bajadas. Estava com o marido, voltando de férias na Europa. Nunca mais haviam se falado, desde que saíra do escritório. Meses atrás, soubera da presença da advogada na plateia de um show que fizera em São Paulo, embora ela não tivesse ido ao camarim. Das lembranças dos sócios do escritório, a dela era a mais amena.

— Tom, que sucesso! Fico muito orgulhosa de você!

Tom agradeceu e sentiu que o elogio era sincero. Conversaram amenidades e combinaram um café enquanto esperavam o voo para São Paulo. Iriam no mesmo avião.

Num dado momento da conversa, quando o marido tinha ido ao toalete, Priscila mudou o tom para falar de Eduardo. Ele nunca mais soubera do que ocorrera após as suas denúncias.

— Fizemos uma revisão das quotas societárias, e ele, como era minoritário, ficou nas nossas mãos. Passamos a reduzir a sua atuação, e ele deixou a sociedade um ano depois. Fizemos um acordo e uma revisão criteriosa de todas as ações judiciais envolvendo os amigos dele. Eduardo nos indenizou pelos prejuízos e aos nossos clientes. Tudo sigiloso, claro. Confidencialidade. Estou lhe contando porque foi você o responsável pela descoberta do lado criminoso dele.

— Falou bem, Priscila. Criminoso, essa é a palavra.

— Temos agora um novo sócio, Fulvio Antonini. Excelente pessoa. O escritório vai muito bem.

— E o Armando Bianchi?

— Foi mandado embora alguns meses após a sua saída. Depois, soube que se tornou sócio do Eduardo. Abriram um outro escritório com o outro advogado, Ivaldo Pessoa. Tom, a propósito...

— O quê?

— Há algo de que você precisa saber. Já há muito tempo que queria ter essa conversa com você, mas a Debora me proibiu, a princípio, depois o tempo foi passando...

— Que conversa é essa?

— O Eduardo confessou, antes da saída do escritório, que forjou uma história mentirosa para que a Luiza pedisse demissão e ficasse com ódio de você. Isso foi no momento de "sincericídio", em que ele contou toda a sua folha corrida dentro do nosso trabalho, com um tom, inclusive, de certo orgulho. Psicopata...

Tom empalideceu. Sempre soubera disso. Mas agora alguém confirmava suas suspeitas.

— Adulteraram alguns e-mails seus. Como ele tinha o controle do setor de informática, utilizou o técnico, que era da sua confiança, para clonar sua senha do e-mail funcional. Fizeram de uma maneira a não deixar rastros, apenas para adulterarem dois e-mails nos quais você contava mentiras a respeito de Luiza. E-mails enviados a Armando e Eduardo.

— Que mentiras?

— Que ela seria a culpada pelo incêndio, que teria chantageado você, que seria uma pessoa inidônea. Mostraram esses e-mails a ela.

Tom se descontrolou e esbarrou na xícara de café que tomava, virando-a na blusa branca que a advogada usava.

— Me desculpe! Mil desculpas!

E, estabanadamente, passou a colher vários guardanapos de papel para limpar a mancha escura que se fixara na blusa clara.

— Tudo bem, tudo bem, Tom – disse Priscila.

Nesse momento, o marido retornou. A tempo de ouvir o final da conversa. Tom estava aturdido.

— Tom, eu que lhe devo desculpas. Fico até com certa vergonha de lhe dizer isso, mas você deveria saber disso há três anos, no mínimo. Você tinha o direito de saber. Mas a Debora me fez prometer que não iria contar pra você. Não queria que você soubesse.

Tom não sabia o que dizer. Estava revoltado com a revelação. E agora, o que fazer com aquilo? Não sabia onde Luiza estava. Anos tinham se passado. Como usar aquela notícia a seu favor?

— Posso lhe fazer um pedido?

— Diga, Tom.

— Preciso de algum documento, alguma coisa que contenha essa revelação que você acaba de me fazer.

— Não posso fazer isso, Tom. Prometi à Debora que não diria nada a você.

— Agora você já disse, não dá pra voltar atrás.

— Tudo bem, é justo que você saiba. Mas escrever um documento é algo comprometedor...

Tom a interrompeu.

— Minha vida se tornou um inferno por causa dessa fraude que Eduardo e Armando cometeram. Você me deve essa. Eu tenho esse direito. Débora não precisará saber. Usarei esse documento de forma que ela jamais saberá que ele existe.

— Vou pensar.

— Será a única maneira de eu provar para Luiza que eu não sou o canalha que ela pensa que sou. A única maneira. E só você poderá me conceder isso.

Chegaram a São Paulo, trocaram telefones, e dois dias depois Tom recebia um envelope com o logo do escritório Mendonça, Antonini e Guimarães. Dentro, uma declaração de Priscila Guimarães confirmando que Eduardo Navarra e Armando Bianchi tinham fraudado dois e-mails de Tom para comprometê-lo perante Luiza Nabuco da Costa.

Exatamente no instante em que a empregada lhe trouxe o envelope, Tom estava com o violão, cantando o final da canção de Frank Domiguez, que lhe lembrava Luiza:

Por eso me pregunto
Al ver que me olvidaste
Por qué no me enseñaste
Como se vive sin ti?

Cantava essa canção com sentimento e surpresa, pois acabara de descobrir, em ocasional pesquisa no Google, que uma das mais importantes intérpretes daquela canção era a artista mexicana Chavela Vargas, que, após uma carreira bem-sucedida no gênero e a posterior decadência obtida pelo consumo excessivo de álcool, fora redescoberta em 1992 por Pedro Almodóvar, que resgatou seu talento agora com quase 80 anos, apresentando-a em seus filmes *Kika*, *A flor do meu segredo* e *Carne trêmula*.

Tom achou perfeita a conexão. Luiza. Chavela Vargas. E Pedro Almodóvar.

No mesmo dia, enviou duas cartas: uma para Luiza, no endereço da mãe, em Aracaju, outra para Maria Fernanda, com o pedido para entregar o conteúdo a Miriam, a única amiga de sua musa. A mesma que confidenciara que ela deixara São Paulo. Para Luiza, uma longa carta, com a declaração em anexo. Para Miriam, a mesma declaração, com um bilhete, dizendo: "Você e a única pessoa que pode fazer chegar a Luiza uma injustiça de mais de seis anos. Me ajude, por favor".

45

FELICIDADE É UMA CIDADE PEQUENINA

Depois de anos sem um descanso, Tom combinou com Paul um fim de semana na casa do amigo em Barra do Sahy. Lembraram-se da última viagem, quando tentara apresentar amigas da esposa a Tom. Muita coisa tinha acontecido desde então. Agora ele era uma celebridade, uma pessoa pública, e sua presença causava alvoroço.

Fazia tempo que não conversavam com tempo, com calma. Tom se queixava do excesso de compromissos. Mas, ao mesmo tempo, reconhecia que aquela vida louca o protegia, de certa maneira, do crônico desconforto que a ausência de Luiza lhe causava.

— Ainda não esqueceu essa mulher?

— Paul, continuo a mesma pessoa de seis anos atrás. A mesma. A diferença é que minha agenda me impossibilita a canalização da minha dor e saudade para a música, com a mesma fluência de antes. O tempo passa assim.

— Mas já se passaram tantos anos...

— Seis anos, dois meses e vinte e três dias.

— Isso não vai acabar nunca? Essa coisa mal resolvida?

— Só quando eu a reencontrar.

— Você vai acabar sozinho, Tom. Veja, a Raquel, que ficou muito a fim de você, se casou com um outro advogado. Verdade que sempre pergunta de você, segundo a Carolina...

Paul era uma pessoa franca e direta. Achava um absurdo a continuidade daquela obsessão, mesmo passados tantos anos. Como fazia tempo que não conversava coisas íntimas com Tom, ficara com a impressão de que tudo estava resolvido. Que Luiza era uma lembrança distante, mas não algo vivo, que ainda incomodasse o amigo. Mas não quis dizer com todas as letras, por respeito, que achava tudo aquilo uma grande sandice. Tinha certeza de que Tom tinha algum distúrbio psíquico, alguma doença, não era possível aquela obsessão sem fim.

— Tom, você já pensou que essas músicas todas que você fez pra ela são a força que a mantém viva incomodando você? Mesmo depois de tanto tempo, você não consegue virar a página!

— Pode ser. Mas não posso desinventar essas canções, não é verdade? – sorriu Tom. Eu canto essas canções todos os dias, seja em gravações, seja em shows, seja sozinho em casa. Elas são o meu tesouro, afinal de contas. Me deram tudo o que eu tenho hoje, tanto material quanto profissionalmente. Eu alcancei algo que jamais imaginara. E continuo a compor pensando nela, sempre que meu tempo permite. Só sei fazer assim, entendeu?

O fim do dia na Barra do Sahy estava lindo. Estavam apenas Paul e Tom na praia, enquanto as crianças se divertiam na água. Carolina trouxe um balde de gelo com um vinho branco excelente. A conversa fluía.

— É incrível. Você compôs todas essas músicas para uma única mulher que nem sabe que você existe, que sumiu no mundo. Que nem sabe dessas músicas...

— Tenho certeza de que ela sabe. A não ser que ela tenha mudado de planeta.

— Ela pode não ouvir rádio...

— Paul, impossível ela não saber das minhas músicas. Impossível ela não saber que essas músicas, ou pelo menos algumas delas, foram feitas pra ela. Se ela não ouve rádio, alguém ligado a ela ouve ou ouviu. Ou ouviu as trilhas das novelas. Ou me viu na TV. Ou na internet. Ou ouviu as gravações da Ivete, do Victor e Leo, do Maria Bethânia, da Maria Rita, do Skank, da Daniela Mercury, do Lenine, de todas essas pessoas que gravaram minhas músicas... Esteja ela onde estiver, ela sabe que eu existo, e que hoje eu sou um cara famoso e importante por causa das músicas. E ela sabe que tudo foi feito pra ela.

— Pois eu acho que ela não sabe de nada, que nunca ouviu nada.

E, olhando para o mar azul, comentou:

— Essa história merecia um livro. Já pensou nisso?

Tom riu.

— Paul, meu negócio é fazer canções. É isso que eu deveria ter seguido desde a universidade. Demorei trinta anos pra aprender isso, e sou muito feliz por ter conseguido me realizar. Minhas canções já contam essa história, não preciso de livro. Além do mais, concordo totalmente com o Caetano Veloso, quando ele diz que "se você tem uma ideia incrível é melhor fazer uma canção".

— Você já pensou que se você tivesse ficado de vez com ela essas músicas não existiriam? E você não seria famoso e rico como é hoje?

Tom silenciou. Pegou a taça de vinho branco e a levou aos lábios, sorvendo calmamente aquele líquido refrescante e de ótimo sabor. Já tinha pensado nisso, é claro. Todo o ímpeto criativo que o dominava há anos vinha da ausência. Da dor. Do inconformismo. Se tivesse ficado com Luiza, se casado com ela, tido filhos com ela, provavelmente nada daquilo existiria. Mas ele teria saciado o desejo imenso por aquela mulher. Certamente seria feliz.

— Você é feliz, Tom?

Tom gargalhou. Se lembrou da conversa que tivera com Paul naquela mesma praia anos antes.

— Sou feliz com o que conquistei. Tenho orgulho e satisfação de ter conquistado tudo o que podia como compositor, em tão curto espaço de tempo.

— Mas você não tem Luiza. Você trocaria tudo isso por ela?

— Paul, lembra-se daquela nossa conversa anos atrás, quando fiz a mesma pergunta a você?

— Claro que sim. Por isso fiz a pergunta – disse, com um sorriso nos lábios.

— Então lembra-se da história que contei sobre o meu tio, certamente.

— Sim.

— Pois bem. Por mais feliz que eu seja hoje, há momentos em que penso que trocaria tudo isso para viver com Luiza numa casinha de praia. E aí sim, quem sabe, seria plenamente feliz.

QUARTO ATO

Estou numa festa estranha, com uma taça de vinho tinto nas mãos. Gente que não conheço circulando, garçons e bebidas. Reconheço algumas pessoas: Gabriela, que fazia curso de processo civil comigo em São Paulo. Massimo, Cristiana, amigos de Sergipe, que também moram na capital paulista. Isabela, minha vizinha e companheira de caminhadas na Praça Buenos Aires. O que essas pessoas todas fazem em Aracaju? Ou sou eu que estou em São Paulo? Passam por mim, dizendo coisas no meu ouvido, como se fossem segredos. Mas não escuto nada, não compreendo nada. Tento falar, mas ninguém me escuta. Apenas sorriem.

Estou numa sala enorme, num apartamento maior ainda. Belos quadros na parede. Estou sonhando, sonho muito louco. Aquela sensação de que você sonha, mas parece estar acordado, com a consciência de que está sonhando. Estou assim, meio delirando, meio acordada. Há uma varanda, e de lá vem um som indefinido. Todos passam a me encarar. Arrepio nervoso. Abrem caminho para a minha passagem, em direção à varanda.

Ouço um alarido cada vez mais alto, à medida que meus passos avançam. Na beirada da sacada, alguns olham para baixo, interessados em alguma coisa. Estamos no segundo ou terceiro andar de um prédio. Chego finalmente à murada, e olho para baixo. Há alguém cantando e tocando violão, olhando para cima.

Olhando para mim! Por isso todos me olham, como se soubessem que sou a destinatária da cantoria.

Mas não escuto nada! Parece um filme de cinema mudo. Ouço o burburinho de falas ao fundo, barulhos ao longe, buzinas. Só não ouço a voz do cantor, o que me dá um surdo desespero. Sinto meu rosto arder. Enrubesço, sinto vergonha da situação, de ser o centro daquelas estranhas atenções.

Meu coração dispara. Reconheço os traços do seresteiro. Quem canta é ele, Tom Pinheiro. Aquele filho da puta. Que pesadelo! Olho para o lado direito, e as pessoas continuam a me fitar sorrindo. Me sinto dentro do filme O bebê de Rosemary, *de Polanski, com aqueles sorrisos cínicos dos adoradores do diabo. Num arrepio, percebo que todos eles parecem estar ouvindo a cantoria. Menos eu, que não ouço nada. Olho pra baixo, e ele continua a me olhar e sorrir. Só vejo os movimentos dos seus lábios e das suas mãos no violão. É uma cena exasperante, como um filme surreal. Quero sumir desse lugar. Que é isso, que sonho estranho, que pesadelo terrível é esse?*

46

ME DEIXA EM PAZ QUE EU JÁ NÃO AGUENTO MAIS

Já há semanas, algo estava inquietando Luiza. Não sabia bem o que, pois a vida lhe parecia perfeitamente adequada, desde que retomara a normalidade profissional e pessoal. Os desvios de rota a tinham tornado uma pessoa mais dura e experiente, e quando voltava os olhos e a mente para algumas decisões do passado, tinha a certeza de que teria agido diferente.

Em especial, quanto à sua experiência em São Paulo. Aquele envolvimento com Tom Pinheiro fora algo totalmente inadequado, e ela voltara à sua terra guardando imensa mágoa da experiência. Principalmente porque confiara nele e fora enganada.

Lembrava-se de cada detalhe como se fosse hoje. Tinha se envolvido com ele como uma adolescente. Várias pessoas a tinham alertado dos perigos daquela ligação. Mas gostava de Tom, e acreditava que no final ficariam juntos. Ele prometera isso, e ela confiara em suas palavras.

A verdade é que ele esticara a corda até o limite do suportável. Já estava insustentável quando viajou pra Espanha, mas a promessa era de que na volta tudo se resolveria. Viera aquele terrível incêndio, e a partir daí ela teve um sentimento de desamparo como nunca na vida, à mercê de pessoas pouco confiáveis.

Ele estava demorando muito pra resolver a situação. Às vezes pensava que queria ficar com um pé em cada canoa, o que lhe seria muito confortável. Mas assegurara, com grande convicção, que no retorno da viagem tudo seria resolvido.

Não tinha intimidades naquele escritório, a não ser com ele. E com Miriam, sua amiga. Os demais, sempre dizia, jamais seriam seus companheiros de chopp num *happy hour*.

Tudo culminara com aquele desfecho lamentável. Dois dias após a viagem dele para Barcelona, quando estava sentindo saudades e ansiosa por seu retorno, Armando a chamara a sua sala. Ela simpatizara com ele desde o primeiro momento. Fora muito atencioso, sempre. Além do mais, era um gato, o que causava ciúmes em Tom. Se não estivesse envolvida com ele, talvez tivesse algo com o novo advogado.

Parece que está revendo a cena, instante por instante, como no "copião" de um filme. Entrou na sala de Armando, e ele tinha um papel nas mãos. Pediu que ela se sentasse e entregou-lhe a folha. Disse-lhe apenas:

— Leia.

Era um e-mail impresso. Identificou no alto o remetente: antoniopinheiro@mngadv.com.br. O e-mail oficial de Tom no escritório. Os destinatários eram armando.bianchi@mngadv.com.br e edunavarra@mngadv.com.br.

O teor da mensagem a fez desabar.

Prezados,

Para encerrar de uma vez por toda essa questão do incêndio, cuja investigação está sob os cuidados do Dr. Armando, e na qualidade de coordenador, esclareço que a responsável pela negligência com relação ao ar-condicionado de sua sala e, portanto, a responsável pelo incêndio é exclusivamente a Dra. Luiza Nabuco da Costa.

Espero que tal informação sirva como subsidio à apuração dos fatos e defina as respectivas responsabilidades, a critério de vocês.

Saudações,
Antonio Lemos Pinheiro
Coordenador.

Um estranho e intenso sentimento de perda se apossou dela, como se tivesse morrido alguém muito querido. Lívida, confusa, balbuciou palavras desconexas. Terminou a leitura trêmula, com o papel escapando-lhe das mãos.

Percebendo o abalo da moça, o advogado pegou uma segunda folha de papel sulfite que estava sobre a mesa e, também entregando-a nas mãos de Luiza, grunhiu:

— Leia esta também!

Era mais um e-mail do mesmo remetente e enviado apenas a Eduardo Navarra. Luiza mal conseguiu lê-lo, tal o abalo que sentiu em cada palavra do texto.

Eduardo,

Com toda sinceridade, tenho tentado de tudo para resolver a questão com a Luiza. Mas ela está me chantageando, pedindo dinheiro para sair do escritório e para não contar nada a Debora e a vocês. Já terminei com ela, já tentei um acordo, mas foi infrutífero. Jamais imaginei que chegasse a esse ponto. Essa mulher é uma tremenda de uma mau-caráter. Vou resolver isso quando voltar de viagem.

Abraço,
Tom.

Sentiu como se uma lança tivesse sido fincada fundo em seu peito. A dor era dilacerante. Decepção, horror, repulsa, todos os sentimentos ruins se apoderaram dela naqueles instantes.

Aquele homem que lhe falara tantas coisas, que chegar a lhe escrever uma música! Que lhe fizera promessas, que a seduzira, compartilhara com ela momentos íntimos! Era um traidor, mau-caráter, canalha, cafajeste! Que ser desprezível!

Armando demonstrou perceber sua intensa decepção.

— Lamento, Luiza. Estou apenas lhe dando ciência dos e-mails. O primeiro eu também recebi. Fui conversar a respeito com o Dr. Eduardo, e ele me autorizou a mostrar esse segundo e-mail, que foi enviado somente a ele.

Desabou a chorar, copiosamente. Ele lhe deu uma caixa de lenços de papel, quase como se estivesse esperando pela cena.

Ela balbuciou:

— Não posso continuar... Não posso continuar aqui...

— Calma, Luiza. Esfrie a cabeça. Muita calma. Quer um chá?

Assentiu com a cabeça. O chá veio, e ela ficou no mais absoluto silêncio, soluçando compassadamente, a pensar naquela tremenda decepção, vinda da pessoa a quem estava entregando o coração.

Sorveu o chá de camomila, enxugou mais uma vez as lágrimas e exclamou, decidida:

— Quero ir embora. Não quero mais ficar nesse lugar.

— Calma, Luiza. Vá pra casa, pense bem, com calma. Sinto muito pelos e-mails. Não sei a razão pela qual ele escreveu essas coisas, qual é a intimidade entre vocês...

— Quero minha demissão! – repetiu ela, aumentando o volume da voz.

— Calma. Vá pra casa. Amanhã cuidaremos disso, se você continuar a pensar dessa maneira.

Não ocorreu a Luiza, no auge do seu desespero e revolta, o insólito fato de que aquele seu interlocutor somente ingressara no escritório há cerca de um mês. Estranhamente já dava as cartas e se posicionava com mais propriedade do que o próprio Tom Pinheiro, que trabalhava ali há anos.

Aceitou aqueles e-mails como verdade absoluta. Conhecia o endereço do e-mail de Tom, e, portanto, concluiu que tudo era verdadeiro. Tudo isso veio em meio à grande incerteza e insegurança quanto à sua relação com ele, à falta de definição, aos riscos envolvendo seu coração e seu trabalho. Seus piores pesadelos se confirmavam. Como ele pudera ser tão canalha, tão abjeto, chamando-a de mau-caráter, mentindo que ela o estava chantageando? Também passou por sua mente a simpatia que sentia por Armando e a sensação de que ele não a prejudicaria.

Tom estava do outro lado do oceano.

Enxugou as lágrimas e estava saindo da sala, quando ele lhe disse:

— Pode contar comigo para o que for! Qualquer coisa!

Luiza agradeceu e saiu daquele ambiente como quem deixa as portas do inferno.

"Que decepção, meu Deus! Que tragédia! Que filho da puta! Que filho da puta! Como se atreveu a me trair dessa maneira? O que ele pretendia com isso? Ficar bem com os sócios do escritório? Me entregando de mão beijada às feras? Certamente que ela já pretendia me rifar!"

Pensou em telefonar ou enviar um e-mail para ele naquela noite mesmo. Mas os minutos e as horas foram se passando e ela se acalmou, concluindo que a melhor maneira de responder àquela postura infame de seu ex-ficante e futuro amor seria o mais absoluto silêncio.

"Vou matá-lo com meu silêncio", pensou, jurando a si mesma que jamais em sua vida queria saber qualquer coisa sobre Antonio Lemos Pinheiro. Nunca mais teria notícias dele. Nunca mais! "*E nunca mais ele saberá de mim*".

Dominada pela ira e pela revolta, decidiu se desligar do escritório no dia seguinte e desaparecer. Viajar. Ficar em Aracaju, na casa da sua mãe.

Sabia que Tom a procuraria com intensidade. Mas o silêncio seria sua vingança. Decepcionada, ferida, humilhada. Daria a volta por cima. Se vingaria.

Já no dia seguinte, após acertar os termos da rescisão, embarcou num voo noturno para Aracaju, onde ficaria até definir o seu futuro pessoal e profissional. Saiu das redes sociais, e apenas dois ou três amigos de confiança sabiam de seu paradeiro.

Decidiu não mais manter relações com ninguém do Mendonça, Navarra e Guimarães, com exceção de Miriam, a única que considerava de sua confiança e que, em sua solidariedade, pedira demissão poucos dias depois. Com Armando, que lhe dera grande apoio naquele momento difícil, pretendia continuar a trocar e-mails, embora sem dizer em que lugar estava.

Quase três semanas depois, retornou a São Paulo e a seu apartamento. Enviara currículos para escritórios e conseguira agendar entrevista num de porte médio, na Avenida Rebouças, não muito longe da sua casa.

Foi contratada e iniciou um novo ciclo. Manteve o apartamento alugado, mas passou a morar com uma prima em Guarulhos. Pelo menos durante algum tempo, queria ficar longe de qualquer possibilidade de Tom alcançá-la. No seu antigo prédio, a informação era de que "se mudara". Na verdade, pretendia, a médio prazo, retornar para os Jardins, mesmo porque demorava quase duas horas no trânsito de Guarulhos até a Avenida Rebouças. Aquele sacrifício era necessário, pois não queria de maneira alguma permitir o mínimo acesso de Tom Pinheiro à sua pessoa. Sabia que ele iniciara uma busca incessante sobre seu paradeiro.

No novo escritório, sob o argumento de que tinha um "louco que a perseguia", obteve o compromisso de que seu nome não figuraria no site da sociedade. Além disso, como seu trabalho era apenas referente à análise de contratos, não tinha o nome envolvido em ações judiciais, e consequentemente as publicações dos tribunais não trariam sua identificação. A preocupação era com o Google. Sabia que seu ex-ficante (era assim que ela se referia a ele) estaria a procurar, incessantemente, seu nome na internet.

Sete meses se passaram, e Luiza já estava se acostumando com a situação. Começou a namorar um advogado, voltara para seu apartamento, tendo combinado com o porteiro para sempre dizer que ela se mudara.

Armando não respondera a um e-mail que ela enviara. Trocou mensagens com Miriam durante cerca de um ano e meio. Depois, perdeu o contato, quando mudou o número de telefone e perdeu sua agenda. Estava completamente divorciada de seu antigo local de trabalho.

Mas era inevitável que um dia ele a alcançasse. Numa manhã, recebeu uma chamada da telefonista, dizendo que "um amigo" queria lhe falar. Assustada, não atendeu. Recebeu uma correspondência dele semanas depois. Ao identificar o destinatário, simplesmente rasgou envelope e carta, sem inteirar-se de seu conteúdo. Sentindo-se perseguida, conseguiu antecipar suas férias.

O escritório tinha outra unidade, no centro da cidade. Na volta, negociou com os sócios sua mudança, e pra lá foi, disposta a não dar sequer um milímetro de satisfação a Tom Pinheiro. Certamente ele demoraria a saber do novo endereço.

Tomou conhecimento de que busca de Tom fora obsessiva, quase desesperada. Desde o início, ela se surpreendeu – e se irritou profundamente – com a insistência com que ele passara a lhe procurar. Todos os seus amigos e amigas foram assediados, direta ou indiretamente.

Durante meses após a nova mudança, ainda se sentia perseguida. Seu trabalho no centro se desenvolveu de maneira quase sigilosa. Tinha pavor de expor seus passos. Criou em relação a Tom uma couraça intransponível, e por nada nesse mundo teria um contato com aquela pessoa. Cada movimento que percebia dele ao seu encontro era como uma agressão.

Mudara seu número de telefone desde o início. Trocara os endereços dos e-mails. E, após uma nova investida dele, lhe enviou um e-mail que reputou como derradeiro, com um endereço provisório que em seguida inutilizou, com a seguinte e definitiva mensagem: *Nunca mais quero ter notícias suas. Se insistir, procurarei a polícia*. Por isso, qualquer tentativa de contato, mesmo que oblíqua e enviesada por parte dele, seria uma ofensa à sua decisão.

Decidira, de forma irrevogável, que nunca mais teria qualquer contato com aquela pessoa. E, a partir de certo momento, mais de um ano depois, resolvera, no mesmo pensamento, sair daquela megalópole, voltar para uma zona de conforto que ela conhecia bem, em segurança.

Aracaju.

Confusa, o tempo lhe trazia pensamentos contraditórios a respeito daquela pessoa. Já não sabia mais dizer o que significara aquele envolvimento. Admiração, sim. Afeto, querer bem, paixão? Tudo misturado com a preocupação com seu emprego, questão que, inevitavelmente, estava inserida no contexto. Quanto desse aspecto racional teria influenciado o impalpável envolvimento emocional com aquela pessoa?

Como fora imprudente e imatura! O que a levara àquela relação tão cheio de perigos?

À medida que os fatos ficavam para trás, as motivações se embaralhavam na lembrança, e uma imensa mágoa contaminava tudo. Em meio a esse oceano de memórias doloridas e sentimentos antagônicos, uma amiga, ao ouvir a história, afirmara, peremptoriamente:

— Você foi vítima de um assédio sexual! Nada mais do que isso, Luiza!

A princípio refutou tal ideia, que não combinava com o que sua memória guardara do envolvimento dos dois. Mas, à medida que sua vida traçava outro rumo, aquela definição passou a lhe servir como um alento, uma explicação para si própria, uma purgação para os pecados que não queria ter cometido. Sofrera um assédio. Deixando São Paulo, voltando à sua terra, à sua história, à sua família e a seus amigos, mais fácil ainda se tornara a desclassificação do obsessivo Tom Pinheiro para um arquivo cada vez mais esquecível em sua galeria, uma mera caixa perdida no velho quarto da casa dos seus pais, em Aracaju.

Ninguém mais poderia dizer como foi difícil essa espécie de fuga. Ela gostava daquela cidade, da vida cosmopolita, de tanta coisa nova que conhecera. É claro que existiam os efeitos colaterais: trânsito, violência. Mas fizera bons amigos, e deixar todo aquele mundo foi uma decisão complexa, que só foi se consolidando aos poucos.

Saiu de São Paulo com um verdadeiro asco pela história e pelo personagem. O pior foi quando, já em Aracaju, na casa de uma amiga, recebeu telefonema de sua mãe, que recebera uma tonelada de envelopes, vindos de várias partes do mundo, todos endereçados à filha. Dona Guiomar guardara todas as cartas, estupefata com tal fato tão insólito e de difícil compreensão. Quando Luiza manuseou os primeiros envelopes, cada qual com um remetente diferente, se sentiu aturdida e confusa. Ao abrir o primeiro, viu a inconfundível assinatura ao final: "Tom".

Não quis nem saber do restante do conteúdo da correspondência. Amassou o papel e o jogou no chão, num ataque de fúria que surpreendeu a mãe.

— Esse filho da puta! Falei pra ele que não quero nenhum contato! Como ousa me enviar essas coisas? Além do mais dessa forma dissimulada, pra me enganar? Ele sabe que jamais abriria uma carta com ele como remetente! Filho da puta!

Nem quis abrir os outros envelopes. Chegou a pensar em ir à polícia, reclamar de assédio. Pois, afinal, isso era assédio, como não? Assim como os chocolates que ele também enviara para a casa da mãe, as flores e outras cartas mais. Todas as correspondências nem sequer foram abertas. Ela as picou, com fúria, uma a uma.

Não queria mais contato com aquela pessoa. Nunca mais, entendeu? Nunca mais.

Colocou uma pedra sobre o assunto. Mais que uma pedra: uma montanha de granito, que tinha por objetivo eliminar qualquer réstia de luz, ou qualquer resto possível da ligação afetiva que tivera com ele. Deixar Tom fora algo irreversível. Voltar para a sua terra, numa situação quase "escondida", fora a solução radical, mas adequada à necessidade de recomeçar de novo a vida.

As amigas mais próximas que conheciam a estória sabiam que aquele assunto era tabu. Ela se irritava com a simples menção àquele envolvimento, e qualquer lembrança da experiência com ele era algo ofensivo. Por isso, passado algum tempo, uma delas, tomando muito cuidado com as palavras, lhe contou:

— Estava assistindo à novela nova, e tem uma música muito linda da Bethânia...

— Adoro a Bethânia – respondeu Luiza. – Mas não assisto novela. Como é a música?

— A Bethânia só canta a música. É de Tom Pinheiro...

— Nem me fale desse nome! – respondeu Luiza, profundamente irritada. A amiga não tocou mais do assunto e nunca mais voltou àquele tema, muito embora muitas outras vezes o tivesse visto e ouvido na TV, no rádio e lido a respeito da sua carreira. E Luiza realmente não queria nem saber de nada que se referisse a ele.

Todas aquelas notícias abortadas lhe traziam a informação de que Tom agora era um artista que começava a se tornar conhecido. A princípio achou ridículo aquilo. Pensou que era mais alguma coisa que ele estaria inventando para se aproximar dela. Desenvolvera a ideia de que ele era uma espécie de sedutor barato, profissional. Depois de tudo o que aconteceu, e fazendo uma retrospectiva dos fatos, passou a ter certeza de que ele fizera aquela música, que fora o estopim do envolvimento afetivo de ambos, de forma deliberada e intencional, apenas como tática de sedução. Estratégia que, seguramente, teria usado com outras desavisadas. "Comigo não"! – pensou, mais de uma vez. Algumas notícias lhe chegavam, em pedaços: em São Paulo, uma canção gravada por ele tocava bastante numa rádio ouvida por Isabel, uma das suas amigas paulistanas. "Acho que ele fez pra você essa música", contou, desavisadamente, antes de se inteirar da repulsa da amiga. Luiza pediu que ela nunca mais lhe falasse disso e encerrou o assunto.

Depois disso, as pessoas mais próximas, mesmo sabendo de novas gravações, de novas músicas, deixavam de tocar no nome de Tom quando Luiza estava presente. Não era fácil, pois ele passou a se tornar alguém amplamente conhecido, com entrevistas na TV e na mídia impressa, além de ter várias de suas músicas difundidas em todo o Brasil. Luiza não assistia a novelas, não tinha o hábito de ler cadernos culturais de jornais ou revistas. E se fechou à simples menção àquele nome. Portanto, por incrível que pareça, por mais que Tom se tornasse um nome famoso, não chegara a alcançar o universo de sua musa.

Se desconectara de São Paulo e de todo o povo que conhecera naquela cidade.

Meses e anos se passaram, e durante todo esse período conseguiu viver numa espécie de "ilha" em relação à cada vez mais consolidada e vitoriosa carreira de Tom Pinheiro, cantor e compositor de música popular brasileira.

47

ESCUTA AGORA A CANÇÃO QUE EU FIZ PRA TE ESQUECER, LUIZA

Luiza acordara cedo naquele sábado, e São Paulo lhe veio à cabeça. Já retornara a Aracaju há anos, e sua vida estava nos trilhos. Raramente se lembrava da vida e das coisas da megalópole paulistana. Ela, de fato, guardara tudo aquilo num cofre bem escondido dentro da sua alma. Ao pensar nisso, num surpreendente *insight,* veio à sua mente a letra de uma música, com o verso "como se ter ido fosse necessário para voltar", associado à ideia de um cofre, um "baú de prata dentro de mim". Aquelas palavras surgiram do nada, e com ela a imagem de Tom Pinheiro, discorrendo sobre a letra da canção, composta por Gilberto Gil quando estivera exilado em Londres.

Entre irritada e surpresa, teve o impulso de rechaçar aquele pensamento. Mas não deixou de achar curioso que, poucas semanas antes, ouvira a voz dele numa rádio, a primeira vez depois de muitos anos. E não mudara de estação. Num fio de pensamento, surgiu o *insight* de que a imensa mágoa por aquela pessoa talvez não fosse tão intransponível.

Pela primeira vez em todos aqueles anos, ao pensar nisso, teve um rasgo de dúvida. E se ele não fosse o canalha que ela imagina? E se aqueles e-mails tivessem uma explicação?

Foi então que lhe vieram à mente fragmentos do insólito sonho que tivera naquela noite. Estranho: só agora, fazendo a associação entre a ideia do cofre, com a remissão à lembrança da audição na rádio, é que o pesadelo lhe voltara à mente. Por isso a lembrança de São Paulo. Parecia um filme de David Lynch. Ela numa festa, Tom lhe fazendo uma serenata e ela não conseguindo ouvir a música, embora ouvisse todo o restante do som ambiente. Situação claustrofóbica, aflitiva, indesejada.

Foi nesse trecho do estranho idílio que ela acordou, e durante um tempo ficara sem se lembrar do que sonhara. E só se recordava agora, numa estranha associação com a letra de uma música que o mesmo Tom lhe recitara anos atrás.

"O que está acontecendo, Luiza? Por que se lembrar dessa pessoa do seu passado, de quem não queria mais nem sequer lembrança? Qual é a razão do sonho?" Racionalmente, concluiu que fora sugestionada pela audição da voz de Tom no rádio, o que lhe ocasionara a lembrança da música de Gilberto Gil e o sonho. Armadilhas do subconsciente. Esse raciocínio a acalmou.

Se levantou da cama, espreguiçando-se deliciosamente. Olhou-se no espelho, admirando-se. Colocou os dedos da mão direita sobre os grossos lábios, afastando os cabelos desalinhados. Gostava do seu rosto, da sua boca. Sabia atrair os homens. Mais de um lhe chamara de sedutora. E ela sabia seduzir. Iria com o namorado a um almoço de amigos. Novo namorado, novos amigos. Não sabia se estava apaixonada ou não. "No começo tudo é novo e estimulante", pensou. Tivera vários relacionamentos depois que Tom passara por sua vida. Alguns marcaram mais, outros menos. Mas todos eram lembrança. Parecia que sempre estava por vir "aquela" pessoa, que faria com que tudo se acertasse. Quem sabe Rafael fosse essa pessoa.

Fazia um belo sábado de sol em Aracaju. Risadas, peixe, cerveja. Um dos amigos de Rafael, o novo namorado, gostava de cinema, e falava de seus cineastas preferidos.

— Almodóvar é meu predileto – disse Reinaldo.

Era um dos assuntos preferidos de Luiza, que concordou. O namorado não se ligava em cinema, pelo menos não no tipo de cinema de que ela gostava. Mas agora, Reinaldo – também dentista, como Rafael – abordava o tema.

— Também adoro Almodóvar. E o cinema latino-americano – disse ela.

— Almodóvar vai lançar um filme novo no próximo mês – disse Reinaldo. — Que tem a ver com o Brasil.

Luiza se interessou.

— Tem a ver com o Brasil por quê?

— Pela trilha sonora. A música de abertura é de um brasileiro, Tom Pinheiro.

Ninguém naquela mesa sabia da estória de Luiza com Tom Pinheiro. Era uma nova turma – a turma do namorado. Portanto, não havia censura prévia, nem nenhum cuidado, de quem quer que fosse, de evitar dizer aquele nome na frente de Luiza.

— Gosto do Tom Pinheiro – disse a loira Eliane, namorada de Reinaldo. — Gosto das músicas dele!

De repente, todos na mesa começaram a falar de Tom Pinheiro. Um lera uma entrevista numa revista. Outro curtia a música da novela nova. Outro tinha um CD dele. Luiza ficou praticamente excluída da conversa.

— Gosta do Tom Pinheiro, Luiza? – perguntou Rafael.

Desconcertada, Luiza respondeu:

— Não conheço nada dele.

— Sério? – respondeu, incrédula, Eliane, num tom com inequívoco subtexto: *você gosta de cinema, é advogada, bem-informada, e não conhece nada de Tom Pinheiro? Em que mundo você vive?* – era o que parecia dizer o olhar da garota, entre risadas de caipirinha e cerveja.

Combinaram todos de irem à noite a um novo bar perto da Orla de Atalaia, com música ao vivo. Iriam jantar primeiro num restaurante japonês, por sugestão de Luiza.

Antes disso, ela voltou a sua casa, para tomar um banho e se preparar para a noite. Identificou uma chamada perdida com o código 11. Código de São Paulo. Viu que tinha um recado na caixa postal. Era Miriam. Conseguira o telefone de Luiza com Isabel. Depois de tantos anos, ela voltava a fazer contato. Estava de férias e passaria por Aracaju dali a cinco dias. Estava com saudades, e queria colocar o papo em dia. "Tenho uma coisa muito importante pra te falar", disse.

Gostava de Miriam. Tinham perdido o contato no período em que ela fugia de Tom Pinheiro. Ficou feliz com aquele contato, e intrigada com a "coisa importante pra te falar". Enviou uma mensagem em resposta, combinando um encontro quando da vinda da amiga. E realçando: "tô curiosa!"

Depois disso, voltou a sair com o namorado. Horas depois, já tomara cerveja no almoço e um pouco de saquê no restaurante japonês. Agora, no lotado barzinho à beira da praia, estava na segunda caipirinha. Sentia-se desconfortável. Algo estava estranho no seu mundo, pensou. Aquela nova turma era legal, pessoas divertidas, de alto-astral. O namorado era bonito, olhos azuis, bem-sucedido profissionalmente. Apaixonado por ela. Algumas semanas atrás, chegara a pensar que também estava se apaixonando. Mas agora não estava bem. Algo indefinível afligia seu espírito. Sensação de vazio, de que as coisas não se encaixam.

A música ao vivo era de boa qualidade. Um duo de violão e percussão, em duas vozes de bom timbre e afinadas. O repertório era só de música popular brasileira, do rock ao pop, passando pelo regional. Luiza conhecia algumas das músicas, outras nunca tinha ouvido.

Foi então que, num intervalo da conversa na mesa, o duo começou a tocar uma música lenta romântica que ela nunca tinha ouvido. A letra falava de alguém que partira, e o autor fazia uma série de perguntas à outra pessoa distante: "como vai o seu inglês?/ viu o último filme do Woody Allen?"

Tudo: o álcool, o desconforto de sua alma, o silêncio da mesa, a forma como o duo interpretava aquela canção, a sinceridade da letra, a identificação com o que ela dizia comoveram Luiza. As palavras entraram pelos ouvidos da sua sensibilidade, e ela sentiu as lágrimas virem aos olhos de uma forma inesperada e incontrolável.

— Que música linda! – exclamou alguém.

Engoliu em seco, emocionadíssima.

A canção a tocara profundamente.

Com ela, se encerrou o *set* dos músicos. Abalada pela reação inesperada à música, pediu licença para ir ao toalete, com os olhos brilhando. Disfarçou o melhor que pôde para que não percebessem sua emoção. Não se conteve, no entanto, ao passar ao lado do cantor principal do duo, a caminho do banheiro, e indagar, quase como se soubesse a resposta:

— De quem é essa música que vocês acabaram de cantar?

— Tom Pinheiro.

Luiza chegou ao banheiro num turbilhão de emoções. Aquela música a comovera. Agora, ao saber quem era o seu autor, teve a certeza de que fora feita pra ela. Sim, pois ele lhe apresentara os filmes de Woody Allen. E eles brincavam com expressões em inglês, e um dos seus segredos era a brincadeira "Yellow cow" (vaca amarela). Várias outras partes daquela letra eram segredos de ambos, coisas que só eles entendiam.

Luiza estava confusa. De um momento para o outro, Tom Pinheiro passou a invadir a sua vida. Depois que o abandonara, rechaçara todas as tentativas de aproximação física. E agora ele ocupava espaços no seu mundo através de algo etéreo e indomável: a música, e, com ela, as emoções.

"Filho da puta", pensou. Estava chorando. Como foi que ele fez aquela música? Como se tornou um autor famoso e de sucesso? Como foi que conseguiu ignorar tudo isso? Teria feito outras canções para ela?

Voltou à mesa, e depois de alguns minutos sussurrou ao ouvido do namorado que estava com dor de cabeça e queria ir pra casa. Tinha bebido muito, justificou. Como estavam numa sequência etílica que tivera início no final da manhã, a desculpa foi aceita sem grandes resistências.

Depois de um protocolar beijo e promessas de se verem no dia seguinte, Luiza entrou na casa se sentindo estranha. Ansiosa. Chegou ao quarto, e de repente desabou num choro descontrolado. "Você não está bem, Luiza", repetiu para si mesma. Bebera demais, isso era fato. Mas, na verdade, estava com uma espécie de inquietude há dias, que a bebida só potencializara. Além disso, tivera aquele estranho pesadelo na noite anterior. Estava sensível, muito sensível. Não estava de TPM. Nada ocorrera que pudesse levá-la àquele estado. Na verdade, até alguns dias atrás tudo parecia estar nos trilhos, e ela acreditava estar vivendo plenamente a sua vida. Por que aquele turbilhão de emoções? Algo não estava se harmonizando no seu mundo, embora tudo parecesse sob controle.

Enxugou as lágrimas com um lenço de papel, sentou-se numa mesinha lateral à cama, abriu o computador, entrou no Google e digitou o nome "Tom Pinheiro". Tudo isso num impulso, mas de uma maneira quase como se estivesse combinado e concatenado. Mais de um milhão e meio de páginas contendo aquele nome apareceram na busca. O website do artista. Blogs, letras de músicas, reportagens, entrevistas, vídeos, fotos, a maioria em português, mas outras páginas em inglês, japonês, italiano, francês, alemão, espanhol.

Ficou curiosa. Abriu o site de Tom. Lá estavam as capas e os dados de todos os discos, letras de canções, fotos, recados de fãs, reproduções de matérias em jornais e revistas, entrevistas, participações em programas de televisão, videoclipes. No alto da primeira página do site, uma foto enorme dele, de violão na mão, sorrindo para a plateia. "Bela foto", pensou Luiza. Estranho pensar que há poucos anos ele, tímido e intimidado, cantou para ela, mal acomodado no banco da "caixa preta", a canção que acabara de compor, a qual, segundo dissera, fora a primeira em muitos anos. Aquela canção, ela tinha certeza, fora a deflagradora de tudo o que aconteceu, de todo o caos que se instalou na sua vida.

Veja que incrível: aquele cara agora é autor de muitas canções, muitas delas que se tornaram verdadeiros sucessos, no Brasil e no exterior, gravadas por vários artistas. O que mudara naquele Antonio Lemos Pinheiro de sete anos atrás, agora um artista famoso?

Luiza entrou numa espécie de euforia, como se tivesse descoberto um novo brinquedo. Estranhos sentimentos passaram a povoar seu íntimo, estimulados, também, pelo álcool. Por um lado, se sentia traindo a si mesma. E isso porque, desde que saíra de São Paulo, cristalizara dentro de si uma repulsa por aquela pessoa. Às amigas, e mesmo a alguns membros mais íntimos de sua família, contara que uma das razões da sua volta fora o desconforto com o assédio daquele que chamava de "canalha". Se sentia como se uma espécie de complô interno a estivesse levando para o lado oposto àquele decidido. Pensou que o melhor seria desligar o computador, esquecer aquele assunto e voltar à recusa em ter qualquer contato com o mundo de Tom Pinheiro. Mas, por outro lado, teve o impulso de mergulhar naquele número imenso de informações que se abriam na tela de seu laptop.

Será que alguma das outras canções dele também fora inspirada nela? Falaria de coisas dos dois? O que dela estaria representado em alguma outra música, naquela trajetória dele? Quanto dela estaria aprisionado em alguns dos versos, naquela emoção que ele transformara em possíveis músicas? Que pedaços do seu passado poderiam estar registrados ali? Que imagens do seu universo ele poderia ter captado e transformara em música? Haveria a participação dela em algo naquele novo Tom Pinheiro?

Repetiu para si mesma a reflexão: o asco que guardara dele não fora apenas por conta do episódio em que ele a traíra, mas também por conta da sua postura insistente em procurá-la. Aquela atitude a enojara.

Estava confusa. Será que realmente fora ele o autor daquelas mensagens? E se os e-mails tivessem sido forjados? Afinal de contas, ele estava na Europa, do outro lado do oceano. Alguém poderia ter fraudado sua caixa de e-mails. Faz tanto tempo, será que alguém se lembra disso?

Sua alma de mulher, repleta de dúvidas e incertezas, estava em ebulição.

Pensou se aquela inquietação que sentia há dias e que ameaçava o equilíbrio da vida que construíra na sua terra natal não teria a ver com Tom. Agora se lembrara nitidamente de um fato, também recordado vagamente naquela manhã: há mais ou menos duas semanas, voltando de carro do prédio do Poder Judiciário em Aracaju, ouvira na rádio da Universidade Federal de Sergipe o anúncio de uma entrevista com ele, cuja propaganda finalizava sua fala mandando um "grande abraço ao povo de Sergipe". Foi surpreendida por esta audição. Era a primeira vez que ouvia a voz dele depois de muitos anos. Era como se a existência daquele Tom Pinheiro artista, mesmo em território sergipano, fizesse parte de certa normalidade. Mesmo sem se importar com ele, mesmo sem ter interesse por sua obra ou por sua trajetória, o espaço que ele ocupava parecia não mais a incomodar como antes. Afinal, de uma forma ou de outra, ele estava distante dela.

Algo se passava. Como se, dentro dela, algumas sentinelas tivessem guardado suas armas. Silenciosamente, algo trabalhara no seu íntimo, sem que ela percebesse. Enquanto tratava dos despachos e dos processos judiciais, enquanto falava com o novo namorado ao telefone todas as manhãs, um movimento subterrâneo aplainava terrenos na sua alma.

Apenas duas semanas depois de ouvir a voz dele no rádio viera o sonho, a lembrança da música, a conversa sobre sua obra com os amigos do namorado, a canção no bar, tudo num movimento crescente, que culminara naquele momento: Luiza, com o computador aberto na página do artista, prestes a mergulhar naqueles sete anos de canções, talvez com outros versos ou lembranças dela – a exemplo da música que ouvira no bar, na Orla de Atalaia, apenas algumas horas antes.

Durante todo esse longo período, ficara cega e surda para qualquer coisa que viesse dos lados de Antonio Lemos Pinheiro. Agora, estava prestes a abrir os seus olhos, ouvidos e coração para o que sua ausência causara na alma dele.

48

EU SEI QUE EMBAIXO DESSA NEVE MORA UM CORAÇÃO

E Luiza mergulhou, durante dias, num mundo de canções de amor. Umas desesperadas, outras esperançosas, muitas líricas, outras sarcásticas. Viu como as músicas a descreviam, falavam das coisas do casal, tratavam do seu jeito, poetizavam as suas características, lamentavam a sua ausência, ansiavam por sua volta. Durante aqueles dias, ela almoçou e jantou Tom Pinheiro. Ouviu as canções no Youtube, assistiu a vídeos de shows, leu os comentários dos fãs sobre as músicas, abriu todas as fotos.

Estarrecida, concluiu, de forma definitiva, que todas aquelas canções tinham sido compostas para ela, ou inspiradas nela. Todas, sem nenhuma dúvida. Se emocionou com a poesia. E se comoveu profundamente ao perceber que centenas, milhares de pessoas diziam de algumas daquelas canções: "a música da minha vida"; "estou vivendo isso", e coisas do gênero. Certamente, tais músicas tinham alcançado sentimentos comuns da maioria das pessoas, sensações e emoções universais, e o ponto de partida fora a relação entre Tom e ela.

Era ela a musa inspiradora de todo aquele mundo de música e poesia. Pensou que tudo aquilo transparecia verdade. E teve certeza absoluta de que Tom jamais lhe faria mal. Ela estava errada a seu respeito durante todo aquele tempo.

Esse mergulho, extremamente emocional, foi entremeado por choros, olhos lacrimejantes, suspiros e uma permanente sensação de "como foi possível que eu tivesse ignorado tudo isso durante todos esses anos?"

Uma insurreição ocorreu no terreno das suas convicções durante esse período. Aquela pessoa por quem nutria um confuso sentimento de mágoa e rejeição, da qual não queria nem sequer ouvir nome, agora lhe ressurgia como alguém especial, tocando profundamente seus sentimentos. Como poderia rejeitar aquela pessoa que lhe fazia tantas homenagens, através de uma veia de sensibilidade que a fazia reconhecer-se em versos e melodias, de uma forma sem paralelos?

Repetia, a cada mergulho no universo da obra dele: não seria possível que uma pessoa cafajeste e mau-caráter, que queria prejudicá-la, pudesse criar todas essas músicas e poemas inspirados nela.

Teve uma crise de arrependimento. Não lhe dera nem sequer espaço para qualquer explicação. Confiara na palavra de um advogado que recém-conhecera, que lhe mostrara documentos que poderiam ter sido forjados. Não dera o benefício da dúvida à pessoa com quem tinha uma relação afetiva, que queria amá-la e ficar com ela.

Naqueles poucos dias, suas certezas viraram de cabeça para baixo. Uma semana antes, se alguma vidente lhe dissesse o que ocorreria no período teria um acesso de riso e julgaria impossível que aquilo acontecesse.

A música voltara os olhos, os ouvidos, o coração de Luiza novamente em direção de Tom. A música, e só ela, fizera aquilo. Exatamente como ele imaginara.

Mas não sabia o que fazer com aquilo tudo. Parecia excessivo, ao mesmo tempo que lindo. Maravilhoso, mas obsessivo. Daquelas canções, ela extraía uma vigorosa e inequívoca declaração de amor, absolutamente sem paralelos. E ela era a destinatária daquele sentimento louco, incontido, verdadeiro, autêntico. Não haveria como duvidar do amor que aquele homem sentia por ela, reiterado a cada acorde, a cada verso daquele inacreditável cancioneiro, mesmo à vista da inexorável passagem do tempo.

Pensou que o seu silêncio, durante todo o tempo, fora o maior combustível do vulcão criativo de Tom. O que aconteceria se ela o procurasse? Talvez o vigor criativo dele esmaecesse, ou mesmo cessasse. Seria possível? Ao mesmo tempo, teve medo de fazer qualquer ação em direção a ele, pois aquela espécie de catedral construída em sua lembrança a fascinava, mas também intimidava.

Concluiu que, de uma forma ou de outra, não poderia ficar insensível àquelas declarações de amor jogadas aos quatro ventos, a todo o mundo, com canções em borbotões, que emocionavam pessoas e que, paradoxalmente, tinham tornado Tom Pinheiro um rico, famoso e bem-sucedido artista.

Miriam chegaria no dia seguinte a Aracaju e elas se encontrariam. Quem sabe ela também soubesse tudo sobre Tom Pinheiro.

Num dos links com o nome dele, leu a notícia sobre a ida à Europa, com escala em Madri, onde, dali a uma semana, ocorreria o lançamento do filme de Almodóvar. Uma foto no aeroporto, ao lado de membros do seu fã-clube, o mostrava magro e bronzeado, com um blazer preto, sorrindo para a câmera. Luiza pensou como o tempo lhe fizera bem. Pela primeira vez em muitos anos, se flagrou pensando nele como homem.

49

SÓ FIZ ESSA CANÇÃO DESESPERADA PRA VOCÊ VOLTAR

Tom voltara de um passeio pelo centro da cidade. Algo muito significativo acontecera, o deixando ao mesmo tempo intrigado e feliz. Passara pela Puerta Del Sol, e ao lado da estátua do Rei Carlos III, no centro da praça, vira um casal de namorados se beijando com paixão, em plena luz do dia. Ao contrário do que acontecera durante os últimos sete anos, nos quais imagens como aquela o deixavam triste, dessa vez a cena gerou outro tipo de sentimento. Se sentiu plenamente inserido naquele contexto. Não sentiu nenhum incômodo pela imagem romântica. Pelo contrário, ficara feliz por presenciá-la.

Veio caminhando pelas ruas do centro de Madri, no curto espaço de dez minutos que separava a Puerta del Sol da Plaza de las Cortes, em cuja esquina ficava o hotel.

Por alguma razão, relacionou mentalmente aquela cena do beijo com o sonho que tivera sobre a pedra de granito e a impressionante celebração com músicos e pessoas cantando. A obscura relação veio atrelada à sensação de que teria transposto uma espécie de portal nas últimas horas. Uma fase fora transposta. Uma página fora virada.

Chegou ao quinto andar do hotel Villa Real. Eram cinco horas da tarde, sol abrasador, verão espanhol. Mais uma vez, admirou o quarto duplex que lhe fora destinado. Decoração combinando materiais clássicos, obras de arte e móveis valiosos. Num dos ambientes, uma escultura de um Buda em meditação mandala, tapete indiano e sofá de couro chester. Subiu para o outro ambiente, mais alto, e admirou uma bela mesa com tampo de couro, onde estava seu computador.

Refastelou-se numa bela *chaise longue* localizada à frente da mesa e ligou seu iPad para checar mensagens que chegavam. Facebook, Instagram, Twitter, Gmail. Vindas de vários lugares do mundo, dos seus fã-clubes, falando da estreia do filme de Almodóvar, e o parabenizando. Aquele momento era especial em sua carreira. Certamente, a abrangência da sua música, após o lançamento do filme, seria ampliada e valorizada. Havia quem já falasse em indicação para o Oscar.

A "ponte" com o cineasta fora feita, mais uma vez, por Kiki Mendonça. Conhecera Almodóvar numa festa no apartamento de Caetano Veloso, no Rio de Janeiro, convidada por Paula Lavigne, mulher e produtora do cantor e compositor baiano. A todo momento ela estava disponível para divulgar o nome de Tom e para vislumbrar possibilidades profissionais para seu artista. Sabia do interesse do diretor espanhol pela música popular brasileira, e num determinado momento da festa se viu sozinha ao lado dele, falando sobre as canções de Tom. Como fã confesso de Almodóvar, ele fizera uma canção que trazia o nome do cineasta na letra. Atraindo a atenção do espanhol sobre o assunto, localizou no seu iPhone a gravação, colocando delicadamente os fones nos ouvidos de Almodóvar. Que a ouviu de fio a pavio, com um permanente e enigmático sorriso no rosto.

A partir daí, trocaram e-mails e telefone, e Kiki enviou todos os discos de Tom ao cineasta. Meses depois, recebeu um telefonema do espanhol, que estava mais uma vez a caminho do Rio. Convite para um almoço, com uma exigência: que Tom estivesse presente. Assunto: o seu próximo filme. Tom ficou nervosíssimo, ansioso com a possibilidade de conhecer pessoalmente um dos seus ídolos e pela anunciada pauta da conversa. Tinha tanta coisa a perguntar, tanta curiosidade sobre toda a obra do cineasta que daria para uma semana de papo. Mas relaxou e, durante todo o almoço, num restaurante de cozinha contemporânea do Leblon, foi mais artista e menos tiete, e conseguiu ocultar a emoção e o entusiasmo ao receber a proposta do cineasta:

— Me gusta su musica. Quiero una canción tuya para mi película. Una canción de amor fuerte.

De forma rápida, o cineasta resumiu a trama do filme, dizendo, no entanto, que falava apenas por falar, já que preferia que o compositor nem soubesse do que se tratava a película. Queria uma canção com aquelas características, era o que lhe bastava.

Surpreso com os detalhes da incumbência, Tom, a princípio, a considerou a mais difícil que jamais tivera. Sim, pois, até aquele momento, as canções lhe brotavam por uma necessidade vital, devido a um sentimento aparentemente inesgotável por uma mulher. No entanto, o pedido de Almodóvar era quase como a encomenda de um *jingle*.

Ele levava Tom de volta à inquietação que sentia quando tinha 20 anos, diante da perspectiva de viver como um compositor, e consciente de que só conseguiria compor se estivesse apaixonado por uma causa ou uma pessoa. Com Luiza, anos depois, conseguira uma aparentemente perene força motriz para sua criação, mas o pedido do cineasta lhe trazia de volta a velha insegurança.

Saindo do almoço, a caminho do aeroporto com Kiki, e mais calmo, considerou que a empreitada já estava cumprida. Ora, se a encomenda era uma canção de amor, Tom tinha dezenas delas, inéditas. Relaxou. A solução foi escolher as três mais "fuertes" e enviá-las ao cineasta. Que escolheu aquela em que ele menos apostava, a única sugerida por Kiki: uma canção lenta que remetia ao universo de Tom Jobim e Vinicius de Moraes e que terminava com a frase "só fiz essa canção desesperada pra você voltar".

"Bem Almodóvar", concluiu.

Do dia em que recebeu a notícia da aprovação da música até aquele momento no quarto do hotel, em Madri, haviam se passado apenas cinco meses. Quando almoçara com Almodóvar o filme já estava quase pronto, e a música só foi incluída no cronograma final da produção.

Agora, ele era notícia em todos os sites relativos a música. Estava absorto na leitura de várias mensagens de parabéns, quando o telefone tocou. Era da recepção do hotel, com a notícia de que havia uma encomenda para ele, pedindo autorização para entregá-la no quarto.

Envolvido na leitura das mensagens, autorizou, desatentamente, a solicitação, imaginando que fosse algo relativo à produção do evento, que teria lugar no Cine Renoir, no centro de Madri, próximo à emblemática Plaza de Espanha. Absorto em sua tarefa, ouviu tocar a campainha, e, em minutos, tinha à sua frente uma embalagem envolta num papel azul-escuro brilhante, um pouco maior do que uma caixa de sapatos, com um envelope branco sobreposto, fixado por durex. Com o seu nome e o nome do Hotel Villa Real, Madri. A letra lhe era vagamente familiar.

Quando estava se preparando para abrir a embalagem, o telefone tocou novamente. Era Kiki, que estava num outro quarto, dois andares abaixo dele. Ela o acompanhava em todas as viagens, era uma espécie de seu anjo da guarda. Cuidava de tudo, a ponto de ele não se imaginar viajando sem ela.

— Kiki, recebi um pacote aqui no quarto, é alguma coisa da produção?

— Pacote? Desconheço, Tom. Todo o material de produção está aqui comigo, a equipe do Almodóvar já encaminhou crachá, roteiro do evento, tudo.

Tom sempre pensava: "que sorte tive quando achei essa mulher...".

— Iremos para o cinema às oito e meia da noite, é verão, o céu estará claro ainda, muito calor. A exibição do filme começará às nove e meia. Depois iremos todos jantar no restaurante preferido de Almodóvar, o El Bocaito, que fica perto do hotel. Da pra voltar a pé, se você preferir. No café da manhã amanhã conversaremos sobre o cronograma todo. O pacote deve ser alguma coisa de fã. Abra aí e depois me conte!

Desligou. Começou a ficar intrigado com a embalagem, principalmente por conta da estranha familiaridade da letra do subscritor do texto sobre o envelope, embora não identificasse o autor. A caixa estava, toda ela, envolvida em durex, em todas as suas bordas e extremidades. Pegou uma caneta e tentou furar as saliências da embalagem, sem sucesso. Lembrou-se de que tinha uma tesoura no *nécessaire*. Foi o que usou para abrir, paciente e cuidadosamente, aquela cobertura de papel azul-escuro sob o durex, até que só lhe restou a caixa, também envolva em fita adesiva. Com a tesoura, cortou as emendas, até que, finalmente, abriu o pacote.

Inseriu as mãos dentro da caixa, e dela retirou uma peça mole e de cor verde-clara, que demorou a identificar. Era um sapo de pelúcia, de pernas longas e barriga grande. Um detonador acionou sua memória afetiva, e, num instante, Tom sentiu como se um raio o tivesse atingido. Se tivesse retirado da caixa o original das tábuas da lei, enviadas diretamente por Moisés, não teria sentido emoção maior do que aquela. Aquele animalzinho de pelúcia fora um presente dele para Luiza, comprado numa viagem que fizera à Europa. Ela brincara, dizendo que daria ao bichinho o nome de "Tom Tom", em homenagem a ele. E, durante algum tempo, fora com aquele sapo de pelúcia que ela dormira, todas as noites.

Aquele objeto e aquela caixa vieram das mãos de Luiza! Aquele era o primeiro contato entre eles, sete anos depois do desaparecimento. Com as mãos trêmulas e sentindo o mundo virar, identificou, embaixo do bicho de pelúcia, um grosso envelope, num papel pardo. No centro, com a mesma conhecida letra que – agora ele reconhecia – firmara o envelope externo da caixa, estava escrito: Para Tom Pinheiro – de Luiza Nabuco da Costa.

A primeira coisa que passou como um *flash* pela sua cabeça foi com relação ao nome "Luiza Nabuco da Costa". Uma das coisas que ele temia, no caso de um dia reencontrá-la, seria descobri-la casada, cheia de filhos, com família constituída, e aí seria, por exemplo, Luiza Nabuco da Costa França Pinto, ou Luiza Nabuco da Costa Vieira de Melo, ou qualquer outro sobrenome com ascendência italiana, ou portuguesa, ou espanhola... O fato de não ter mudado o nome significava que não tinha se casado, pelo menos formalmente. Essa foi a primeira coisa que lhe ocorreu, em meio ao deslumbre, ao êxtase, à felicidade que sentiu naquele momento, misturado ao pânico e pavor quanto ao que estaria escrito dentro daquele envelope.

Aquele pedaço de papel continha, com absoluta certeza, uma das mensagens mais importantes da sua existência. Fosse o que fosse, o interior daquele envelope mudaria sua vida. Assim como o desaparecimento da mesma Luiza, sete anos antes, havia revolucionado o seu caminho.

Tom abriu o envelope.

Tom,

Não sei como começar esta carta. Começo pelo fim: você havia morrido para mim durante todos esses anos. Não quis ouvir nada de você, nunca tinha reparado em suas canções, decidi que você era uma parte da minha vida que eu deveria eliminar. Tinha razões para isso.

Acontece que há semanas a sua música passou a me perseguir. Sua voz no rádio, sua carreira nas conversas dos amigos, suas músicas na voz dos cantores da noite. Sonhei com você.

Suas canções me alcançaram. Obrigado por ter tido a sensibilidade de escrevê-las. Elas me tocaram. Me fizeram escrever essa carta. Há poucos dias seria absolutamente improvável eu escrever qualquer coisa para você. Há poucas semanas você ainda era página virada pra mim.

Voltei à casa da minha mãe, e lá estava o bichinho de pelúcia que você me deu há tanto tempo. Muito embora eu tivesse deletado tudo o que viesse de você, por alguma razão o guardei.

Aquela Luiza não existe mais. Sou outra pessoa, mais sofrida, mais madura, menos infantil do que aquela que você conheceu. Você agora é rico e famoso. Mas temos uma coisa entre nós, que são essas canções. Você criou uma cápsula do tempo, com tudo isso. Assim, impossível ignorar sua existência. Impossível deixar de te procurar, como faço agora, pelo menos para que você saiba que me alcançou.

Meu coração está feliz por você. De alguma maneira ele guardou você, e as suas canções foram a senha para a redescoberta.

Um beijo,
Luiza

P.S.: Depois que descobri você de novo, conversei com Miriam, que me contou a história dos e-mails fraudulentos. Devo desculpas a você. Estou muito arrependida. Espero que ainda tenha tempo de reparar meu erro.

50

TÁ TUDO BEM, MAS TÁ ESQUISITO

Tom saiu do restaurante sozinho, onde celebrara com o *staff* de Almodóvar a promissora e especial noite, uma das mais importantes que já vivera. Conforme o cronograma anunciado por Kiki, jantaram no El bocaito, após a impactante *avant-première* do filme, no Cine Renoir, na qual ele foi identificado e aplaudido, após a exibição, com chamada ao palco, juntamente com o diretor, os atores e membros da produção do filme. A nata do cinema espanhol o cumprimentando. Antonio Banderas, Victoria Paredes, Penélope Cruz com Javier Bardem a tiracolo. Todos também no jantar, lotando dois dos salões do restaurante.

Kiki ficara ainda com os últimos comensais, pois tinha detalhes de produção a tratar.

Nas ruas do centro de Madri, Tom caminha com a sensação de que tudo é possível a partir daquela noite. O mundo, o sucesso, o dinheiro, a plenitude. E Luiza. E percebe, subitamente, que a felicidade já estava nele. No mundo que ele criou a partir de uma paixão. Nas canções, nos poemas, nas rimas, nas imagens. Na obra que comove milhões de pessoas. "Aquilo é a felicidade, aquilo é a razão pela qual estou vivo", pensa.

Se lembra da provocação de Paul: "Sua história não dá um livro, Tom?"

Pela primeira vez, pensa que aquilo daria, sim, um livro. Aquela sua história mereceria ter um registro documental, além das canções que criara. Excitado, olha para o relógio. Duas horas da manhã, hora de Madri.

Ao olhar para o visor do relógio de pulso, percebe que algo está diferente. A medida do senhor do Bonfim, que durante os últimos seis anos resistira bravamente em seu pulso, nos últimos tempos reduzida a um fiapo, tinha desaparecido.

Certamente isso ocorrera há horas ou mesmo minutos, pois quando saíra do hotel para ir à cerimônia, ela ainda estava amarrada. Segundo a crença popular, isso só acontecia – o rompimento da fita – quando os desejos do seu portador fossem atendidos.

Começa a rir sozinho, lembrando do exato momento em que amarrara a fita, na Igreja do Senhor do Bonfim, na viagem que fizera à Bahia. Dos três pedidos que fizera, em voz alta, quase como numa oração: Luiza. Luiza. Luiza. Incrível coincidência. Repete mentalmente a frase: "*yo no creo en brujas, pero que las hay, las hay*". O mundo é seu, Tom!

Chega a Plaza de las Cortes, onde está o hotel, e divisa, à frente do Villa Real, a estátua de Miguel de Cervantes, o criador de *Dom Quixote*. O homem de La Mancha, assim como Almodóvar. Ambos naturais da mesma região do país. O homem que criara o personagem mais importante da literatura mundial. O apaixonado cavaleiro da triste figura.

Sobe ao 5° andar do Hotel Villa Real, entra no quarto e, como se tudo estivesse combinado há muito tempo, liga o computador, aberto sobre a mesa com tampo de couro. Abre novamente a garrafa de Dom Pérignon, enche a taça e sorve um gole. Olha para a imagem da ampla janela do quarto, emoldurando a madrugada na esplêndida capital espanhola.

Senta-se, e com a cabeça fervilhando de ideias, escreve em negrito a primeira frase do livro que decidira escrever e que contaria sua inacreditável estória de amor, paixão e música:

Tá tudo bem, mas tá esquisito.

EXTRA

O arrependimento quando chega faz chorar

Acordou assustada, com o telefonema de Miriam.

— Luiza? Perdeu a hora, nega? Onze horas, já estou te esperando!

Rapidamente, tomou um banho, se trocou e, com a cabeça pesada por ter dormido pouco, chegou ao bar combinado, meia hora depois do telefonema da amiga. Passara a noite navegando no site de Tom Pinheiro.

Miriam tinha engordado um pouco, mas estava bem disposta. Contou da sua trajetória após deixar o escritório – exatamente uma semana após Luiza sair. As duas mantiveram ainda contato por mais um ano e meio, de forma esporádica. Depois disso, após passar por dois outros empregos como advogada, se estabilizara numa das maiores bancas jurídicas de São Paulo, especializada em direito tributário. Estava bem financeiramente, acabara de comprar um apartamento.

Luiza lhe contou da vida em Aracaju, do seu trabalho como advogada, do namorado. "Estou pensando em terminar", disse.

Relutou em falar alguma coisa sobre a redescoberta de Tom. Preferia esperar o que Miriam tinha a dizer. Tinha um pressentimento.

Estava tomando apenas refrigerante. Miriam tomava chopp.

— Ressaca! – riu Luiza.

— Tenho uma coisa pra te contar.

Percebeu que a "coisa" era séria.

— Sobre sua saída do escritório.

— O que tem a minha saída?

— Você foi enganada.

— Enganada? Por quem?

— Por Armando Bianchi. E o Dr. Eduardo Navarra.

— Como assim?

— Aqueles e-mails do Tom eram falsos, Luiza!

Luiza perdeu a cor.

— Ele não fez nada, não te enganou não. Armaram a cama para o coitado!

O estado emocional que deixara Luiza em frangalhos na véspera voltou a dominá-la. Num segundo, se lembrou de como fora dura com ele, de como não lhe dera nem sequer chance de explicar-lhe nada. De como fora emocional, passional e tirana. De como fora injusta. Sentiu um aperto no coração, um arrependimento que passou a sufocá-la.

Caiu num choro de dar dó.

ELENCO

Por ordem de aparição:

Tom Pinheiro
Silene (copeira)
Adriana (assistente jurídica)
Luiza Nabuco da Costa
Hermógenes Pinheiro
Alberto Pinheiro
Marilia Lemos Pinheiro
Pedro Cabral Pinheiro
Vó Jandira
Plinio Lemos
Dráusio Fonseca (garoto cabeludo)
Viviane
Disco Voador
Suzana (advogada)
Renata (advogada)
Tiago (advogado)
Paulo Antonio (advogado)
Laura
Pedro (amigo da faculdade)
Jose Alberto (professor de violão)

Eduardo Navarra
Eduardo Deméo
Simone Campos
Péricles Marchezano
Wagner Balotti
Rui Castilho (Tambores)
Leila Coutinho (Tambores)
Camila Soares (Tambores)
Carlos Ricciardi
Lorenzo Pescatori
Debora Dantas Mendonça
Priscila Guimaraes
Lucio Dantas (irmão de Debora)
Murilo (estúdio)
Armando Bianchi
Marinaldo Silva (porteiro)
Paulo Octavio Guimaraes (marido de Priscila Guimaraes)
Irineu Pessoa
Isabel (amiga de Luiza)
Miriam (amiga de Luiza)
Andressa Servioni (secretária do Tambores)
Paul Henrie Medeiros
Enfermeira (Cabral)
Maria Fernanda
Nina
Bettina (terapeuta)
Petroni
Ivaldo Rosa
Carolina (esposa de Paul)
Raquel
Renato
Humberto Giuliani
Kiki Mendonca
Pedro Almodóvar

CANÇÕES

1. VACA PROFANA (Caetano Veloso)
2. WAVE (Tom Jobim)
3. CAMINHANDO (PRA NÃO DIZER QUE NÃO FALEI DAS FLORES) (Geraldo Vandré)
4. ROCKET MAN (Elton John/Bernie Taupin)
5. PESADELO (Mauricio Tapajós/Paulo Cesar Pinheiro)
6. ORIENTE (Gilberto Gil)
7. TIGRESA (Caetano Veloso)
8. VITORIOSA (Ivan Lins/Vitor Martins)
9. O QUE É BONITO? (Lenine/Braulio Tavares)
10. TAMBORES (Chico Cesar)
11. CHUVAS DE VERÃO (Fernando Lobo)
12. COPACABANA (Alberto Ribeiro/Braguinha)
13. DRÃO (Gilberto Gil)
14. SENHA DO MOTIM (Walter Franco)
15. VOCE É LINDA (Caetano Veloso)
16. QUERO BEM (Juca Novaes)
17. LÁBIOS QUE BEIJEI (J. Cascata/Leonel Azevedo)
18. MEIO ALMODÓVAR (Juca Novaes)

19. ESPERE POR MIM, MORENA (Gonzaguinha)

20. EU TE AMO, SUA LOUCA (Juca Novaes)

21. O QUE SERÁ (Chico Buarque)

22. A DOIS PASSOS DO PARAÍSO (Ricardo Barreto/Evandro Mesquita)

23. APESAR DE VOCÊ (Chico Buarque)

24. PEGANDO FOGO (Jose Maria de Abreu/Francisco Matoso)

25. MEU MUNDO CAIU (Maysa)

26. COMO VAI VOCÊ (Antonio Marcos/Mario Marcos)

27. NA PRIMEIRA MANHÃ (Alceu Valença)

28. JÁ VOU EMBORA (Geraldo Azevedo/Geraldo Vandré)

29. FLOR DA PELE (Zeca Baleiro)

30. CAÇADOR DE MIM (Sergio Magrão/Sá)

31. JURA SECRETA (Sueli Costa/Abel Silva)

32. POR QUASE UM SEGUNDO (Herbert Vianna)

33. DOR ELEGANTE (Itamar Assumpção/Paulo Leminski)

34. ESSA É PRA TOCAR NO RÁDIO (Gilberto Gil/Jorge Benjor)

35. INÚTIL PAISAGEM (Tom Jobim/ Aloysio de Oliveira)

36. CHORO BANDIDO (Edu Lobo/Chico Buarque)

37. SÓ QUERO AMAR (Tim Maia)

38. BAHIA COM H (Denis Brean)

39. MIRAGEM (Rafael Alterio/Juca Novaes/Edu Santhana/Rita Alterio)

40. SONHO IMPOSSÍVEL (Joe Darion/Mitch Leigh – versão para o português: Chico Buarque)

41. ONDE ESTÁ VOCÊ (Oscar Castro Neves/Luvercy Fiorini)

42. IMPOSSÍVEL ACREDITAR QUE PERDI VOCÊ (Márcio Greyck/Cobel)

43. PAULISTA (Eduardo Gudin/Costa Neto)

44. TU ME ACOSTUMBRASTE (Frank Dominguez)
45. PÃO E POESIA (Moraes Moreira/Fausto Nilo)
46. ME DEIXA EM PAZ (Ivan Lins/Ronaldo Monteiro de Souza)
47. e 48. LUIZA (Tom Jobim)
49. VOU TE ESPERAR (Eduardo Santhana/Pratinha/Juca Novaes)
50. TÁ TUDO BEM, MAS TÁ ESQUISITO (Fran Papaterra)
51. ARREPENDIMENTO (Silvio Caldas/Cristóvão de Alencar)

A Editora Contracorrente se preocupa com todos os detalhes de suas obras! Aos curiosos, informamos que este livro foi impresso no mês de outubro de 2022, em papel Pólen Natural 80g, pela Gráfica Grafilar.